RACHEL WEAVER

Die Stille unter dem Eis

RACHEL WEAVER

DIE STILLE UNTER DEM EIS

Roman

Aus dem Amerikanischen
von Yola Schmitz

PENDO
München Berlin Zürich

Mehr über unsere Autoren und Bücher:
www.pendo.de

Die Originalausgabe erschien 2014 unter dem Titel
»Point of Direction« bei Ig Publishing, New York.

FSC
www.fsc.org
MIX
Papier aus verantwortungsvollen Quellen
FSC® C014496

ISBN 978-3-86612-397-7

Satz: Uhl + Massopust, Aalen
Gesetzt aus der Berling
Druck und Bindung: GGP Media GmbH, Pößneck
Printed in Germany

Für Mike

1

Als diesiges Licht von draußen durch die schwere Holztür der Bar fällt, drehen sich alle um. Niemand lächelt außer mir. Kyle war für eine gute Woche mit der Crew der Laura Ann beim Fischen gewesen. Ich lasse die Krüge im seifigen Wasser stehen und falle in seine Arme.

»Hi«, flüstert er mir ins Ohr und mir wird heiß.

»Wie ist es gelaufen?« Ich lehne mich zurück, um sein Gesicht zu mustern. Ein Arm bleibt um meine Schultern gelegt.

Er schaut zu mir runter, die dunklen Locken völlig zerzaust, dann zieht er einen zerknüllten Scheck und ein gefaltetes Stück Papier aus seiner Brusttasche. Beides wirft er auf die Theke.

»Zweihundertneunundfünfzig Dollar. Weniger als bei den letzten beiden Fahrten. Kein Lachs weit und breit dieses Jahr.«

Er zieht seine dicke Regenjacke aus und setzt sich auf einen Barhocker. Die Wolljacke darunter hat einen neuen Riss, und die Haut auf Kyles Stirn ist trocken.

Ich gehe zurück hinter die Theke und mache ihm einen starken Whiskey-Cola.

»Kein Glück gehabt da draußen, Kyle?«, fragt Charles von seinem üblichen Platz am Ende der Theke. Er ist Stammgast und einer meiner wenigen Freunde im Ort. Er hat sein ganzes Leben an dieser kalten grauen Küste Alaskas verbracht.

»Nein«, antwortet Kyle.

Charles schüttelt den Kopf, was ein langsames Kratzen seines weißen Schnurrbarts an seinem Wollkragen verursacht. »Als ich in deinem Alter war, war hier die Hölle los. Wir sind alle zurückgekommen mit den Taschen voller Geld, das Koks auf der Theke und einer nach dem anderen betrunken, so wie es sich gehört.« Er schüttelt weiterhin den Kopf. »Hatten jede Menge Geld damals.« Er nimmt einen tiefen Schluck Gin und dreht sich etwas wackelig zu Kyle. »Das kannst du dir gar nicht vorstellen.« Charles kichert leise. Er hat fast den ganzen Tag in der Bar verbracht.

Kyle wirft mir einen Blick zu und nimmt einen tiefen Schluck Whiskey. Ich staple Bierkrüge ins Abtropfgestell. Mir fällt die Frau am Billardtisch wieder auf, deren schwarzer Pferdeschwanz so unheimlich locker über die Schulter fällt, und ich will, dass sie geht. Die Ähnlichkeit beunruhigt mich. Ich fahre mit der Hand in die Jeanstasche, wo die Telefonnummer steckt.

»Was hältst du von was völlig Neuem, Anna?«, fragt Kyle und holt mich in die Gegenwart zurück.

»Möchtest du was anderes trinken?« Er trinkt immer Whiskey-Cola.

»Nein. Das hier«, sagt Kyle und schiebt mir das gefaltete Stück Papier entgegen. »Komm, das machen wir.«

Ich falte den Zettel auseinander. Oben, wo er ihn abgerissen hat, klebt noch ein Stück Tape. Es ist ein Aushang der Küstenwache. Sie suchen jemanden, der in den Leuchtturm von Hibler Rock zieht.

Ich weiß nicht viel über den Leuchtturm. Während der paar Male, die ich mit der Fähre auf dem Kanal unterwegs war, habe ich ihn zwar gesehen, aber nicht groß beachtet. Er liegt zwei, drei Stunden mit dem Boot von der Stadt entfernt, mitten im schmalen Kanal auf einem Felsen, der nicht viel größer ist als der Leuchtturm selbst. Mir fällt seine achteckige Form ein, weiß mit einem roten Dach, verschwindend klein angesichts der Berge zu beiden Seiten des Kanals. Ich lese den Rest der Ankündigung. Ein Mietvertrag über neun Monate.

»Für einen Dollar?«, frage ich. »Wo ist der Haken?«

In Kyles Augen lese ich, dass er sich schon entschieden hat. »Wir würden uns um die Instandhaltung kümmern. Das ist für alle Seiten ein Gewinn. Die Küstenwache muss niemanden da rausschicken, um zu streichen und die Lichtquelle in Schuss zu halten, und wir können praktisch umsonst dort wohnen.«

Charles hat sich mit seinem Hocker ruckartig zu uns herumgedreht. »Das soll wohl ein Scherz sein. Suchen die etwa wieder jemanden, der im Leuchtturm wohnen soll?« Er schaut mich direkt an. »Lass die Finger davon. Ich kann dir sagen, wo der Haken ist«, redet er weiter. »Du sitzt den ganzen Winter über da draußen mitten im Kanal fest. Ihr habt ja noch nicht einmal einen Winter hier im Ort erlebt. Sobald der Wind auffrischt, verzieht ihr euch doch wieder Richtung Süden. Es ist gefährlich da draußen, und ich meine nicht nur das Wetter.«

»Es ist schön da draußen. Fast friedlich. Der Leuchtturm ist in einem Topzustand, das mit der Leuchte ist bestimmt keine große Sache, darum kümmere ich mich, und was auch immer das Gehalt ist, es muss verdammt noch mal mehr sein als das hier.« Kyle deutet mit der Hand auf den zerknüllten Scheck auf der Theke.

»Ich wusste gar nicht, dass da draußen jemand lebt«, sage ich.

»Hat auch niemand«, antwortet Kyle. »Zumindest nicht in den letzten zwanzig Jahren.«

»Weißt ja eine ganze Menge über den Leuchtturm.« Charles' Augen werden schmal, er mustert Kyle genau, der ignoriert ihn jedoch.

Ich öffne mir ein Bier und stelle Kyle noch einen weiteren Whiskey-Cola hin. »Du weißt, dass das Wasser auf beiden Seiten dreihundert Meter tief ist«, werfe ich ein, die Ellbogen auf die Theke gestützt.

Kyle schaut mir in die Augen. Ich spüre, wie er in Fahrt kommt, die Welle ins Rollen gerät, kurz vor dem Brechen steht. »Komm schon, Anna, sag Ja.«

Das Bier fühlt sich kalt an in meiner Hand, kalt in meinem Hals. Ich halte seinem Blick stand, etwas sammelt sich in meinem Inneren. Ich denke an das Wasser auf beiden Seiten, an mich da draußen. Ohne einen Ausweg.

2

Als wir uns vor knapp über einem Jahr kennenlernten, war ich per Anhalter auf der Alcan unterwegs, der zweispurigen Straße, die durch Kanada nach Alaska führt. Kyle hielt in einem verbeulten blauen Truck neben mir am Straßenrand an. Er kurbelte das Fenster mit der einen Hand runter und half mit der anderen an der Scheibe nach. Mir fiel die Kraft in jedem seiner Finger auf. Seit drei Tagen hatte ich weder ein Auto noch einen Truck gesehen. Meine Füße taten weh, und die Stille der Tundra war laut geworden.

»Du bist ganz allein unterwegs?«, fragte er.

Meine linke Hand wanderte zu dem Pfefferspray in der Vordertasche meines Rucksacks.

»Fährst du nach Norden?«, fragte ich. Ganz offensichtlich tat er das, denn es gab nur zwei Richtungen, und er fuhr nach Norden.

»Was treibst du hier draußen ganz allein?« Er fragte auf eine Art, die mir wie echte Sorge vorkam. »Steig ein, sonst nimmt dich noch irgendein Verrückter mit. Wie heißt du?«

»Anna.«

»Kyle.«

Ich stand auf der Straße und sah ihn noch eine Weile an, bevor ich meinen Rucksack auf die offene Ladefläche warf, auf den Hinterreifen stieg und raufkletterte. Die Fahrertür ging auf, Schritte, und er stand neben der Ladefläche. Er hatte nichts Außergewöhnliches an sich, damals und heute nicht, ein sportlicher Körper unter einem Flanellhemd und einer Arbeitshose. »Du kannst auch vorne mitfahren.«

»Nein danke.« Ich setzte meine Kapuze auf und versuchte, es mir zwischen meinem Rucksack und einem Stapel Reifen bequem zu machen. Der Winter war noch nicht ganz vorbei.

Drei Stunden später hielten wir an, um zu Abend zu essen. Nachdem wir bei der Kellnerin bestellt hatten, verschwand ich auf die Toilette und hielt meine Finger unters heiße Wasser, damit sie warm genug wurden, um meinen Hamburger festzuhalten.

»Bis wohin fährst du?«, fragte ich, als ich zurück an den Tisch kam.

»Ganz rauf nach Neely. Und du?«

»Neely.«

»Es gefällt dir bestimmt. Doch, ich glaube, es liegt dir.«

»Lebst du dort?«

»Ich habe letztes Jahr von dort aus gefischt. Davor von Juneau und ein paar Jahre lang von Sitka aus. Neely mag ich am liebsten.«

Ich sah seine gebräunte Haut an, er musste den Winter irgendwo im Süden verbracht haben. Wieder fielen mir seine Arme auf und seine Schultern. Mit den Händen an der Tischkante wehrte ich mich gegen das, was mich zu ihm hinzog.

»Bleibst du die restlichen eintausend Kilometer auf der Ladefläche?«

Ich zuckte mit den Achseln. »Erst mal schon.«

Wir fuhren zwischen dem Ozean und den Bergen Richtung Norden. Während Kanada in Alaska überging, bröckelten die letzten zwei Jahre in kleinen unregelmäßigen Stücken von mir ab, bis ich zurück an jenem Morgen auf dem Eis war, über die Gletscherspalte spähte und mich über die Kante zwang. Nachdem ich es jahrelang vermieden hatte, steuerte ich jetzt direkt darauf zu. Ich hatte die Telefonnummer auf einen kleinen Zettel geschrieben, ihn in eine Tasche meines Rucksacks gesteckt und mich Richtung Norden aufgemacht.

Während Kyle uns näher und näher an den Ort brachte, wo es passiert war, kroch das Schuldgefühl seinen wohlbekannten Weg in mir hoch und begann, an mir zu nagen. Ich schloss meine Augen, während sich das Gefühl in mir ausbreitete, und fing zu summen an. Ich verlagerte mein Gewicht auf meinen Rucksack. Es half nichts. Ich atmete tief ein, konzentrierte mich auf die vorbeistreifenden Bäume und erinnerte mich daran, dass es sein musste, dass das meine letzte Chance war. Aber das half auch nichts. Er wurde sogar noch schlimmer.

Ich hatte das Gefühl, aussteigen zu müssen. Hatte das Gefühl, umdrehen und nach Süden laufen zu müssen. Ich beobachtete Kyles Nacken durch das Fenster, während wir weiterfuhren. Der sanfte Bogen aus Haut und Muskeln, eine Stabilität, die ich an Felswänden gesucht hatte, eine Stabilität, die ich in mir nicht finden konnte. Ich wollte in der Fahrerkabine sein, ich wollte jemanden neben mir haben. Deshalb klopfte ich an das kleine Fenster zwischen uns. Er fuhr rechts ran, ich kletterte auf den Beifahrersitz und richtete meinen Blick auf die gelbe Doppellinie, die sich in die Ferne erstreckte.

Einige Stunden später, das Lenkrad lässig in einer Hand, entspannt in den Sitz gelehnt, sah Kyle zu mir rüber und fragte: »Was treibst du so?«

»Ich bin unterwegs.«

Er sah mich an und grinste wieder. »Ach was?«

Ich nickte. »Utah, Colorado, Yosemite, Arizona, New Mexico.«

»Warum?«

Ich zuckte mit den Achseln. »Immer was Neues.« Ich hielt meinen Blick nach vorne gerichtet, spürte seinen auf mir.

»Alaska ist völlig anders.«

»Genau«, erwiderte ich und fragte nach einer Weile: »Was hast du vor dem Fischen gemacht?«

»Ich war eine Zeit am College, aber eigentlich wollte ich immer nur hierherkommen. Ich mochte Chicago nicht und hatte Glück. Gleich in meinem ersten Sommer habe ich einen Job auf einem guten Boot gekriegt und seither fische ich.«

»Wie ist das so?«

»Gut. Besonders bei richtig schlechtem Wetter mit Regen und meterhohen Wellen – so fühlt es sich an, zu leben, verstehst du? Fährst du hoch, um zu fischen? Du musst aufpassen, bei wem du anheuerst. Na ja, du kommst sicher klar, aber manche von den Typen sind nicht mehr dieselben, wenn sie den Hafen verlassen.«

»Ich fahr nicht hoch, um zu fischen.«

Kyle starrte mich ein paar Sekunden an und sah aus, als ob er noch mehr Fragen stellen wollte, tat es dann aber nicht.

In der Nacht campten wir am Straßenrand unter den spärlichen Bäumen der Tundra. Kein einziges Auto kam vorbei. Ich rollte meinen Schlafsack aus und stieg rein. Kyle rollte seinen drei Meter entfernt aus. Ein bisschen zu nah angesichts der Weite um uns herum.

»Warum bist du so viel unterwegs?«, fragte er, als er es sich in seinem Schlafsack bequem gemacht hatte.

»An wie vielen Orten hast du in den letzten drei Jahren gelebt?«

»In Juneau, Sitka, Neely und Mexiko.«

»Siehst du?«

Er rutschte in seinem Schlafsack hin und her, bis er sich auf einen Ellbogen stützen konnte. »Aber nur, damit ich auf verschiedenen Booten arbeiten konnte.«

»Genau. Immer was Neues.«

»Warum gibst du mir nicht einfach eine Antwort?«

»Hab ich doch. Mich hat da nichts mehr gehalten. Ich klettere. Ich bin auf alles gestiegen, was es dort gab, und dann bin ich weitergezogen.« *Und irgendetwas hat mich immer hierher zurückgezogen,* dachte ich, sprach es jedoch nicht aus.

»Aber im Südosten von Alaska kann man nirgends klettern, außer du willst auf die Gletscher. Versuchst du dich als Nächstes am Eisklettern?«

»Nein.«

»Warum nicht?«

»Warum stellst du so viele Fragen?«

»Wenn du aufhörst, so geheimnisvoll zu sein, lass ich es bleiben.«

»Schlaf endlich.«

»Es ist noch nicht einmal dunkel.«

»Ich dachte, du hast schon viele Sommer in Alaska verbracht, dann müsstest du doch daran gewöhnt sein.«

»Anfangs ist es immer seltsam.«

Danach ließ er mich in Ruhe, und irgendwann schlief er ein. Ich betrachtete den Himmel und hörte eine Weile seinem Atmen zu, bevor ich aus meinem Schlafsack stieg und mir einen Weg durch die Tundra bahnte, wobei ich mich fragte, wie weit weit genug war. An einer vergleichsweise ebenen Stelle rollte ich meinen Schlafsack wieder aus und kletterte hinein.

Ich fing mit sämtlichen spanischen Verben an, die mir einfielen, und ging dann zu Küchenutensilien über. *Tenedor, cuchara, cuchillo*. Jede Nacht kämpfte ich gegen den Schlaf, diesen glitschigen Ort, von dem ich meistens um mich schlagend aufwache. Ein Mitbewohner hatte irgendwann einmal Spanischkassetten mit nach Hause gebracht. Was ich anfangs für eine gute Beschäftigung für verregnete Tage hielt, an denen ich nicht klettern konnte, wurde zu einer Obsession, einem Werkzeug, um die Nacht zu überstehen.

Ich betrachtete den Abstand zwischen Kyle und mir und überlegte, ob ich noch weiter weg gehen sollte. Schreiend war ich zwar noch nie aufgewacht, aber man konnte nie wissen. Es war genug Abstand zwischen uns, dass er es nicht sehen würde, wenn ich um mich trat, um freizukommen. Außer er wachte vor mir auf. *Plato, taza, sustantivo*. Um mich herum wurde die Nacht dunkler, und meine Augen taten vom ständigen Offenhalten weh.

Der Albtraum war stetig gewachsen. In den letzten zwei Jahren waren jede Nacht mehr Details dazugekommen, andere verschwanden kurz, nur um Wochen später wieder aufzutauchen. Es war aber immer kalt und dunkel und eng. Da war immer der Sturz, das Blut. In manchen Nächten bewegte sich das Eis, während ich drinsteckte, drückte so kalt auf meine Haut, dass es brannte. In anderen Nächten hörte ich meine Stimme, dünn und voller Angst, immer wieder ihren Namen rufen und das Eis, wie es ihn ohne Antwort zurückwarf. In manchen Nächten war ich mir nicht mehr sicher, wo oben und wo unten ist. Wo auch immer ich mich hinbewegte, war es noch dunkler als dort, wo ich vorher gewesen war. In den meisten Nächten hörte ich den Helikopter über dem Eis gegen Luft schlagen, während ich im Eis steckte, hörte ihn wegfliegen, während ich erfror, allein, eine Schicht nach der anderen.

Die spanischen Vokabeln halfen nichts in dieser Nacht in der Tundra. Genauso wenig wie sie in all den anderen Nächten halfen. Ich schlief trotz aller Mühe ein.

Beim zarten Licht am frühen Morgen wachte ich auf. Eine dünne Schicht Raureif bedeckte alles. Ich setzte mich auf und sah, dass Kyle noch schlief. Ich war fassungslos. Zum ersten Mal seit dem Morgen auf dem Eis, als ich mich in den Bauch des Gletschers abgeseilt hatte, war ich in meinen Träumen nicht in die Tiefe gefallen. Ich war nicht zum Aufgeben gezwungen worden, hatte nicht verloren.

Kyle drehte sich um. »Guten Morgen«, rief er mir zu und streckte sich. Ich starrte ihn an, bis er lächelte. Ich war nicht erschöpft wie jeden Morgen, ich fühlte mich nicht, als ob ich in einem Kampf gewesen wäre.

»Bist du schlafgewandelt?«, fragte er. »Schade, dass du dann nicht näher bei mir gelandet bist.«

Ich versuchte, dem Ganzen Sinn zu geben. Nichts hatte mir bisher eine Pause von meinen Albträumen gegönnt. Kyle musste meinen Gesichtsausdruck bemerkt haben. Er schaute besorgt. »Ich mache nur Spaß. So etwas sollte ich wahrscheinlich nicht sagen, solange nur du und ich mitten im Nichts sind. Entschuldigung. Was hast du zu essen? Ich habe massenweise Haferflocken. Trinkst du Kaffee?«

Ich nickte, immer noch verwirrt. Er stieg aus seinem Schlafsack und in seine Stiefel und begann, im Truck herumzustöbern.

Später, als die Straße auf der Rückseite der Berge entlanglief und dann abrupt am Meeresufer im Zentrum von Neely endete, stieg ich aus dem Truck. »Danke fürs Mitnehmen.«

»Wir sehen uns«, sagte er. »Hoffentlich bald.«

Da sah ich ihn zum ersten Mal direkt an. Ich wollte ihm erzählen, dass ich die Nacht nicht in Angst verbracht hatte, ich wollte ihn fragen, wie das möglich war, ich wollte ihn fragen, ob er etwas damit zu tun hatte. Stattdessen drehte ich mich um, und er fuhr los. Ich sah zu den Gletschern hoch oben zwischen den Gipfeln. Wer war ich, jemand anderen mit mir runterzuziehen?

Neely lag an der Spitze eines langen Arms, der von Juneau aus in eine schmale, von Gletschern ausgehöhlte Wasserstraße reichte. Eine tiefe Furche, die ganze Wände hatte stehen lassen, nur von gelegentlichen Tälern unterbrochen. Schneebedeckte Berge ragten über der Stadt und über beiden Ufern auf. Steile Straßen endeten direkt am Meer, und in den Querstraßen gab es ein paar Restaurants, ein Café, ein Lebensmittelgeschäft und einen Baumarkt. Ein alter Holzsteg führte raus in den gewaltigen, steinfarbenen Ozean. Fischerboote in allen Größen lagen am Steg, manche aus glänzendem Aluminium, andere aus schwerem Stahl, ein paar aus Holz mit dicken Farbschichten.

Von der Straße aus beobachtete ich, wie Männer in dicken Regenjacken auf dem Dock auf und ab liefen. Abgesehen von dem, was sie dabeihatten – Werkzeug, Eimer, Mittagessen –, waren sie nicht voneinander zu unterscheiden.

In dieser Nacht ging ich an den Stadtrand zu einem Nationalpark und zeltete zwischen Schierlingstannen, jede einzelne zu dick, um sie mit meinen Armen zu umfassen. Ich war ohne den Schutz von Bäumen aufgewachsen. Ich studierte, wie sich die Äste verflochten, hatte das Gefühl, endlich einen Platz zum Ausruhen gefunden zu haben. Im späten Abendlicht legte ich mich auf den Rücken und starrte in die Bäume, bis ich die Überschneidung von Nadeln, Stamm und Himmel ganz genau ausmachen konnte.

Der Regen begann später, irgendwann vor Sonnenaufgang. Ein langsames Nieseln, eine dicke Decke auf der Zeltwand. Ich kuschelte mich tief in meinen Schlafsack, fühlte mich sanft beschützt unter den Bäumen und dem Regen und dachte, *das ist richtig, das ist es, was ich machen sollte, das ist nah genug.*

In dieser Nacht freute ich mich sogar über den Schlaf und gab schnell dem rhythmischen Geräusch des Regens, der auf das Zeltdach fiel, nach. Der Traum fing mit dem Helikopter und mir tief im Eis an. Ich hörte ihn wegfliegen, das Dröhnen der Stille, das Blut tief in meinen Ohren rauschen. Ich wollte schreien, konnte aber nicht. Ich kämpfte mich frei, rutschte jedoch nur tiefer in den schmaler werdenden Rachen des Gletschers. Meine Hände rissen auf, unter meine Fingernägel grub sich, bei dem Versuch einen Weg herauszufinden, das Eis.

Ich trat und schlug um mich, bis ich das nasse Zelt an den Heringen herausgerissen hatte, bis es mein Gesicht bedeckte und sich eng um meinen Körper legte. In voller Panik wachte ich auf, schlug auf Zelt und Schlafsack ein, unfähig zu begreifen, wo ich war.

In diesen Tagen beobachtete ich den Ozean. Er schien zu atmen. Jeden Tag zwei lange Züge ein und zwei lange Züge aus. Der Wind wehte jeden Nachmittag und an den meisten Morgen über Gletscher, bevor er in den Fjord strömte. Dabei brachte er bekannte Gerüche mit und eine neue erschreckende Genauigkeit in meine Träume.

Eine Woche später stand Kyle plötzlich vor dem Tresen, als ich gerade Bierkrüge spülte. Ich hatte mich dazu bereit erklärt, an jedem Abend, an dem ich arbeitete, abzuschließen, tat alles, um es hinauszuzögern und in den Schlafsack klettern zu müssen. Mein Kopf war vom wenigen Schlaf schon völlig vernebelt.

»Whiskey-Cola bitte.« Er trug eine orangefarbene Regenjacke und darunter eine dicke Strickjacke. Ich beobachtete, wie er mit seiner kräftigen Hand nach dem Glas griff, das ich vor ihm abgestellt hatte. Er war bestimmt noch keine dreißig, genauso wenig wie ich.

»Bleibst du noch eine Weile?« Er schälte sich aus der Regenjacke.

»Bis ich jemanden finde, der mich mit in den Süden nimmt.« *Morgen vielleicht,* dachte ich. Es war eine schlechte Idee gewesen, zurückzukommen.

Er lächelte mit hellen Augen. »In einem halben Jahr fahre ich in den Süden.«

Systematisch räumte ich ein Glas auf das Abtropfgestell, nahm zwei neue und steckte sie auf die Bürsten. »Arbeitest du auf einem der Boote?«

Er nickte. »Morgen fahren wir raus.« Er wartete, bis ich wieder hochsah. »Wir sehen uns, wenn ich zurück bin.«

»Ich weiß nicht.« Ich trocknete meine Hände ab und ging ans andere Ende der Theke, weg von ihm.

Sechs Tage später war er zurück. Ich machte ihm einen Whiskey-Cola. In der Nacht zuvor hatte ich meinem eigenen Schreien zugehört, der Klang wurde aufgesaugt, ging verloren im dunklen Eis. Ich hatte jeden einzelnen Finger meiner rechten Hand dabei beobachtet, wie er schwarz vor Kälte wurde und abbrach. Ich hatte mich irgendwann gegen drei Uhr wach gekämpft und freigetreten und war durch die verregneten Straßen von Neely gelaufen, bis der Rest der Stadt aufgewacht war.

»Kann ich dich auf ein Bier einladen?«, fragte er.

»Nein.«

»Wie wär's mit Abendessen?«

»Ich habe schon gegessen.«

Er hob eine Augenbraue und legte eine Hand schwer auf die Theke. »Willst du mich etwa noch härter dafür arbeiten lassen?«

Meine Augen brannten vom Schlafmangel. Ich dachte an die Nacht in der Tundra und fragte mich wieder, ob diese eine Nacht richtiger Schlaf etwas mit ihm zu tun gehabt hatte.

»Komm schon«, sagte er. »Ich weiß, man hat eine große

Auswahl hier, aber ich habe einen Job und noch alle meine Zähne.«

Ich musste lachen.

»Und ich bin wirklich froh, dass du in meinen Truck eingestiegen bist, auch wenn du den ganzen ersten Tag auf der Ladefläche gesessen hast.«

Ich sah in sein Gesicht, und das gleiche Gefühl wie an jenem Morgen in der Tundra durchflutete mich und verdrängte die Erschöpfung. Doch – es lag an ihm. »Es kann sicher nicht schaden, wenn du mich auf ein Bier einlädst.« Ich nahm eins aus dem Kühlschrank.

»Nicht, wenn du arbeitest. Irgendwann, wenn wir was unternehmen können.«

Wieder fiel mir auf, wie kräftig sein Körper von der Arbeit war, die Unterarme muskulös vom Einholen der Netze.

»Wann machst du heute Feierabend?«, fragte er.

»Um zehn.«

»Dann komme ich wieder.«

Ich sah zu, wie die Tür hinter ihm zuging, machte das Bier auf und dachte an all die Gründe, die dagegen sprachen, sich um zehn mit ihm zu treffen, und tat es dann trotzdem.

Kyle fischte den ganzen Sommer, machte Touren von vier oder sechs Tagen, dazwischen blieb er ein paar Tage in der Stadt. Ich suchte mir eine kleine Wohnung mit schrägen Wänden unter dem Dach einer alten Konservenfabrik und zog über den Sommer ein. Kyle wohnte an seinen freien Tagen bei mir und überließ mir seinen Truck, wenn er draußen beim Fischen war.

Ich war in den letzten zwei Jahren allein geblieben. Wenn ich mit einem Mann geschlafen hatte, stellte ich immer sicher, dass ich ging, bevor ich bei ihm einschlief. Ich hielt mich von allem fern, was einer Beziehung geähnelt hätte, war nicht bereit, mich an irgendetwas zu binden.

Irgendwie fing Kyle den Traum ab, oder vielleicht war er wie eine dicke Decke, durch die der Traum nicht dringen konnte. Jede Nacht, in der er bei mir lag, schlief ich durch. Ich fing an, ihn als eine Art Wunder zu betrachten, ein Zeichen, dass ich dort war, wo ich sein sollte, dass ich Vergebung finden könnte.

Wie Mehl in Kuchenteig fügte sich mein Leben in seins. Eine Form von Auflösung, Verdichtung, Unzertrennlichkeit. Wenn er nach Tagen auf dem Meer die Stufen unters Dach hochstieg, ich seinen Schritt hörte, ließ ich alles andere liegen. Mit einer solchen Bestimmtheit wurde mein Körper zu ihm hingezogen. Wie immer klopfte er zweimal und zog mich dann mit einem Blick an sich, der nur für mich bestimmt war. Er roch nach Wind, Wasser und dem Salz der Wellen. Meine Hände fingen an, unabhängig von meinem Verstand zu agieren. Worte störten. Ich war unfähig, gezielte Entscheidungen zu treffen, nur blinde Gedankensprünge.

»Die meisten Leute picknicken nicht gerne im Regen«, sagte er an einem Nachmittag mitten im Sommer und strich mir mit der Hand langsam über den Rücken, während ich im Nieselregen am Ufer eines langsam fließenden Flusses Sandwiches machte. Damals waren wir seit zwei Monaten zusammen.

»Hast du die Bäume gesehen?«

Er schüttelte den Kopf und kam näher. »Ich liebe es, dass nichts an dir normal ist.«

Ich lächelte, als er näher kam. »Ich mag Bäume nur lieber als Wände.«

»Ich kann es nicht glauben, dass ich dich am Straßenrand gefunden habe. Welche Frau trampt alleine nach Alaska?«

»Hier ist dein Sandwich.«

Er biss in das Truthahn-Käse-Sandwich. »Du hast mir nie gesagt, warum ein begeisterter Kletterer nach Alaska kommt, wo alle Berge mit Moos bedeckt sind. Warum muss ich nach jeder Information von dir nachfragen? Es ist ja sexy, geheimnisvoll zu sein, aber es könnte früher oder später langweilig werden.«

Ich küsste seinen Hals und fuhr mit den Händen unter sein Hemd. Er legte sein Sandwich auf einen Felsen. »Es regnet«, sagte ich. »Dein Sandwich weicht auf.«

»Das ist mir egal«, entgegnete er und umarmte mich.

Als der September zu Ende ging und der Regen anfing, auf die Küste einzuprasseln, sagte Kyle: »Komm mit mir im Winter nach Mexiko.« Wir saßen im Diner in der Stadt. Zwischen uns standen Pancakes, Eier, Toast, Speck und Kaffee. Ich war seit fünf Monaten in Neely. Einmal hatte ich den Hörer des Münztelefons auf der High Street abgehoben, hatte die Nummer gewählt und vor dem ersten Klingeln aufgelegt. Wenn ich den Kopf einzog, nie nach oben sah, würde mir das ganze Eis über mir bestimmt nicht auffallen.

»Okay.«

Er legte den Kopf in den Nacken und lachte, dann nahm er meine Hand. »So einfach ist das?«

»Sieht so aus.«

Wir fuhren am letzten Septembertag aus Neely los, der Wind blies den Regen hart gegen die Seite des Trucks. Ich machte es mir, als wir über die Berge fuhren, neben ihm auf dem Beifahrersitz gemütlich. Es gefiel mir, wie die Fahrerkabine uns vor dem Regen schützte.

»Erzähl mir was über die Stadt«, sagte ich. Abgesehen von den Nächten hatte ich nie Gelegenheit gehabt, meine Spanischkenntnisse zu testen.

»Sie liegt direkt am Strand. Wir werden billiges Bier trinken und den ganzen Tag surfen.«

»Klingt großartig.«

»Jeden Herbst überlege ich mir, irgendwo anders hinzufahren, aber wenn das Fischen vorbei ist, möchte ich immer wieder dorthin zurück.«

»Ich kann es nicht abwarten, meine Regensachen in eine Kiste zu packen.«

»Es wird den ganzen Winter sonnig und warm sein. Wir suchen uns einen Job – ein Freund von mir hat ein Restaurant, und ein anderer Typ, den ich kenne, braucht immer Bauarbeiter, aber die meiste Zeit können wir uns entspannen.«

Ich legte meine Hand auf seine, die auf meinem Schenkel ruhte. Die Vorstellung, monatelang jeden Tag mit ihm zu verbringen, war das Beste, was ich je gehört hatte.

Aus den Stunden auf der Straße wurden Tage. Weil der Truck nur ein Tapedeck hatte, wechselten wir uns damit ab, an den Tankstellen Kassetten zu kaufen. Ich blieb bei alten Countrysongs, er entschied sich meist für Rockmusik aus den Achtzigern.

Nachts schliefen wir auf der Ladefläche des Trucks in

Nationalparks, an Raststätten oder auf Campingplätzen. Morgens machte ich Kaffee in einer alten Kanne, während er über dem Campingkocher Haferflocken zubereitete.

Als wir durch den Südwesten fuhren, fragte Kyle, ob wir irgendwo halten sollten, um zu klettern. »Hier kann man das gut machen, oder? Ich habe einen Wegweiser nach Joshua Tree gesehen. Du könntest es mir beibringen.«

»Ich klettere nicht mehr. Ich hab aufgehört.«

»Du hast aufgehört, weil du nach Neely gezogen bist, wo man nicht klettern kann. Komm schon, ich will es lernen, ich will dich in deinem Element sehen.«

»Ich hab doch gesagt, ich hab aufgehört. Ich habe meine ganze Ausrüstung hergegeben.«

»Warum?«

Ich atmete tief durch und konzentrierte mich auf die Straße. »Es war nur eine Ablenkung. Es hat zu nichts geführt.«

»Ach so, und in einer Bar in Alaska arbeiten führt zu was?«

Ich sah zu ihm rüber. Er würde es nie begreifen. Ich hatte alles andere aufgegeben, in der Hoffnung, es würde helfen. Mir gingen die Ideen aus. Klettern war die letzte Sache, die noch übrig war, die ich noch aufgeben konnte.

»Aber«, erwiderte er, »das ergibt doch keinen Sinn. Das Einzige, was du machst, ist klettern, vielleicht ein bisschen arbeiten. Du lebst aus deinem Van, tust alles, um so viel Zeit wie möglich in den Bergen zu verbringen, und dann hörst du einfach auf? Vermisst du es nicht?«

Ich dehnte meine Finger, so wie ich es immer gemacht habe, bevor ich nach dem ersten Halt griff, aber genau das hatte aufs Eis geführt, zu Albträumen und dazu, immer unterwegs zu sein.

»Nein.«

Er schüttelte den Kopf und lächelte. »Du bist wie eine Geschichte mit nur einer Seite. Mehr Details würden ihr nicht schaden.«

Als wir nach sechs Tagen die Grenze nach Mexiko erreichten, saß ich am Steuer.

»Ausweis bitte«, forderte der Mann in Uniform. Er beugte sich runter, um in die Fahrerkabine schauen zu können. »Auch der von Ihrem Mann.«

Ich lächelte ihn an, mir gefiel, wie leicht ihm das Wort über die Lippen kam, das mich und Kyle für die Ewigkeit verband.

»Wir sind nicht verheiratet.« Kyle lehnte sich über mich rüber, um ihm in die Augen sehen zu können, und kappte diese Verbindung, bevor sie sich in einem unserer Köpfe festigen konnte.

Nach der Grenze schwiegen wir für Stunden. Ich betrachtete die staubige Landschaft und versuchte herauszufinden, warum er das mit solch einer Bestimmtheit richtiggestellt hatte und warum es mich so traf. Ein Schauer überkam mich, die Vorstellung, dass er mich irgendwann verlassen könnte. Ich sah zu Kyle. Irgendwie war er zwischen mich und die Albträume getreten, ohne es zu wissen. Sollte er mich verlassen, wäre ich wieder mit ihnen allein.

Nach einem Tag verwirrender Nebenstraßen kündigte Kyle an: »Wir sind da.« Ich stieg aus dem Truck und stand in einer kleinen Stadt, in der mich die Hitze umgab wie ein dickes, gemütliches Kissen. Das Meer erstreckte sich in einer freundlicheren Version seiner selbst gleich hinter den Häusern. Kyle griff nach meiner Hand.

Für fünfundzwanzig Dollar die Woche mieteten wir eine Hütte mit einem Zimmer am Strand. Es gab ein Bett, eine Kochplatte, einen Tisch, eine Glühbirne und ein Strohdach. Das Bad, das man sich mit den Bewohnern anderer Hütten teilte, war in einem separaten Gebäude unten am Strand. In einem Hotel in der Nähe putzte ich die Zimmer, und Kyle arbeitete auf dem Bau, aber nie zu viel. Wir schlossen keine Freundschaften, auch wenn es einfach gewesen wäre. Während unsere Welt immer enger wurde, fing der Rest der Welt an, weiter und weiter entfernt stattzufinden.

Wir wurden braun unter der Sonne, die Grenzen zwischen uns verflossen. Ein ganzer Monat verging, in dem ich nur an die Zukunft dachte und nie an die Vergangenheit, aber sie war noch da und lauerte. Der Entschluss, in den Norden zu gehen, hatte mich nur weiter in den Süden gebracht.

Abends nach dem Essen saßen wir am Strand vor unserer Hütte und schauten auf das friedliche Meer, das den feinen Sand der Küste kaum bewegte. Die warme Luft umgab mich wie mein Lieblingspullover. An einem dieser Abende, einige Monate nach unserer Ankunft, saß ich neben Kyle am Strand und grub meine Füße in den Sand, um nach kühleren Schichten zu suchen.

»Warum leben nicht alle so?«, fragte er.

»Weil alle gerne Geld auf dem Konto haben wollen.«

»Ich meine es ernst.«

»Ich auch.«

»Warum reißen sich die Leute einen Arm aus, um irgendein ödes Haus abzubezahlen?«

»Manche Leute wollen eben in ihre Zukunft investieren.«

»Warum rechnen überhaupt alle damit, eine Zukunft zu haben? Warum nicht einfach alles jetzt genießen?«

Ich sah ihn im hellen Mondlicht an. »Manche Leute wollen eben mehr, sich etwas aufbauen – ein Leben halt.«

»Ach, komm schon. Das ist doch eine Illusion. Erst baut man sich ein Leben auf, und dann fällt alles zusammen. Wozu sollte man sich da die Mühe machen?« Er legte sich auf mich und drückte mich dabei in den weichen Sand. Den Mund ganz nah an meinem, fragte er, als ob er mich verhören wollte: »Haben Sie schon einmal ein Sofa gekauft oder zueinander passende Vorhänge besessen?«

»Nein.«

»Haben Sie je zu einem verrückten Vorhaben Nein gesagt?«

»Schon länger nicht mehr.«

Er legte sich wieder neben mich auf den Rücken, streckte die Arme weit aus und schloss die Augen. »Ich habe die perfekte Frau gefunden.«

Ich legte meinen Kopf auf seinen Bauch und schaute in den Himmel. Ich dachte an alles, was er nicht wusste, und schwor mir, es ihm niemals zu erzählen.

An einem anderen Abend am Strand fragte ich ihn nach seinen Eltern. »Du erzählst nie von ihnen.« Dabei beobachtete ich ihn. Außer dass er ein Einzelkind und bei seiner Mutter aufgewachsen war, wusste ich nichts über sie.

»Es gibt auch nichts zu erzählen.« Er sah weg, und es wurde etwas kühler zwischen uns.

»Telefonierst du ab und zu mit einem von beiden?« Ich blieb hartnäckig.

»Mein Vater ist irgendwann abgehauen, und ich weiß nicht, wo er jetzt ist. Immer das Gleiche. Die Hälfte der Leute hat so eine Geschichte. Meine Mutter kann Alaska nicht leiden, sie versteht nicht, warum ich dort sein will. Jedes Mal, wenn wir sprechen, wirft sie mir vor, dass ich nicht nach Hause komme, deshalb rufe ich nicht an. Warum fragst du? Du redest ja auch nicht gerade viel über deine Familie. Oder sonst irgendwas.«

Ich dachte an die Dinge, die ich erzählen könnte, und mir fiel das Geräusch der Absätze meiner Mutter im Treppenhaus ein. Immer ein schnelles, bestimmtes Klappern. Die Art und Weise, wie sie ihren langen Mantel auf den Bügel in der Garderobe hängte, wenn sie von der Arbeit heimkam. Jeden Abend ging sie schnurstracks zum Abtropfgestell und dem Weinglas, das es nie bis in den Schrank schaffte. Dann füllte sie es und schenkte mir auch immer ein paar Schlucke in ein Saftglas. Meine Mutter trank nämlich nicht gern allein. Das war dann immer *unsere Zeit*. Denn der Rest der Zeit war *ihre Zeit*. Sie stieß mit mir an. Pflichtbewusst trank ich aus und zuckte jedes Mal zusammen, wenn sie uns dann beiden nachschenkte.

Meine große Schwester vermied es, ihr Zimmer zu verlassen, wenn unsere Mutter heimkam. Sie verfolgte dieselbe Strategie, die meine Mutter sonst uns gegenüber immer anwendete, nur eben nicht zu *unserer Zeit*. Dieser kurze Augenblick zwischen dem ersten und dem zweiten Glas, wenn sie zufrieden war, bevor Dad nach Hause kam und das Gezeter losging, bevor die Flasche leer war und sie von all dem Wein aufgebracht war.

Ich versuchte, mich zu entziehen, es zu vermeiden, aber der Klang ihrer Absätze, die Art, wie sie die Stimmung im leisen Haus aufwühlte, zu Anfang sanft und gemütlich, zogen mich zu ihr hin. Ich ertrug die Informationen, die ich während *unserer Zeit* erhielt, im Tausch gegen die Art, wie sie mir in die Augen sah, für das milde Lächeln, das nur für mich bestimmt war. Während *unserer Zeit* erfuhr ich, dass mein Vater Oralverkehr normalem Sex vorzog, dass meine Mutter Tänzerin werden wollte, vorgetanzt hatte und genommen worden war und dass sie ihre Schwangerschaft mit mir geheim gehalten hatte, bis es nicht mehr ging.

Ich sah Kyle im dunstigen Abendlicht an. »Das Einzige, was ich von meinen Eltern gelernt habe, ist, dass es einfacher ist, alleine zu sein.«

»Deshalb bist du ständig unterwegs.«

Ich zuckte mit den Achseln, dachte an das Kratzen von Klettereisen auf Eis, wie rutschig es unter der Ferse ist und an den Halt unter den Zehen.

»Vielleicht hatten unsere Eltern auch einfach keine Ahnung«, erwiderte ich. »Vielleicht gibt es noch einen anderen Weg.«

Als die Tage in Mexiko länger und heißer wurden, machten wir uns wieder auf den Weg in den Norden, um rechtzeitig zum Beginn der nächsten Fangsaison zurück zu sein. Die Fahrerkabine des Trucks war eng und fühlte sich beklemmender an als auf dem Weg in den Süden.

»Wo sind wir?«, fragte ich irgendwo in British Columbia.

»Es dauert noch«, sagte Kyle mit Blick auf die Straße. »Wir brauchen nach Neely noch mindestens drei Tage.«

»Ich meine du und ich – findest du, wir kennen einander

wirklich?« Ich stellte mir die Worte vor, wie ich anfangen würde, es ihm zu erzählen.

Er sah weiter auf die Straße. »Wir haben gerade sechs Monate in einer kleinen Hütte verbracht. Natürlich kennen wir uns. Zumindest so lange, bis du weiterziehst.«

Ich sah sein Gesicht von der Seite an. »Ich gehe nirgendwo hin.«

»Wie soll ich dir das glauben?«

»Weil ich es gesagt habe.«

»Hm«, sagte er und sah noch immer geradeaus. »Aber so ist es doch immer.«

»So *war* es.«

Später hielten wir an, um zu tanken, und ich schlich um die Tankstelle zum Münztelefon. Der Zettel war von der langen Zeit in meiner Hosentasche völlig verknüllt, aber die Nummer war noch zu lesen. Ich warf ein paar Münzen ein, hielt die Luft an und wählte.

Vielleicht war jetzt der richtige Moment, an dem ich es schaffte. Ich wartete auf das Klicken, das anzeigte, dass der Anruf durchgestellt wurde, wartete auf das erste Klingeln und versuchte, mir die helle Küche vorzustellen, in der es läutete.

Die Angst, die durch meinen Körper strömte, war scharf und heiß. Am Ende des ersten Klingelns war sie in meinen Magen gerutscht, und ich musste mich nach vorne beugen, um ihr Raum zu schaffen. Ich rutschte an der Wand der Telefonzelle runter, sodass ich auf meinen Fersen saß, einen Arm um den Bauch gelegt. Das Telefon läutete ein zweites Mal. Bevor das Klingeln zu Ende war, legte ich auf, stürmte aus der Telefonzelle, als ob Bienen hinter mir her wären, rannte bis an die Ecke der Tankstelle, wo ich anhielt, um Luft zu holen. Erst danach ging ich zurück zum Truck.

An einem Tag Anfang Mai, an dem die Wolken nur hundert Meter über dem Meer hingen und alle Berge verdeckten, kehrten wir zurück nach Neely. Ich konnte die Gletscher über uns nicht sehen, aber ich spürte ihre Anwesenheit.

»Ist es nicht wunderschön?« Kyle blinzelte in den Regen, alles um uns herum war grau oder schwarz. Die Art, auf die es wunderschön war, forderte etwas von einem. Eine Landschaft, die die Macht hatte, einen zu jeder Zeit dazu zu bringen, die tiefsten und geheimsten Gedanken zu hinterfragen.

3

Das kleine Büro der Küstenwache in Neely ist aus beige gestrichenem Beton und hat einen Linoleumboden, der vor langer Zeit einmal grün gewesen sein könnte. Wir warten auf Metallhockern. Ich rutsche auf meinem Stuhl hin und her und beobachte drei kaum zwanzig Jahre alte Jungs, die in ihren Uniformen und mit ihren muskulösen Oberkörpern alle gleich aussehen. Das Telefon klingelt. Einer von ihnen geht ran und spricht mit tiefer Stimme. Er steht auf und sagt: »Folgen Sie mir.«

Wir gehen hinter ihm einen kurzen Gang mit mehr beigem Beton und grünem Linoleum entlang. Er führt uns in ein kleines Büro, in dem ein Mann sitzt und Dokumente unterschreibt. »So«, sagt der Mann. »Sie interessieren sich also für Hibler Rock?«

»Ja, richtig«, erwidert Kyle und streckt ihm die Hand entgegen. »Kyle McAllin.«

»Lieutenant Apdale.« Er schüttelt Kyles Hand und greift dann nach meiner.

»Anna Richards.«

»Bitte setzen Sie sich.« Er deutet auf zwei Klappstühle gegenüber von seinem Schreibtisch. »Kennen Sie Hibler Rock?«

»Ich bin ein paarmal mit dem Boot dort gewesen«, antwortet Kyle.

Der Lieutenant hebt eine Augenbraue. »Sie wissen, dass unbefugtes Betreten von Staatsbesitz verboten ist?«

»Ich habe ja nichts mitgenommen, sondern mich nur umgesehen.«

Der Lieutenant ignoriert den Kommentar. Ich sehe Kyle an. Er hat nie erwähnt, dass er schon einmal auf der Insel gewesen ist. Der Lieutenant sieht nun mich an. »Sie wissen also, wie abgelegen die Insel ist?«

»Ja«, sage ich etwas harsch als Reaktion auf seinen Tonfall.

»Sind Sie bereit, das Gebäude in dem Zustand zu erhalten, in dem es sich momentan befindet? Der Leuchtturm ist nicht nur in Betrieb, sondern auch denkmalgeschützt.«

»Ich bin Schreiner«, erklärt Kyle.

Ich möchte nach Kyles Hand greifen, tue es aber nicht.

Der Mann nickt. »Verstehe. Haben Sie ein Boot?«

»Ja, ein Sportboot.«

»Das können Sie dann im Winter, wenn das schlechte Wetter losgeht, eindocken. Es gibt dort keinen Ankergrund für Boote, die nicht trocken werden dürfen. Einfach zu tief.« Ich spüre den ersten Anflug meiner altbekannten Angst in der Brust, das Gefühl, das ich bekomme, wenn ich einen Hang hochsehe, von dem ich weiß, dass er zu schwer ist. Die Sonne in den Augen, die Ausrüstung um die Hüfte und das Wissen, dass ich erst eine ganze Weile falle, bevor mich das Seil auffängt.

»Bis Mitte September können Sie mit Ihrem Boot den Kanal befahren«, fährt er fort. »Danach bringt Ihnen das Patrouillenboot von Juneau einmal im Monat Lebensmittel und Vorräte vorbei. Und außerdem«, er macht eine Pause und sieht von Kyle zu mir, »sind Sie für den Betrieb des Leuchtturms verantwortlich.«

Ich bin unruhig. Kyle nickt dem Lieutenant über den schmalen Schreibtisch hinweg zu. Die Vorstellung, der Ursprung von so viel Wärme und Licht zu sein, macht mich nervös.

»Was ist mit dem letzten Typen passiert, der dort gelebt hat?«, fragt Kyle. Er fängt an, mit dem Fuß auf den Boden zu pochen, hört dann wieder auf. »Wahrscheinlich verrückt geworden, oder?« Er schluckt hart.

Der Lieutenant zuckt mit den Achseln. »Das war vor meiner Zeit. In den späten Siebzigerjahren, glaube ich. Ich hab nur gehört, dass er einfach verschwunden ist. Seitdem hat niemand mehr da draußen gewohnt. Wir bieten die Pacht immer mal wieder an, aber niemand interessiert sich dafür. Bis auf euch zwei.« Er wirkt überzeugt, dass wir es nicht lange aushalten werden.

Er erklärt uns, dass sowohl das Leuchtfeuer als auch das Nebelhorn dank einer Unterwasserleitung, die man vor Jahren verlegt hat, elektrisch funktionieren. Das Nebelhorn wird zwar je nach Wettervorhersage von der Station der Küstenwache aus betrieben, aber es ist ihm lieber, wenn jemand im Leuchtturm wohnt, um Bescheid zu geben, falls eines der beiden Systeme Probleme macht.

Er lehnt sich zurück und faltet die Hände zu einem Zelt. »Warum nehmen Sie sich nicht ein paar Tage Zeit und denken noch mal darüber nach?«

Kyle sieht mich an. Kurz überlege ich, wieder abzuhauen, bin mir aber sicher, dass ich das diesmal nicht will. Ich stelle mir vor, wie es ist, da draußen zu leben, wo ich den Gletscher meiner Albträume zwar sehen kann, aber in sicherer Entfernung von ihm bin. Ein ruhiger, langsamer Ort, an dem ich mich ihm mit Kyle an meiner Seite endlich stellen könnte.

Ich wende mich an den Lieutenant. »Wir brauchen keine Bedenkzeit.«

Der Lieutenant zuckt wieder mit den Achseln, zieht ein Formular aus einer Schreibtischschublade, füllt ein paar Zeilen aus und sagt: »Eine neunmonatige Pacht bedeutet, Sie wohnen bis zum... 15. März dort.« Er unterschreibt und reicht uns dann das Papier und den Stift.

Kyle unterschreibt mit etwas mehr Elan als gewöhnlich, den letzten Buchstaben seines Namens unterstreicht eine schwere schwarze Linie. Ich unterschreibe daneben und passe die Größe meiner Buchstaben den seinen an. Ich stelle mir vor, wie wir beide so weit draußen sind und der Kraft des Windes und der Tiefe des Meeres trotzen.

Der Lieutenant wirft einen Blick auf das Dokument und legt es auf den Schreibtisch. »Gut. Ein paar Sachen noch. Das Erdgeschoss ist aus Beton, aber wir streichen das Gebäude jedes Jahr, um das Holz im oberen Stockwerk wasserdicht zu halten. Das müssen dann auch Sie machen. Es muss einfach nur überstrichen werden wie bei einem Boot. Ein Gerüst steht im Schuppen. Wenn das Wetter zuzieht, können Sie das Leuchtfeuer und das Nebelhorn auch manuell anschalten, sollten wir das nicht schon von hier aus gemacht haben. Es gibt ein Funkgerät, und führen Sie bitte auch das Logbuch. Passierende Schiffe, das Wetter, was Ihnen sonst so auffällt. Vielleicht können wir es irgendwann einmal gebrauchen. Und fahren Sie nicht raus, um jemandem in Seenot zu helfen. Das ist unsere Aufgabe. Außerdem kriegen Sie ein kleines Gehalt, das Ihnen monatlich gezahlt wird. Haben Sie noch irgendwelche Fragen?«

»Nein«, sagt Kyle, und ich schüttle den Kopf.

»Ab wann haben Sie vor, im Leuchtturm zu sein?«

»Ab sofort«, stellt Kyle klar.

»Gut, dann weise ich an, dass das Patrouillenboot auf seiner nächsten Kontrollfahrt bei Ihnen vorbeikommt. Nur um nachzusehen, ob alles in Ordnung ist und um Ihnen ein paar Sachen zu zeigen.« Er sieht von mir zu Kyle. »Und ich kriege natürlich noch einen Dollar.«

Kyle holt einen Dollarschein aus seinem abgenutzten Geldbeutel und schiebt ihn über den Schreibtisch.

4

Wieder im Truck legt Kyle mir die rechte Hand aufs Knie und lässt sie dann unter meinen Schenkel gleiten. Ich genieße den angenehmen Druck seiner Hand, das Gefühl, festgehalten zu werden.

Während er fährt, beobachte ich Kyles Gesicht. Als er sich zu mir umdreht, kann ich sehen, dass er wo völlig anderes gewesen ist. Ich sehe, wie das Lächeln durch einige Schichten aufsteigt, bevor es die Oberfläche erreicht. »Wir sind verrückt«, sagt er und fasst meinen Schenkel noch fester.

»Unser eigener Leuchtturm.« Ich schüttle den Kopf, und er muss lachen.

Zum ersten Mal seit Tagen regnet es nicht. »Lass uns an den Fluss fahren«, schlage ich deshalb vor.

Ein paar Kilometer außerhalb der Stadt biegt Kyle rechts auf eine alte Holzfällerstraße ab. Wir laufen einen kleinen Weg entlang, der häufiger von Bären genutzt wird als von Menschen, und als sich die Baumkronen über uns schließen, verändert sich das Licht von grau zu grüngrau.

Am Fluss lege ich mich ans Ufer und schaue zwischen den Bäumen in den Himmel. Sein Grau ist so undurchdringlich, dass ein Stein bestimmt daran abprallen würde, könnte ich ihn so weit werfen.

Ich kann Kyles Gedanken rasen sehen, während er am Flussufer entlangläuft, dann setzt er sich neben mich.

»Bist du damit einverstanden, wenn wir morgen rausfahren?«, fragt er.

»Wieso hast du es so eilig?«

»Ich bin so weit. Ich glaube, das ist der nächste Schritt, und ich bin bereit dafür.«

»Der nächste Schritt wohin?« Ich richte mich etwas auf.

Kyle reagiert nicht auf meine Frage und grinst. »Komm schon, Anna. Du weißt, das wird eine der coolsten Sachen, die wir je machen.«

»Heute Abend in der Arbeit rede ich mit Nancy. Susie wollte sowieso mehr Stunden übernehmen. Auch gut, dass die Dachgeschosswohnung monatlich vermietet wird.«

»Ich werde gleich morgen früh in den Baumarkt fahren. Kannst du die Lebensmittel besorgen? Hat er irgendwas von einem Generator gesagt? Wir müssen Gas mitnehmen.«

»Es muss doch einen geben.« Ich höre dem leisen Rauschen des Wassers zu und lasse diese neue Definition von uns in mich einsinken.

»Es wird dir da draußen gut gehen, oder?«, will er wissen.

»Ich krieg das schon hin. Du wirst bestimmt vor mir durchdrehen.«

»Keiner wird durchdrehen. Das ist doch ein großes Abenteuer und kein Gefängnis.«

Manchmal wird das eine zum anderen, will ich sagen, tue es aber nicht. Stattdessen drehe ich mich zu ihm. Er legt die Hand auf meinen Rücken. Ich spüre seinen Atem an meinem Hals und die langsamen Bewegungen seiner Hand. Meine Haut verschmilzt mit seiner. So war es schon immer. Feuer und Eis. Irgendwo jenseits aller Vernunft. Seine Berührungen lösen in mir ein Verlangen nach mehr Sauerstoff aus.

Am nächsten Tag liegt unser Boot tief im Wasser. Vollgeladen mit einer stolzen Menge an Konservendosen, Werkzeug und Gepäck – alles, was wir besitzen, und alles, wovon wir denken, es zu brauchen. Wir stehen am Steg und spähen zum Horizont, in Richtung unseres neuen Zuhauses. Ich habe im kühlen Sommerregen eine Wintermütze auf.

»Bereit?«, fragt Kyle.

Irgendwie passt meine Stimmung nicht zu seiner Aufregung. »Sieht so aus.«

Das Wasser breitet sich vor uns aus wie ein steinfarbenes, an den Ecken fest gespanntes Betttuch. Bei diesem Wetter kann man den Kanal leicht mit dem Boot überqueren.

Ich mache meine Jacke zu. Nicht weil mir kalt ist, sondern weil sich vor uns der Himmel öffnet. Ich drehe mich um und sehe den Berg unserer Habseligkeiten und Kyle am Ruder des Außenbordmotors.

Er grinst breit und unbeschwert, während Neely davongleitet. Ich grinse zurück, und er lässt das Ruder los, steigt über den Berg zwischen uns und lehnt sich vor, um mich zu küssen. Wir müssen beide lachen, als wir plötzlich von einer Welle seitlich gegen die Bootswand geworfen werden.

Während Kyle uns wieder auf den richtigen Kurs bringt, stecke ich meine Hände in die Taschen und stelle mich mit dem Rücken in den Wind. Das Vibrieren des Motors hält mich davon ab, meine Gedanken zu sortieren. Die

Wassertemperatur dringt durch das Aluminiumboot, durch die Sohlen meiner Gummistiefel und greift mir um die Knöchel. Überall Wasser, das zehn Grad kälter ist als mein Herz.

Ich war noch nie so nah an Hibler Rock, habe ihn nur ein paarmal von der Fähre aus gesehen. Der Leuchtturm ist ein zweistöckiges Oktagon mit einem roten Dach. Mitten auf dem Dach steht ein zweites kleines Oktagon aus Glas, worin das Leuchtfeuer untergebracht ist. Die Insel hat die Form einer Kaulquappe, die auf der Wasseroberfläche treibt. Sie hat einen runden Körper, auf dem der Leuchtturm steht, und einen langen Schwanz aus Felsen. Außerdem gibt es zwei gleich große Fichten.

Als wir näher kommen, drosselt Kyle die Geschwindigkeit. Vorsichtig nähern wir uns dem großen Leuchtturm. Schließlich sehe ich den sechs Meter breiten Strand. »Da ist es!«, rufe ich. Kyle bewegt sich nicht. Ich bin mir nicht sicher, ob er mich gehört hat. Ich hatte den einzig sicheren Ort gefunden, um anzulegen. »Da ist es!«, rufe ich noch einmal.

Er nickt, folgt meinem Blick und wendet das Boot. Ich springe auf die schmale Ansammlung von Felsen, die den Strand ausmachen, und halte den Bug, während er den Motor anhebt.

Wir stoßen aneinander, während wir das Boot auf den Strand ziehen. Mit dem Fuß befreie ich das Tauwerk von kleinen grauen Steinen. »Ich habe den Anleger gefunden.« Ein langes Tau, das an zwei großen, fünfzehn Meter voneinander entfernt liegenden Felsen am Strand verankert ist und von dort an eine kleine Boje im Wasser führt.

»Sieht noch brauchbar aus«, meint Kyle.

»Ja, nicht schlecht.« Ich gehe den Strand entlang und befreie dabei mit der Hand das Tau von Algen, damit es ordentlich durch den Flaschenzug läuft. Kyle macht dasselbe auf der anderen Seite. Er bindet das Boot an, dann ziehen wir gemeinsam am Tau, unsere Körper arbeiten im Einklang, bis wir das Boot zur Boje rausgezogen haben, damit es bei Ebbe nicht auf Grund läuft. Er macht einen Knoten ins Tau, damit das Boot bleibt, wo es ist.

»Komm«, sagt Kyle. Er läuft rückwärts den Weg rauf und greift nach meinen Händen. Auf einmal hat er es eilig.

Bevor ich seine Hand nehme, drehe ich mich um und schaue zum Boot, um sicherzugehen, dass es sich nicht in den Kanal hinausbewegt. Als er mich an sich zieht, nieselt es leicht auf meine Schultern.

Wir steigen den Hang zum Leuchtturm hoch. Die Berge auf zwei Seiten sind oben weiß und gezackt, verwandeln sich in fast schwarzes Grün und tauchen dann steil ins Meer. Auf den anderen beiden Seiten schlängelt sich der Kanal in beide Richtungen, so weit ich sehen kann.

»Es ist unglaublich.« Ich drehe mich im Kreis, um alles auf einmal aufzunehmen. Ein neues Gefühl steigt in mir auf und hält mich fest. Hier außerhalb des normalen Lebens und der Gesellschaft gelten völlig andere Regeln, es ist ein Ort, an dem ich noch nicht aufgegeben habe.

Kyle ist schon an der Eingangstür. Sie ist dick und aus Holz, oben abgerundet und breiter als die meisten Türen. Außerdem hat sie kein Schloss. Er drückt die Klinke runter und schiebt. Nichts passiert. Er drückt fester und nimmt dann doch seine Schulter, um die festgeklemmte Tür zu öffnen.

Er fällt in einen höhlenartigen Raum aus Beton. Ein Gebäude, das orkanartige Winde aushalten muss. Als ich die feuchte, modrige Luft einatme, muss ich husten. In jeder der acht dicken Wände ist ein Fenster eingelassen, von der Decke hängt eine Glühbirne. Auf der linken Seite nimmt eine Küche zwei ganze Wände ein, und eine breite Holztreppe führt in den oberen Stock. Auf der rechten Seite steht ein großer rechteckiger Holzofen mit einem geknüpften Teppich und einem alten Schaukelstuhl davor.

»Schau dir diesen ganzen Platz an«, sage ich. Das Erdgeschoss allein ist zweimal so groß wie die Dachgeschosswohnung in Neely.

»Als wären wir Millionäre.« Kyle grinst.

In der Mitte steht ein einfacher Holztisch mit vier Stühlen. Es herrscht eine ganz besondere Ruhe hier. Eine Stille, die mich dazu veranlasst, zu überprüfen, ob ich noch genug Luft bekomme. »Alles sieht so … museumsreif aus.« Ich stelle mich in die Mitte des Raums.

Kyles Blick springt von einer Ecke des Raums in die andere, als ob er nicht wüsste, wo er anfangen soll. Schließlich durchquert er den Raum und öffnet den schmutzig weißen Vorhang, der den Raum unter der Treppe vom Rest abtrennt. Er fängt an, den Inhalt der Regale durchzusehen und zu verschieben, um zu sehen, was dahinter ist.

Ich fühle mich noch nicht wohl genug, um irgendetwas anzufassen. Es fühlt sich wie ein Ort an, der in Ruhe gelassen werden möchte.

Von da, wo ich stehe, schaue ich mir die Küche an. Sie hat eine tiefe Metallspüle mit zwei Becken, die zwar Abflüsse haben, aber keinen Wasserhahn, einen alten Ofen, aber keinen Kühlschrank. Zwei Gaslampen hängen an gegenüberliegenden Wänden von Haken. Wir werden uns Kühler kaufen müssen, um Lebensmittel draußen aufbewahren zu können, wie es die Leute in der Stadt machen, die keinen Stromanschluss haben. Üblicherweise ist es draußen ja so kalt wie in einem Kühlschrank. Es gibt eine große Arbeitsplatte aus dickem, glattem Holz und selbst gebaute Schränke. Ich öffne einen. Darin stehen Teller, Tassen und Schüsseln aus einer anderen Epoche. *Plato, taza, sustantivo,* wiederhole ich leise vor mich hin. Ich öffne einen Unterschrank. Darin sind schwere gusseiserne Töpfe und Pfannen ordentlich gestapelt.

Als ich den Schrank wieder schließe, fahren meine Finger über etwas Raues. Ich mache den Schrank ganz auf und sehe, dass jemand die Zahl neunundzwanzig in die Innenseite der Tür geritzt hat. Es sieht aus, als wäre sie mit einem Taschenmesser gemacht worden, aber nicht schlampig. Sie ist an der oberen äußeren Kante der Tür, dort, wo man beim Öffnen also immer hingreift. Die Ziffern sind fünf Zentimeter groß. »Neunundzwanzig was?«, frage ich mich, während ich den Schrank schließe. Kyle ist immer noch unter der Treppe beschäftigt.

Mit den Händen in den Jackentaschen begutachte ich kurz den Ofen in der Küche, den Holzofen, den Tisch und den Schaukelstuhl. Kyle hat aufgehört zu stöbern und hockt nun über einer Reihe von Farbtöpfen, auf deren Deckel in feiner Handschrift steht:

Extraweiß / Sommer 1973

»Die kann man wahrscheinlich nicht mehr benutzen«, scherze ich. Er rührt sich nicht. »Kyle? Stimmt was nicht?«

Nach einem Moment steht er auf und wirft mich über seine Schulter. »Komm, mein Millionär.«

Ich lache und versuche, mich zu befreien.

»Ich zeige dir das Schlafzimmer.« Seine Schritte knarzen auf der Treppe unter unserem vereinten Gewicht.

Das metallene Bettgestell quietscht laut, als er sich auf mich legt. Ich ziehe an seinem T-Shirt, meine Sehnsucht ist so stark wie sein Verlangen. Als seine Brust meine Haut berührt, gibt es nichts anderes mehr, außer das Jetzt, nur Kyle und mich.

Danach schlafen wir in der tiefen Mulde in der Mitte der Matratze und unter einer kratzigen, von der Regierung ausgegebenen Wolldecke ein. Ich wache vom Geräusch auf, das der Wind im Leuchtturm macht. Kyle schläft an meiner Schulter, und ich streiche ihm zart mit der Hand über den Rücken.

Das Bett ist das einzige Möbelstück im Raum. An jeder der acht Wände ist wie im unteren Stockwerk ein großes Fenster. An einer der Wände hängt eine Gaslampe an einem Nagel. Drei kahle Stützbalken aus Holz unterteilen den leeren Raum. Kyle wacht langsam auf und dreht sich auf den Rücken. »Was ist das für ein Lärm?«, fragt er.

»Der Wind.«

»Ah«, sagt er und atmet dabei schwer aus.

Ich lehne meine Wange an seine Schulter. »Hast du dir den Ofen in der Küche angesehen?«

»Nicht wirklich.«

»Es ist ein Holzofen.« Ich bemühe mich, nicht zu lachen.

»Was?« Er richtet sich auf und sieht mich an. »Im Ernst?«

»Ja.«

»Verdammt«, sagt Kyle, und wir müssen beide lachen. »Wo sind wir hier nur reingeraten?«

»Wir werden den ganzen Sommer Holz hacken müssen, wenn wir etwas essen wollen.«

»Oje«, ächzt er und lässt sich auf den Rücken fallen. »Nimm mich in den Arm«, sagt er schwach und bringt mich noch mehr zum Lachen.

»Komm schon, steh auf«, fordere ich ihn auf und steige aus dem Bett, um meine Klamotten zusammenzusuchen. Während ich mir meinen Pulli über den Kopf ziehe, gehe ich zum nächstgelegenen Fenster, um zu sehen, wie stark der Wind ist. Der sanfte Kanal ist zu einem wütenden Strom mit fast zwei Meter hohen Wellen geworden.

Ich suche den Abschnitt auf dem Wasser ab, wo unser Boot liegen sollte. »Kyle!« Mein Verstand versucht zu begreifen, was ich sehe. Ich suche den Strand nach dem Tau ab und überprüfe, ob ich mich richtig daran erinnere, wo das Boot liegen müsste. Das Tau liegt dort und führt auf den leeren Ozean. »Das Boot!«

Auf einmal steht Kyle hinter mir, zieht sich Stiefel an und rennt die Treppe herunter. Ich steige auch in meine Stiefel und eile ihm nach. Während ich den Weg herunterhaste, zerrt der Wind heftig an mir. Als ich ankomme, steht Kyle mit hängenden Armen am Strand.

Etwas anderes kann man auch nicht tun. Das Boot ist zwar immer noch am Tau befestigt, aber es ist gesunken und hängt an der Boje, die es fast ganz nach unten zieht. Der Bug schaut gelegentlich zwischen den Wellen aus der Wasseroberfläche hervor. Es war überladen und lag zu tief im Wasser, um dem Wind, der in den wenigen Stunden heftig zugenommen hatte, Widerstand zu leisten.

Eine Welle nach der anderen hatte das Boot gefüllt, deshalb ist es gesunken. Ich denke an das, was wir dadurch verloren haben. Lebensmittel, ein Fortbewegungsmittel, Kleidung. Ich denke an die Steaks, die ich heute Abend braten wollte, die Flasche Wein zum Anstoßen, meinen Geldbeutel, meinen Lieblingspulli, wie alles auf den Meeresgrund gesunken ist, von der Flut über die Kante der Insel gespült und in die Tiefe des Kanals.

Ich greife nach dem Tau und stemme mein Gewicht gegen das Wasser.

»Das habe ich schon versucht!«, ruft Kyle über den Wind hinweg. »Es ist zu schwer.«

Ich stemme meine Beine in den Boden und ziehe mit jedem Muskel meines Körpers.

»Anna!«

Ich drehe mich um. »Hilf mir und zieh!«

Er schüttelt den Kopf, hebt aber das Tau hinter mir auf, und gemeinsam versuchen wir, das Boot zurück an den Strand zu hieven. Es bewegt sich nicht. Ich atme heftig und sinke mit den Knien auf die Felsen am Strand. »Wie konnten wir so dumm sein?«

Kyle fährt sich mit der Hand übers Gesicht und sieht erneut raus zur Boje. »Jetzt können wir nichts machen, wir müssen auf Ebbe warten. Selbst dann weiß ich nicht…«

Ich stehe auf und schaue auf die tobende Wasseroberfläche. Kyle steht eine Weile neben mir, der Wind pfeift zwischen uns hindurch. Er atmet tief ein und dann langsam aus. »Scheiße«, sagt er, dreht sich um und geht zurück zum Leuchtturm.

»Kyle, wir können nicht einfach gehen!«

»Es ist Flut!«, ruft er über die Schultern zurück. »Bis weniger Wasser zwischen uns und dem Boot ist, können wir absolut nichts machen.«

Ich weiß, dass er recht hat. Am Ufer sehe ich etwas. Zwischen zwei Felsen hüpft eine Dose mit schwarzen Bohnen, die die Strömung angeschwemmt hat. Mein Magen knurrt vor Hunger. Mir fallen die Wasserkanister ein, die auch auf dem Boot waren, und auf einmal werde ich schrecklich durstig. Ich hebe die Dose Bohnen auf und nehme sie mit.

Kyle sitzt drinnen im Schaukelstuhl und fährt mit den Händen über die abgenutzten Armlehnen.

»Und jetzt?«, frage ich. »Das war alles, was wir haben.«

»Wir warten auf Ebbe. Wenn ich den Motor abbauen kann, können wir das Boot reinziehen.«

»Wie sollen wir an den Motor rankommen?«

»Ich schwimme raus.«

»Schlechte Idee. Bei dieser Wassertemperatur dauert es nur sieben Minuten, bis man so unterkühlt ist, dass man nicht mehr zurückschwimmen kann.«

»Wenn der Motor richtig liegt, kann ich ihn in sieben Minuten abbauen.«

»Schwachsinn. Du schwimmst da nicht raus.«

»Hast du eine bessere Idee?«

»Der Motor ist sowieso kaputt.«

»Genau, aber wir können das Boot retten. Mit dem Motor ist es zu schwer, um es reinzuziehen. Im Schuppen liegt noch ein Motor. Ein alter Evinrude, aber das muss reichen. Das ist jetzt unsere einzige Wahl.«

»Du weißt, was im Schuppen ist? Du warst häufiger hier draußen, als du vor dem Typ von der Küstenwache zugegeben hast, stimmt's?«

»Ich habe mich immer für diesen Ort hier interessiert.«

»Warum?«

Er zuckt mit den Achseln und sieht mit einem Blick aus dem Fenster, den ich nicht lesen kann. »Weißt du noch, wann heute Morgen Flut war?«, fragt er mich. Das Gezeitenbuch ist zusammen mit allem anderen untergegangen.

»Um elf, glaube ich.«

Er sieht auf seine Uhr. »Das heißt noch zwei Stunden bis zur Ebbe.«

Ich setze mich auf einen der Küchenstühle und reibe mir die Augen. »Wir haben eine Dose schwarze Bohnen zum Abendessen.«

»Großartig«, erwidert Kyle. »Ich mag schwarze Bohnen.«

»Ich auch.«

Er kommt zu mir, und als er mich in den Arm nimmt, lehne ich mich an ihn.

»Wir müssen vorsichtiger sein«, flüstere ich an seiner Schulter. »Wir können uns hier draußen nicht so viele Fehler leisten.«

5

Dank meiner Eltern war ich introvertiert. Als ich während der Highschool mit meiner Klasse eine Kletterhalle besuchte, spürte ich zum ersten Mal eine Art von Licht. Meine Freunde scherzten und lachten, kletterten ein bisschen und wollten dann schnell wieder runter. Anfangs war es bei mir genauso, aber drei Meter über dem Boden breitete sich in mir ein Gefühl aus, das reiner war als alles, was ich bisher erlebt hatte. Die Mischung aus Scham und Loyalität, der Versuch, für ein Elternteil einzustehen, ohne das andere zu opfern, wurde plötzlich von kühler, blanker Angst verdrängt. Ich kletterte die Wand weiter rauf, und die Angst stieg mit. Begeistert stieg ich bis unter die Decke und sah hinunter, nur um sie pochen zu spüren.

Danach kletterte ich, so oft es ging, und hing nachts über Zeitschriften mit Bildern von Kletterern. Schließlich begann mich Eisklettern zu faszinieren: die kältere, unbeständigere Schwester des Kletterns. Die Idee des Eises zog mich an und führte mich zu den Gletschern. Ich las alles, was ich darüber finden konnte, sah mir Bilder von ihnen an, fasziniert von ihrem Umfang, den weitläufigen Hügeln aus tiefem Blau, die mit der Zeit durch die Verdichtung von Schnee entstanden. Wie sie Höhlen, Schluchten und Vorsprünge bilden konnten, ganze Landschaften, um sie dann genauso leicht wieder zu zerstören.

Am Tag nach meinem Abschluss brach ich nach Colorado auf. Im Sommer kletterte ich auf Felsen, und im Winter lernte ich, auf Eis zu klettern. Ich lebte in einem alten grauen Van, arbeitete in Restaurants und Bars, gab Kletterunterricht, rief selten zu Hause an, wenn überhaupt. Es dauerte ein paar Jahre, bis ich lernte, wieder frei zu atmen, und ich nicht mehr zwischen gegensätzlichen Kräften gefangen war. Irgendwann nahm ich einen Job als Leiter von Klettertouren in Colorado, Utah und Wyoming an.

An meinem fünfundzwanzigsten Geburtstag, auf einer Tour durch die Bergkette der Medicine Bow, fragte mich einer der anderen Reiseführer, was ich nun vorhatte.

»Alaska«, antwortete ich, ohne nachzudenken. Es war die logische Folge nach dem Westen der Rocky Mountains. Wilder, rauer, steiler. Die Vorstellung von so viel Eis an einem Ort zog mich an – Gletscher, die immer noch Täler formten, Seen bildeten, jeden außer den Entschlossensten fernhielten.

Im Herbst und im Winter sparte ich jeden Cent. Als es endlich Frühling war, fuhr ich mit dem alten Van in den Norden. Ich wollte ins Hinterland, auf die Bergkette der Wrangell-St.-Elias, schaffte es aber nie bis dorthin.

Nicht weit hinter der Grenze zwischen British Columbia und dem Yukon, bevor ich es überhaupt nach Alaska geschafft hatte, lief der Motor des Vans heiß. Also hielt ich im nächsten Ort, allerdings bestand der aus nur einem einzigen Gebäude. Darin befanden sich eine Tankstelle, eine Werkstatt und eine Pension. In der Tankstelle standen ein paar Tische, und es gab dort auch etwas zu essen. Hinter dem Gebäude lagen verstreut ein paar Häuser und dahinter nichts als der Horizont. Anfangs war der Mechaniker, dem das Gebäude mitsamt seiner Geschäfte gehörte, erfreut, dass mein Van nicht mehr anspringen wollte. Er hatte wohl seit Längerem nichts mehr zu tun gehabt.

Er war ungefähr fünfzig, trug Blaumann und schwere Stiefel. Seine schwarzen Haare waren schon etwas angegraut und schauten unter einer Kappe hervor. Während er über dem Motor des Vans schepperte und schwitzte, saß ich auf einem Hocker in der Garage. Ich hatte das Pfefferspray aus meinem Rucksack in die Tasche meines Sweatshirts gesteckt, nur für den Fall. Es schien sonst nämlich niemand hier zu sein. Ich bemühte mich aber, dass mein Sweatshirt das Pfefferspray verbarg. Nach einer Weile erklärte mir der Mechaniker dann, das Problem läge an der kaputten Zylinderkopfdichtung.

Er wischte sich mit einem Arm die Stirn ab. »Da wären auch noch ein paar andere Dinge, aber das können wir später klären. Ist er heiß gelaufen?«

»Ja. Beim letzten Halt habe ich über drei Liter Wasser in den Kühler gekippt. Wie viel wird die Reparatur kosten?«

»Na ja, wenn ich schon alles ausbaue, könnte man auch gleich den Keilriemen austauschen, das wird dann … um die viertausendfünfhundert Dollar kosten. Kanadische.«

»So viel ist ja der ganze Van nicht wert. Nein danke.« Das war mehr, als ich auf meinem Konto hatte.

»Was soll das heißen, nein danke? Nur wenn ich den Van repariere, kommen Sie hier wieder weg.«

»Hat hier gerade jemand ein Auto zu verkaufen?«

»Nein.«

»Dann fahr ich halt per Anhalter mit jemandem weiter, der zum Tanken hält.«

»Na dann viel Glück. Bis dahin kann ich Ihnen ein Zimmer im Hotel anbieten, sind gerade zufällig alle frei. Wir lassen den Van in der Garage, bis Sie zur Vernunft kommen.«

»Ich campe.« Wieso sollte ich mein ganzes Geld für ein Hotelzimmer ausgeben, wenn ich meine Campingausrüstung dabeihatte?

»Sie machen Witze.«

»Sollte ich mir wegen jemandem Sorgen machen? Hier gibt es doch bestimmt nicht mehr als zehn Leute.«

»Nein, niemand wird Sie belästigen, aber ich habe dieses einwandfreie Hotel hier, in dem Sie für nur fünfzig Dollar die Nacht wohnen können.«

»Danke, ich campe lieber.«

Ich verbrachte die nächsten vier Tage damit, rumzuhängen und jeden der insgesamt fünf Autofahrer, die vorbeikamen, um zu tanken, nach einer Mitfahrgelegenheit zu fragen. Keiner hatte genug Platz für mich und meine Ausrüstung. Ich kaufte in der Tankstelle ein und bestellte jeden Tag das Mittagsmenü – es gab keine genauere Beschreibung –, damit ich wenigstens etwas Geld dort ließ. Ich lernte alle Bewohner des Ortes kennen und stellte fest, dass ich mir wegen niemandem Sorgen machen musste, aber weil ich mich damit sicherer fühlte, behielt ich das Pfefferspray die ganze Zeit über in meiner Tasche.

Jeden Morgen schüttelte der Mechaniker den Kopf, wenn er sah, dass ich immer noch da war. Er stellte schnell fest, dass ich mein Geld nicht dafür ausgeben würde, den Van reparieren zu lassen. Schließlich trieb er einen Mann mittleren Alters mit Bierbauch auf, der Gletschertouren auf dem Eisfeld von Juneau organisierte. Ich stand neben der Zapfsäule und sah die lange, gerade Straße entlang, in der Hoffnung, ein Auto würde sich nähern. »Aber nicht in Juneau, wer will da schon wohnen?«, stellte der Mechaniker klar. »Sondern auf der kanadischen Seite, der besseren Seite des Eisfelds.«

Ich nahm mir einen weiteren Cool Ranch Dorito aus der Snacktüte, die ich in der Tankstelle erworben hatte, und sah mir dabei den Reiseleiter in seiner alten Cordhose an, der ein Seil als Gürtel und ein ausgewaschenes T-Shirt trug.

»Außerdem will er mit meiner Schwester ausgehen«, fügte der Mechaniker hinzu.

Der Reiseleiter ignorierte den Mechaniker und hielt mir die Hand entgegen. »Ich heiße Brad.«

»Anna Richards.« Ich wischte Reste des Doritos an meiner Hose ab und gab ihm dann die Hand.

»Ich will nach Wrangell-St.-Elias. Mein Van ist kaputtgegangen. Ich brauche keinen Job. Ich möchte nur aufs Eis.«

Brad verdrehte die Augen. »Warum wollen alle nach Wrangell-St.-Elias? Das Eisfeld von Juneau ist genauso weitläufig und noch viel schroffer, weil bei uns das Wetter vom Meer kommt. Alle übersehen es auf dem Weg nach Wrangell. Ein bisschen so wie den Typ in der Schule, den alle Mädchen ignorieren, weil er zu dick ist, aber als er dann wächst und sich alles verteilt, ist er auf einmal doch heiß.«

Ich kramte einen weiteren Chips aus der Tüte und starrte ihn an. »Soll das heißen, das Eisfeld von Juneau ist gewachsen und hat sich verteilt?« Ich sah noch mal die Straße entlang. Irgendjemand würde doch sicher bald genug Platz für mich und meine Ausrüstung haben.

»Kannst du ihr einen Job geben?«, fragte der Mechaniker. »Sie von meinem Grundstück holen? Das Letzte, was ich brauche, ist eine Frau, die den ganzen Sommer draußen bei den Mülltonnen schläft. Schlecht fürs Geschäft.« Von den fünf Autos, die in den letzten vier Tagen hier gehalten hatten, musste keines repariert werden und niemand hatte im Hotel übernachtet. Der Mechaniker hatte ungefähr so viel zu tun wie ich.

»Schon mal auf einem Gletscher gewesen?«, fragte Brad. Er machte auch nicht den Eindruck, als hätte er etwas Besseres zu tun.

»Nein.«

Er schaute zum Mechaniker und dann zurück zu mir. »Du solltest besser heimfahren. Leute wie du kommen die ganze Zeit hierher, die waren auf ein paar Touren im Süden und halten sich für richtige Abenteurer. Dann verlaufen sie sich auf dem Eis, und wir müssen nach ihnen suchen.«

Meine Tüte Chips war leer. Ich hatte es satt, hier herumzuhängen. Außerdem hatte ich keine Ahnung, wie ich aus dieser Situation wieder rauskommen würde. »Soll das heißen, ich werde *Sie* brauchen, um nach *mir* zu suchen? Das bezweifle ich.«

Der Mechaniker sah Brad gereizt an. »Hör zu, meine Schwester hat dich gestern einen Idioten genannt, und ich habe dich verteidigt. Also benimm dich jetzt nicht wie einer.«

»Wann hat sie das gesagt?« Brad wandte sich an den Mechaniker.

»Ich geh dann mal«, warf ich ein und machte mich auf den Weg zu meinem Zelt.

»Warte«, sagte der Mechaniker. »Brad bietet ungefähr

hundert Kilometer von hier Gletschertouren an. Er veranstaltet dreiwöchige Ausflüge aufs Eis für Teenager und braucht noch einen Tourleiter für die nächste Saison. Von dem ganzen Zeug, das ich in deinem Van gesehen habe, schätze ich, das dürfte kein Problem für dich sein?«

Ich sah ein Auto auf die Tankstelle zufahren, das Erste an diesem Tag, und ich behielt es im Auge.

Beide warteten auf meine Antwort, also sagte ich: »Ich habe die letzten fünf Jahre Ausflüge für Teenager im Medicine Bow geleitet, und der Never-Summer-Bergkette, den La Salles, Wasatch, Sangre de Cristo …«

»Hört sich gut an. Ich hol Sie in ein paar Tagen ab«, unterbrach mich Brad.

»Ich brauche keinen Job. Ich möchte nach Wrangell-St.-Elias.«

»Ehrlich gesagt«, meinte Brad, »haben Sie nicht viele Möglichkeiten. So wie es aussieht, werden Sie den größten Teil des Sommers hier verbringen.«

»Sie nimmt den Job«, sagte der Mechaniker.

»Ich brauche Sie erst in vier Wochen. Aber Sie können in ein paar Tagen mit mir mitfahren.« Brad grinste. »Tut mir leid, dass ich mich wie ein Arschloch verhalten habe.«

Ich bemerkte, wie das Auto weiterfuhr, ohne anzuhalten. Es sah nicht besonders gut aus. Und wo lag schon der Unterschied zwischen dem einen Eisfeld und dem anderen, wenn man keinen Vergleich hatte? Wenigstens würde ich etwas zu tun haben und etwas Erfahrung auf dem Eis sammeln, während ich weiter versuchte, zu den Wrangells zu kommen. Schließlich war die Saison kurz, der Herbst so hart wie der Winter hier oben. Ich verschwendete nur meine Zeit.

»In Ordnung.« Wir gaben uns die Hand, und der Mechaniker klopfte uns beiden auf die Schulter.

Ich fragte die beiden Autofahrer, die in den nächsten zwei Tagen vorbeikamen, aber keiner nahm mich mit in den Norden. Als Brad wiederkam, lud ich meine Ausrüstung in seinen Truck, verabschiedete mich von meinem Van und überließ ihn dem Mechaniker. Während der Fahrt ließ ich meine Hand auf dem Pfefferspray.

»Wie ist es mit der Schwester gelaufen?«, fragte ich Brad nach einer Weile.

»Die wird sich schon wieder einkriegen.«

Er fuhr Richtung Südwesten. Die Tundra hielt an, bis sie nicht mehr konnte. Sie verwandelte sich in eine steilere, grünere Landschaft und gab dann dem Eis nach.

Ich war überrascht zu sehen, dass Brads Basislager tatsächlich existierte. Als wir in den Ort fuhren, zeigte er es mir. Es befand sich in einem schmalen Gebäude, das den Eindruck erweckte, im letzten Jahrhundert eher zu anrüchigeren Ausflügen gedient zu haben. Auch die Fassaden aller anderen Gebäude des Ortes waren altmodisch. Der Ort selbst lag am Ufer eines blaugrünen Sees, in den einer der Gletscher des Eisfelds mündete. Das war der Ausgangspunkt für die dreiwöchigen Ausflüge. Brad hatte vier für den Sommer geplant, und alle waren ausgebucht. Er konnte also gut davon leben, hatte sogar ein Haus im Ort, das er selbst gebaut hatte.

Als er davor anhielt, sagte er: »Du kannst auf meinem Sofa schlafen, bis du dich organisiert hast. Ich schätze, du willst bald los?«

»Morgen.«

»Der Lebensmittelladen hat heute und morgen zu. Du

musst also bis Montag warten, um Proviant zu besorgen. Das ist hier nicht wie im Süden.«

Ich öffnete die Beifahrertür und ging zur Ladefläche des Trucks, um meine Ausrüstung zu holen. Er kam von der Fahrerseite zu mir zur Ladefläche und sagte in einem freundlicheren Ton: »Wir können morgen zusammen ins Büro gehen, und ich gebe dir ein paar Luftaufnahmen, dann kannst du etwas Zeit auf dem Eis verbringen und dich mit der Route, die du dann führst, vertraut machen.«

Am nächsten Morgen gingen wir auf den hölzernen Gehsteigen von seinem Haus zum Büro. Die Eingangstür war so schmal wie der Rest des Gebäudes. Drinnen war es aufgeräumt und sauber. Brad zog Luftaufnahmen und Landkarten aus einer Reihe breiter, flacher Schubladen.

»Hast du viel Zeit auf dem Eis verbracht?«, fragte ich ihn, während er alles auf einem alten Holztisch ausbreitete.

»Zwanzig Jahre.«

»Warum leitest du keine Ausflüge?«

»Keine Lust mehr auf Kids.«

Er legte seinen Finger auf die Spitze des Gletschers am See. »Hier ist der einfachste Zugang aufs Eis. Es gibt einen Weg, der von der Stadt um den See dort hinführt. Rechts ist eine Abzweigung. Die nimmst du und sie führt dich direkt aufs Eis. Der untere Teil des Eises ist trocken und schneefrei, da solltest du mit den Kids bleiben und auch, wenn du alleine unterwegs bist. Weiter nördlich verdeckt der Schnee die Gletscherspalten. So weit oben solltest du an jemanden angeseilt sein, dem du zutraust, dich wieder hochzuziehen, falls du in eine solche Spalte fällst. Das heißt, keine Kids da oben.« Dabei tippte er mit dem Finger auf den nördlichen Teil des Gletschers. »Hast du das verstanden? Und du hältst dich auch vom Schnee fern. Ich habe schon einige wagemutige Eiskletterer gesehen, die wie du aus dem Süden gekommen sind und viel zu selbstsicher waren. Gletscher sind eine völlig andere Welt.«

Am nächsten Tag stieg ich mit einem voll beladenen Rucksack aufs Eis. Der Gletscher entsprang einem riesigen Gipfel, der hoch über mir thronte. Von dort floss er wie ein breiter, tiefer Fluss zwischen den Bergen hindurch. Die nächsten dreieinhalb Wochen wanderte ich durch sanfte blaue Täler aus Eis, über weitläufige weiße Hügel, um schiefe Eistürme, sprang über schmälere Gletscherspalten und spähte über die Kanten der tieferen. Ich markierte jede auf der Luftbildaufnahme, die ich dabeihatte, damit ich wusste, wo die klaffenden Löcher waren, wenn mir eine Reihe von Jugendlichen folgte. Die Gipfel über mir waren spitz und schneebedeckt, wenn ich sie sehen konnte. Aber meistens waren sie in grauem Nebel verborgen. Ich mochte den Klang der Klettereisen auf dem Eis. Eine Vereinbarung jenseits von Schwerkraft.

Ich ging die Strecke, die ich mit den Teilnehmern gehen sollte, zweimal. Es war eine weite Schleife entlang des unteren, weniger riskanten Teils des Gletschers. Danach verbrachte ich den Rest der Zeit unterhalb der Schneegrenze, aber ein Stück weiter oben, wo das Eis schon mehr Kraft hat. Die Spalten waren tiefer, die Hügel steiler, die Berggipfel, die aus dem Eis ragten, näher. Einige Male musste ich zurück in die Stadt, um mehr Lebensmittel zu kaufen, aber ich blieb immer nur eine Nacht. Ich fühlte mich auf dem Eis, wo es den richtigen und den falschen Tritt gab, den sicheren und den gefährlichen Weg, das Eis und den Himmel und sonst nichts, einfach mehr zu Hause.

Am Tag, bevor die Arbeit anfing, ging ich zurück in die Stadt.

»Ich dachte schon, wir müssten doch einen Suchtrupp losschicken«, sagte Brad, als ich die Tür zum Büro öffnete.

Ich setzte mich ihm gegenüber. »Wie viele Kids kommen mit? Ist der Ausflug immer noch ausgebucht?«

»Ich habe noch nie jemanden gesehen, der vier Wochen allein auf dem Eis verbracht hat«, sagte er und sah mich über den Schreibtisch hinweg an.

»Mir gefällt es da draußen.«

»Zehn Stück. Du arbeitest zusammen mit Jason. Er hat schon mal für mich gearbeitet, aber das ist eine Weile her. Du übernimmst die Leitung. Bist du die Strecke gegangen?«

Ich nickte. »Zweimal.«

»Du kannst heute Nacht entweder hier im Laden schlafen oder wieder auf dem Sofa. Wie du magst.«

»Polster hören sich besser an als ein harter Boden.«

»Du hast doch die ganze Zeit auf Eis geschlafen.«

»Deshalb klingen Polster ja auch so großartig.«

Die Teilnehmer kamen alle am folgenden Tag an. Der nächstgelegene Flughafen, der immer noch sechs Stunden entfernt lag, wurde nur einmal am Tag angeflogen. Brad holte alle in einem Kleinbus ab und brachte sie in die Stadt. Am Abend trafen wir uns, um die Ausrüstung vorzubereiten. Ich watete durch ein Meer an Zeug, das auf dem Boden des Büros lag, von einem Teilnehmer zum anderen und half ihnen dabei, ihre Sachen zu ordnen, kontrollierte, ob sie alles Notwendige hatten, und redete ihnen alles andere aus.

»Du brauchst keinen Nagelknipser und keinen Rasierer«, sagte ich zu Elizabeth. »Und auch keine Wasserfarben.« Sie war siebzehn und hatte lange dunkle Haare, die ihr gleichmäßig über die Schultern fielen. Dazu trug sie enge Jeans und trotz der Kälte nur ein Top und einen Push-up-BH.

»Doch, brauche ich schon.« Sie stopfte alle drei Dinge in ihren nagelneuen Rucksack. »Ich bin Künstlerin.« Sie sah mich mit zusammengekniffenen Augen an.

»Und auch nicht dieses riesige Handtuch. Ich habe noch ein kleineres.« Ich stand auf, um ein leichteres Handtuch zu holen.

»Ich nehme mein eigenes Handtuch mit«, entgegnete sie langsam und betonte dabei jedes Wort sorgfältig.

»Na gut.« Sie nervte mich jetzt schon. Ich ging weiter.

»Dieser blöde Ausflug war nicht meine Idee«, sagte sie. Als ich mich wieder zu ihr drehte, fügte sie hinzu: »Meine Eltern haben mich zur Strafe hierhergeschickt.«

»Ganz schön teure Strafe.« Ich sah ihren vollen Rucksack. »Nimm ein paar Sachen raus.«

Sie schaute mich mürrisch an, als ich mich dem Gepäck des nächsten Teilnehmers zuwandte.

Am ersten Tag auf dem Eis freute ich mich darüber, wieder mit Jugendlichen zu arbeiten und sie in eine Welt zu führen, in die ich mich verliebt hatte. Wir gingen Richtung Westen und folgten der geplanten Route, die weder aus Wegen noch Landmarken bestand, sondern aus Himmelsrichtungen und Gradangaben. Ich ging voran, Jason bildete die Nachhut. Da die Teilnehmer rutschten und schlitterten und sich erst noch an Klettereisen und das volle Gewicht ihrer Ausrüstung gewöhnen mussten, ging ich langsam voraus. Es dauerte nicht lange, bis Elizabeth trotz ihres überpackten Rucksacks an allen anderen vorbeigelaufen war. Schließlich hatte sie zu mir aufgeschlossen.

»Ist eigentlich ganz in Ordnung«, sagte sie. »Ich dachte, es wäre furchtbar, aber so scheiße ist es gar nicht. Mir gefallen diese Dinger hier, wie heißen sie noch mal?«

»Klettereisen.«

»Klettereisen. Die gefallen mir, fühlt sich an, als könnte ich damit rennen.«

Ich sah zu ihr rüber. Sie ging nun Seite an Seite mit mir. »Lass es besser bleiben.«

Am Abend hatten die meisten von ihnen den Dreh raus, einige hatten sich allerdings den ganzen Tag um jeden Schritt Sorgen gemacht. Die Stimmung war also nicht gut, als wir unsere Zelte aufschlugen. Jason und ich erklärten uns bereit, das Abendessen zu machen, damit sich die Teilnehmer in ihren Zelten ausruhen konnten. Elizabeth stellte ihr Zelt zusammen mit ihrer Mitbewohnerin auf und kam dann ins Küchenzelt, wo Jason und ich gerade Campingkocher und Schüsseln heraussuchten. Das Küchenzelt war ein kleines Tipi aus Stoff ohne Boden, weniger ein Zelt als ein Wetterschutz.

»Bevor ich hierherkam, wusste ich nicht einmal, was ein Gletscher ist«, verkündete sie, während sie zwei der leeren, wasserfesten Taschen aufeinanderstapelte und sich draufsetzte.

»Möchtest du dich nicht in deinem Zelt ein bisschen hinlegen?«, fragte Jason. Er war so alt wie ich, auch Kletterer, und war in einem Truck gekommen, den er so ausgestattet hatte, dass er darin wohnen konnte, um weniger arbeiten zu müssen und mehr klettern zu können. Mir gefiel, wie sein sandblondes Haar unter der Mütze rausschaute.

»Du solltest dich für morgen ausruhen«, riet ich ihr.

»Ich bin nicht müde. Was gibt es zu essen? Ich sterbe vor Hunger. Kann ich schon jetzt einen Happen haben?«

Ich nahm ein Schneidebrett und das Messer aus meiner Tasche. »Du kannst den Käse aufschneiden.«

Am zweiten Tag auf dem Eis, nachdem Jason klargestellt hatte, dass die Teilnehmer keinen Sex miteinander haben sollten, schlief Elizabeth mit dem Jungen, der sich schnell als der Anführer der älteren Jungs herausgestellt hatte, und begann daraufhin, ihn kalt und konsequent zu ignorieren. Die Jugendlichen ergriffen innerhalb weniger Stunden Partei. Zu einem Zeitpunkt, zu dem wir uns alle vertrauen und aufeinander verlassen können mussten, hatte sie es geschafft, uns aus dem Gleichgewicht zu bringen. Als ich ihr genau das sagte, entgegnete sie: »Man braucht zwei zum Ficken.«

»Stimmt«, erwiderte ich. »Rob habe ich das Gleiche gesagt. Aber du bist zu ihm ins Zelt geklettert und hast seinen Mitbewohner rausgeschmissen.«

Sie sah mich wütend an und stampfte über das Eis davon.

Beim Abendessen war Elizabeth die Erste in der Reihe. Sie stapelte zwei Burritos auf ihren kleinen Teller und setzte sich windgeschützt an die Rückseite des Küchenzelts. Stephanie, ein kleines zierliches Mädchen und ein Jahr jünger als Elizabeth, war als Nächstes dran. Sie setzte sich neben Elizabeth. Dann kam Rob an die Reihe. Als er das Küchenzelt verließ, warf er Elizabeth einen Blick zu, der fast so kalt war wie das Eis, auf dem er stand, und suchte sich einen Platz, so weit von ihr entfernt wie möglich. Stephanie rutschte auf, näher in Richtung Rob. Abgesehen von zwei Mädchen, die schnell Freunde geworden waren und die Situation offensichtlich nicht wahrnahmen, sah ich, wie jeder andere der Teilnehmer aus dem Küchenzelt herauskam, Elizabeth allein da sitzen sah und sich dann zu Rob und den anderen setzte. Ich bemerkte, wie Elizabeths Gesichtsausdruck von Mal zu Mal härter wurde.

Später kroch sie zu mir ins Zelt. »Alle hassen mich.« Ihr Gesicht war rot vom Weinen.

Während ich mich in den Schneidersitz setzte, um ihr in dem kleinen Zelt Platz zu machen, wünschte ich mir, wieder allein auf dem Eis zu sein, vielleicht zusammen mit Jason.

»Alle sagen, ich hätte nur mit Rob geschlafen, um ihn zu verarschen, aber die haben keine Ahnung, wirklich keine verdammte Ahnung. Er wollte es genauso wie ich, und dann hat er gesagt, was er gesagt hat, was ich dir nicht erzählen werde, weil es so verdammt gemein war. Vielleicht hat er mich verarscht. Aber das kann ich keinem sagen, weil ich sonst erzählen müsste, was er gesagt hat. Alle hassen mich, genau wie mein Vater gesagt hat.« Ihre Stimme klang verzerrt. Sie fing zu schluchzen an, zog ihre Beine an sich und legte den Kopf auf die Ellbogen.

Der Damm war gebrochen, sie konnte das, was auch immer sich in ihr aufgestaut hatte, nicht mehr zurückhalten. Es fiel mir schwer, zu durchschauen, ob sie übertrieb. Aber schon nach zwei Tagen hatte ich erkannt, dass sie unberechenbar war, wie ein tobender Strom durch eine

Schlucht nahm sie entweder mit, was ihr im Weg war, oder riss es fort.

Aber sie sah so einsam aus, ein perfektes Abbild von mir in ihrem Alter. »Ich glaube nicht, dass dich alle hassen«, sagte ich, woraufhin sie sich zu mir wandte, mir den Kopf auf die Schulter legte und anfing heftig zu weinen.

Ich war nicht in einer Familie aufgewachsen, in der einer den anderen anfasste. Gelegentlich hatte mir meine Mutter während *unserer Zeit* eine Strähne aus dem Gesicht gestrichen. Abgesehen davon lebten wir alle in unserer eigenen kleinen Welt, ohne in den Bereich der anderen einzudringen. Niemand fragte je, wie es mir ging, wie ich mich fühlte. Als Erwachsener, wenn ich mich öffnete, fiel es mir schwer, nicht abzuwägen, wie oft, wie viel, wie schnell ich etwas preisgab.

Elizabeth hielt mich fest an sich gedrückt, ohne auf meine emotionale Zurückhaltung Rücksicht zu nehmen, und weinte sich durch das Erlebte der letzten Tage, der letzten Monate oder Jahre. Langsam erwiderte ich ihre Umarmung und legte ihr die Hand auf den Rücken.

6

»Lass uns nachsehen, ob wir im Schuppen irgendwas finden, das uns mit dem Boot hilft. Meinst du, es gibt eine Winde?«, schlage ich vor. Es dauert immer noch eine Stunde bis zur Ebbe.

Kyle zuckt mit den Schultern. »Ich weiß nicht. Vielleicht.«

Als wir rausgehen, weht mir der Wind die Haare ins Gesicht. Ich halte an, um mir einen Pferdeschwanz zu machen, und bin dankbar für das eine Haargummi, das ich noch habe. Kyle wartet auf mich. Mir fällt eine vom Wind zerrissene Plane auf. »Was da wohl drunter ist?« Die Plane ist über einen schulterhohen, etwa drei Meter langen Stapel direkt an der Außenwand des Leuchtturms gespannt.

»Ich schätze, das ist das Feuerholz«, sagt Kyle. »Sieht aus, als müssten wir nicht hacken …« Er verstummt, als ich die Plane herunterziehe. Das Holz ist morsch und zerfällt in meinen Händen. »Oh«, meint er. »Sieht aus, als bräuchten wir etwas anderes als eine Plane.«

Ich betrachte den Holzstapel und denke an all die Arbeit, die es gekostet hat, so viel Holz herzuschaffen, zu hacken und zu stapeln. Und es dann einfach verrotten zu lassen.

Der Schuppen, ein rechteckiges Gebäude aus Holz, liegt an einem kleinen Abhang neben dem Leuchtturm.

Drinnen brauchen meine Augen einen Moment, um sich an die Dunkelheit zu gewöhnen. Wir stehen in einem quadratischen Raum, etwa zehn auf zehn Meter, der voll ist mit Dingen, die man möglicherweise noch einmal gebrauchen könnte: ganze Planen und Reste, Krüge, Ölkannen, stapelweise Plastikeimer mit unbekanntem Inhalt, die an einer Wand aufgestellt sind, Holzreste, alles ordentlich aufgeräumt. Eine nackte Glühbirne hängt von der Decke, es gibt einen kleinen Generator für Elektrowerkzeuge, einige Verlängerungskabel und eine Werkbank.

Kyle geht rüber zur Wand. »Genug Holz, um einen Verschlag fürs Feuerholz zu bauen.« Er dreht sich um und begutachtet den Rest des Raums. »Keine Ahnung, wo eine Winde sein könnte.«

Ich fange auf einer Seite des Schuppens zu suchen an, während er auf der anderen beginnt. Ich quetsche mich zwischen zwei Stapel aus Plastikeimern und stoße mit dem Fuß gegen etwas, das an die Wand gelehnt ist. Im Halbdunkel erkenne ich ein kleines Bündel. Vorsichtig hebe ich es mit zwei Händen hoch. Kleine, harte Teile verrutschen im Handtuch, als ich es bewege. Ich lege es ab, wo mehr Licht ist, und packe es aus.

»Sieh dir das an«, sage ich.

Kyle kommt zu mir. Er lehnt sich vor, lässt die Hände bei sich.

Vollständige Teile des Skeletts liegen auf einem kleinen Haufen sauberer Knochen, alle hellbraun, manche gebrochen oder gesplittert. Ich nehme den Schädel in die Hand. »Ich glaube, es ist ein Vogel. Oder war mal einer.«

»Was hat der hier verloren?«, wundert sich Kyle.

Ich lege den Schädel wieder hin und nehme ein Bein in

die Hand. »Um noch in einem so guten Zustand zu sein, muss jemand die Knochen getrocknet haben, bevor sie eingepackt wurden.«

Ich sehe hoch zu Kyle.

»Wer hebt schon die Knochen von einem Vogel auf?«, sagt er scheinbar zu sich selbst und sieht sich die restlichen Dinge im Schuppen an. »Ich frage mich, was hier sonst noch so versteckt ist.«

Vorsichtig falte ich das Handtuch um die Knochen und lege es zurück, wo ich es gefunden habe. »Hat nicht der Mann von der Küstenwache gemeint, der Typ, der hier vorher gelebt hat, sei abgehauen? Weißt du etwas über ihn?«

»Keine Ahnung.«

»Du hast nie was gehört? Im Ort oder in Juneau?«

»Nur, dass er verschwunden ist.«

Ich sehe abermals zum Vogel in der düsteren Ecke und überlege, ob ich ihn entsorgen sollte. Aber jemand hat sich so große Mühe gemacht, dass es mir falsch vorkommt, ihn einfach ins Meer zu werfen. Ohne ein weiteres Wort macht sich Kyle wieder über die Kisten und Regale her.

Wir finden keine Winde, nur ein altes Seil. Ich weiß zwar nicht, ob wir es brauchen können, aber ich nehme es trotzdem mit.

Unten am Strand sieht es bei Ebbe etwas besser aus, aber nicht viel. Zwischen uns und dem Boot sind jetzt nur noch fünfzehn Meter Wasser statt zwanzig. Der Wind hat sich beruhigt, doch kalter Regen fällt sanft auf die Kapuze meiner Regenjacke. Das Licht des frühen Abends hat dieselbe Beschaffenheit wie das Licht am Nachmittag; erst gegen elf wird es dunkel werden. Wir beobachten, wie der Bug des

Bootes, der an der Boje befestigt ist, ab und zu durch die Wasseroberfläche ragt.

»So weit ist es nicht.« Kyle hält die Augen auf das schäumende Wasser gerichtet.

»Das schaffst du nicht.«

»Anna, wir brauchen hier draußen ein Boot. Außerdem ertrage ich es nicht, wenn die Fischerboote hier vorbeikommen und unser Boot so an der Boje hängen sehen.«

»Lass uns noch einmal versuchen, es rauszuziehen«, schlage ich vor.

Wir stellen uns an die Anlegeleine und ziehen. Es fühlt sich an, als versuchten wir, eine Backsteinwand zu bewegen. Meine Füße rutschen auf den flachen Steinen. Ich falle hin, ein spitzer Stein bohrt sich mir durch die Hose ins Knie. Hinter mir lässt Kyle das Tau fallen. »Es ist zu schwer, solange der Außenbordmotor noch dran ist«, stellt er fest.

»Lass mich nachdenken«, entgegne ich, während ich zu einem Stein oben am Weg gehe, der groß genug ist, um darauf zu sitzen. Von meinem Knie läuft Blut das Schienbein herunter und in meine Socken.

Ich höre ein Platschen und dann die rhythmischen Züge nackter Arme auf der Wasseroberfläche, als Kyle schnell und gezielt Richtung Boot schwimmt.

»Kyle!«, rufe ich. Seine Anziehsachen liegen gefaltet unter der Regenjacke, damit der Regen die Kleidung nicht durchnässt, und die Stiefel obendrauf. Er braucht zwei Minuten, um zum Boot zu kommen. Ich fange an, am Strand auf und ab zu laufen, höre das Geräusch von Wind auf Eis, spüre das Gewicht der Ausrüstung, sehe, wie sich die Gletscher öffnen, die Dunkelheit darin hervortreten.

»Kyle!«, rufe ich noch einmal. Er ist jetzt beim Boot. Dann nimmt er einen langen Atemzug und verschwindet unter der Wasseroberfläche. Drei Minuten. Der Bug schwankt heftig. Kyle taucht auf und dann wieder unter. Vier Minuten, fünf Minuten. Ich halte den Atem an. Nur das Geräusch des Regens ist zu hören, sonst nichts.

Er taucht zwischen dem Boot und dem Strand auf und schwimmt deutlich langsamer. Er wechselt ins Paddeln, hebt seinen Kopf nicht mehr. Ich ziehe meine Stiefel aus, wate bis zur Hüfte ins Wasser, schneide mich an Muscheln. Er schafft es, auf die Beine zu kommen, und taumelt auf den Strand zu. Seine Lippen sind blau, die Haut seiner Arme, Brust und Beine weißgrau. »Wir müssen sofort reingehen«, sage ich und versuche, mit nassen Socken und Hosenbeinen in meine Stiefel zu kommen, während Kyle langsam aufsteht. »Du bist ein Idiot«, füge ich hinzu.

Er greift nach seiner Kleidung, kann sie aber nicht halten.

Ich nehme Kyle in den Arm, stütze seinen Körper gegen meinen. »Ich hol die Sachen später.«

Drinnen setzt er sich in den Schaukelstuhl, und ich laufe die Treppe hoch, um die Wolldecke zu holen. Während Kyle sich einwickelt, hole ich einen Stapel Papiertücher aus dem Lager hinter dem Vorhang unter der Treppe, werfe sie in den Holzofen und zünde ihn an. Dann laufe ich raus zum Schuppen, meine Füße rutschen in den nassen Stiefeln, und schnappe mir die kürzesten Holzblöcke, die ich finden kann. Sie passen trotzdem nicht in den Ofen. Ich muss die Tür offen lassen, und drei, vier Keile ragen in den Raum. Kyles Lippen sind immer noch blau, und er zittert. Er schaut mich irritiert an.

»Ein Raum aus Beton wird schon nicht Feuer fangen«, erwidere ich.

Er rückt den Schaukelstuhl näher an den Ofen. »Deine Hose ist nass. Du … du musst dich aufwärmen«, stottert er.

Ich ziehe einen der Küchenstühle heran, ziehe meine Hose, Stiefel und Socken aus und hänge sie nah beim Ofen über die Lehne. Kyle hebt die Decke an, und ich schmiege mich an ihn. Für eine Weile bleiben wir so, unsere Körper wärmen sich gegenseitig. An seinen Hals gelehnt sage ich: »Wir können nicht hier draußen bleiben, wenn du weiter so dumme Entscheidungen triffst.«

»Manchmal muss man eben etwas riskieren.«

»Risiken gehen nicht immer so aus. So, dass du und ich noch hier sind.«

»Es ist doch alles gut gegangen. Hier sind schon viele Leute mal kurz im Wasser gewesen, wenn es sein musste.«

Kyle legt die Arme fest um mich. Ich fühle mich, als würde ich am Anfang einer langen Rutsche stehen. Wenn ich jetzt alle Worte loslasse, nehme ich so viel Schwung auf, rausche voll auf Kyle zu, und er ist völlig unvorbereitet. Dann schließe ich die Augen und halte alles fest.

Eine Stunde später stehen wir wieder am Strand, beide in einigermaßen trockenen Klamotten. Wir schaffen es nur mühsam, das Boot Stück für Stück mit dem Anlegetau einzuholen, aber irgendwann haben wir es an den Strand gezogen. All unsere Vorräte sind weg. Ohne den Außenbordmotor sieht es nackt aus. Ich ziehe den Stöpsel und das verbleibende Wasser läuft daraus ab.

»Ich hoffe, der Evinrude funktioniert«, sagt Kyle.

»Ich auch.« Ich stecke den Stöpsel wieder rein. Wir

müssen auf die Flut warten, um das Boot wieder ins Wasser zu setzen und an der Boje zu befestigen. »Hunger?«, frage ich. Es müsste so gegen neun Uhr abends sein, auch wenn es noch hell ist.

»Ja.«

In der Küche finde ich einen Dosenöffner und einen Topf. Ich mache die Bohnen über dem Holzofen warm, weil ich mich noch nicht imstande fühle, den Küchenofen in Gang zu setzen. Während ich die Bohnen mit einem selbst geschnitzten Löffel, der immer noch eher wie ein Stock aussieht, umrühre, fällt mir auf, wie durstig ich bin.

Kyle wühlt erneut in den Sachen unter der Treppe.

Ich suche noch einen weiteren Topf im Schrank und sage Kyle, dass ich rausgehe, um in der Zisterne nach Wasser zu sehen.

»Sollte voll sein«, meint er. »Es hat ja bisher den ganzen Sommer nur geregnet.«

Die Zisterne ist ein schwarzer Plastiktank, zwei auf drei Meter, in den das Regenwasser vom Dach des Leuchtturms geleitet wird. Ich stehe davor und haue dagegen. Das hohle Geräusch hallt über den Kanal. Ich kontrolliere den Abfluss. Er ist offen. Na klar. Hätte man ihn hier für zwanzig Jahre einfach stehen gelassen, wäre er übergelaufen.

Ich schaue über den Kanal in Richtung der Stadt und frage mich, warum uns der Typ von der Küstenwache nicht Bescheid gegeben hat und was er sonst noch unerwähnt gelassen hat. Ich beuge mich hinunter und schließe den Abfluss.

Drinnen rührt Kyle gerade die Bohnen um. »Fertig.«

»Es gibt kein Wasser. Ich habe den Abfluss gerade zugemacht.«

»Morgen fahren wir in die Stadt und kaufen ein.«

»Nur wenn der Evinrude funktioniert.« Ich lasse mich in den Stuhl neben dem Holzofen fallen. »Wann, hat der Typ von der Küstenwache gemeint, kommt das Patrouillenboot vorbei?«

»Bei der nächsten Fahrt.«

»Wann wird das sein?«

Kyle zuckt mit den Achseln. »Normalerweise sind sie zwei Wochen unterwegs. Ich weiß nicht, ob sie auf dem Weg raus oder auf dem Rückweg hier vorbeikommen. Ich bring den Evinrude schon zum Laufen.«

Wir essen die schwarzen Bohnen, ohne zu reden, jeder in Gedanken über unsere Lage vertieft.

»Der Lieutenant hat doch gesagt, es gibt ein Funkgerät. Damit könnten wir die Küstenwache rufen.«

Er sieht auf. »Möchtest du etwa schon in den ersten vierundzwanzig Stunden nach Hilfe rufen?«

Meine Kehle ist trocken und kratzt. Ich brauche etwas zu trinken. Irgendetwas. Aber das Gefühl, das ich hatte, als wir die Insel betraten, ist immer noch da; langsam breitet es sich Zelle für Zelle aus, und ich will nicht, dass es aufhört. »Nein. Wir kriegen das mit dem Evinrude schon hin.«

Er isst den letzten Bissen. »Komm, lass uns uns noch ein bisschen umsehen, bis das Boot wieder schwimmt.«

Das Plumpsklo ist so widerlich, dass ich die Luft anhalten muss. »Hier fehlt Asche«, stelle ich fest.

»Wie haben die das hier hingekriegt?«, fragt Kyle. »Werden wohl Dynamit verwendet haben.«

»Das ist wahrscheinlich auch jetzt die einzige Lösung«, sage ich und mache die Tür wieder zu.

Wir gehen weiter zum letzten kleinen Gebäude auf der Insel. Am äußersten Zipfel, so weit draußen wie möglich, etwa siebzig Meter vom Leuchtturm entfernt, befindet sich das Nebelhorn. Es steht in einer eineinhalb Meter hohen, quadratischen Konstruktion, die ebenfalls aus weiß gestrichenem Holz ist. Auf dem Dach sind zwei große Lautsprecher befestigt, der eine zeigt den Kanal rauf, der andere runter. Ich versuche, mir den Kanal im Nebel vorzustellen. Ich versuche, mir vorzustellen, hier zu sein und nicht hinaussehen zu können.

Kyle bemerkt meinen Gesichtsausdruck. »Du musst unbedingt den Raum mit dem Leuchtfeuer sehen. Du warst noch nicht oben, oder?«

Ich schüttle den Kopf und folge ihm zurück in den Leuchtturm. Eine einfache Holzleiter mitten im Schlafzimmer führt durch ein kleines Loch in der Decke in den Raum mit dem Leuchtfeuer. Ich steige zuerst hinauf, Kyle ist gleich hinter mir. Nachdem ich die Falltür geöffnet habe und hindurchgeklettert bin, finde ich mich auf einer hölzernen Plattform wieder, auf der die Lichtquelle befestigt ist. Von dort aus hat man eine Dreihundertsechzig-Grad-Sicht über dunkles, graues Wasser, verschneite Gipfel und die Gletscher, die dazwischen Richtung Meer fließen. In den niederen Tälern kann man Bäume und Flüsse sehen, steinige Ufer und raue Felsklippen. Es raubt mir fast den Atem.

Zu meiner Rechten ist ein kleiner Tisch mit einem Funkgerät, einer Propangaslampe und einem braunen Notizbuch, auf dem vorne US COAST GUARD HIBLER ROCK steht. Ich schalte das Funkgerät an, die Nummer sechzehn leuchtet rot auf der Anzeige. Ich setze mich auf den schmalen Holzstuhl und öffne die erste Seite des Logbuchs. Es gibt nur einen Eintrag.

> 07. Dezember 1979 1140 Amy Marie sinkt. SOS an Küstenwache abgesetzt.

Die schmale Handschrift entspricht der auf den Farbeimern. Sonst steht dort nichts, nur leere Seiten. Ich schließe das Notizbuch. In der oberen rechten Ecke des Schreibtischs bemerke ich eine weitere kleine eingeritzte Nummer neunundzwanzig. Kyle sieht, wie ich die Finger über die gleichmäßigen Ziffern gleiten lasse. Er hat die Leuchte begutachtet und kommt jetzt zu mir, um sie sich genauer anzusehen.

»Neunundzwanzig was?«, fragt er so leise, als ob er es zu sich selbst sagen würde und nicht zu mir.

»Ich weiß nicht«, antworte ich. »Neunundzwanzig Gipfel? Noch neunundzwanzig Tage? Im Küchenschrank ist noch eine eingeritzt.«

Kyle schaut mich verunsichert an. »Vielleicht hat er die Dinge aufgezählt, vor denen er sich hier draußen verstecken wollte.«

Während er zurück zur Leuchte geht, muss ich bei der Vorstellung schlucken, dass Kyle denkt, ich täte dasselbe.

Die Seekarte, die ich vor unserer Ankunft in der Stadt angesehen hatte, bezeichnete das Leuchtfeuer als »zweimal unterbrochenes Sektorenfeuer mit der Farbe Grün und einer Wiederkehr von 10 Sekunden«. Ich gehe zu Kyle und schaue es mir an. Das Licht wird durch eine dicke Glasscheibe gebündelt, die aus einer Reihe komplizierter Prismen und Linsen besteht, die, wie Kyle mir erklärt, den streifenden Lichtstrahl konzentrieren und so weit wie möglich übers Meer rausschicken.

»Sieht aus, als könnte es Öl vertragen.« Kyle stöbert in den dunklen Untiefen der sich im Augenblick noch bewegenden Teile.

»Wofür ist das hier da?« Ich gehe einen Schritt nach links und ziehe am Griff des größten Scheinwerfers, den ich je gesehen habe. Er ist ungefähr auf Brusthöhe montiert, und ich kann ihn nach oben und unten und zu allen Seiten bewegen. »Um Leute zu blenden?«

»Ist wahrscheinlich hilfreich, wenn jemand nachts in Seenot gerät.«

Ich stimme ihm zu und schlendere zurück zu den Fenstern. Mit den Händen an der Glasscheibe, die so hoch ist, dass ich nicht bis ganz nach oben greifen kann, sehe ich Richtung Norden.

Berge und Wasser und Eis. Ich habe das Gefühl, mich auszustrecken, als ob diese ganze Schönheit ein Sofa wäre, auf dem ich mich endlich ausruhen könnte. Ich fange an, mir Täler und Kammlinien aus Eis einzuprägen, wobei ich den Süden vermeide. Ich richte meinen Blick auf das Eisfeld von Juneau, betrachte es aus scheinbar sicherer Entfernung, dabei fällt mir der eindringliche Geruch von Eis, das ausgeprägte Gefühl von Freiheit ein. Als ich mich umdrehe, kauert Kyle nur Zentimeter entfernt vom Fuß der Blende.

»Ich glaube, es ist noch nichts kaputt, aber da muss heute noch Öl rein.«

Er macht sich auf den Weg zum Schuppen, um die Ölkanne zu holen, doch ich bleibe, erfüllt von einer unerwarteten Ruhe, hier. Die Bäume am Ufer stehen still und fest, während das Wasser aufgrund des aufkommenden Windes hin und her gepeitscht wird. Ohne dass ich es erklären könnte, wächst in mir die Zuversicht.

Durch das Fenster in Richtung Westen sehe ich, dass das Boot immer noch im Trockenen liegt. Ich steige durch die Falltür ins Erdgeschoss.

Hinter dem Vorhang unter der Treppe stehen vier ordentlich aufgeräumte Regale, eines davon voller Putzmittel. Bleiche, Sagrotan, Schimmelkiller, alle Aufkleber wellen sich, manche Wörter verschwimmen.

Ich greife zum Schimmelkiller. Daneben liegt ein Stapel fein säuberlich gefalteter Lappen. Ich nehme einen in die Hand und falte ihn auf. Es ist das Teil eines T-Shirts, von Schwarz zu Blau verwaschen. Ich betrachte die Buchstaben auf dem Fetzen und denke über den Mann nach, der vor uns hier war, und warum er die Nummer neunundzwanzig in Möbel geritzt hat. Ich falte noch ein paar mehr auf, bis ich die Worte CHICAGO TRIBUNE ausmachen kann.

Kyle kommt mit der Ölkanne zurück.

»Sieh mal.« Ich zeige auf die Teile des T-Shirts. »Der Vogeltyp hat bei der *Chicago Tribune* gearbeitet.«

»Oder vielleicht hat er sie nur gelesen«, entgegnet er, während er die Treppen hochgeht.

Ich schrubbe die Wand mit einem der in Schimmelkiller getränkten T-Shirtteile, bis schließlich eine kleine Fläche wieder weiß ist. Ich drehe mich um und schaue mir die acht großen Wände des Raums an. »Wie widerlich.«

Als Kyle die Treppe herunterkommt, habe ich ein Viertel einer Wand wieder weiß gekriegt. »Bereit, mir mit dem Evinrude zu helfen?«

Im schwindenden Tageslicht tragen wir den Außenbordmotor an den Strand. Das Boot treibt im knöcheltiefen Wasser. Wir klettern rein und befestigen den Motor umständlich am Heck. Kyle geht los und holt Benzin. Wir schieben das Boot weit genug raus ins Wasser, um den Motor herunterzulassen. Ich stehe bis zum Rand meiner Stiefel im Wasser und schaue Kyle dabei zu, wie er im Boot über dem Evinrude steht. Er befestigt die Benzinleitung und wirft ihn an. »Keine Ahnung, wie lange das Benzin schon hier herumliegt. Ist wahrscheinlich eine Menge Wasser drin.«

Ich erwidere nichts. Wasser blockiert Motoren.

Kyle zieht an der Schnur, und sie reißt. Er flucht, öffnet den Deckel und wickelt die Schnur auf, bindet sie wieder fest und spult sie erneut auf. Das Boot, immer noch am Anlegetau befestigt, ist weiter weggetrieben. In der aufkommenden Dunkelheit ist Kyle in Schatten gehüllt. Ich sehe ihm dabei zu, wie er die einzelnen Teile des Motors handhabt, erkenne an seiner Haltung die tatsächliche Schwere unserer Situation. Er kämpft gegen die Dunkelheit, den Wind und die Entfernung zur Stadt. Er zieht abermals an der Schnur. Nichts. Auf einmal wird es schnell dunkel, und der Wind nimmt zu. Kyle zieht wieder und wieder. Nach sieben oder acht Versuchen reagiert der Evinrude, springt an und stirbt. Wir beide jubeln. Wenn er einmal angesprungen ist, wird er es wieder tun.

Hinter uns geht das Leuchtfeuer an. Wir drehen uns beide um, den heftigen Wind im Rücken, um das grüne Licht langsam über die Wasseroberfläche, die Insel und wieder raus aufs Wasser gleiten zu sehen. Das Leuchtfeuer verwandelt alles, was es berührt, und lässt es dann in dunklerem Dunkel zurück. Es wird leise, während das Meer, das felsige Ufer, Kyle und ich darauf warten, erneut davon erfasst zu werden.

7

Am nächsten Morgen schauen wir gemeinsam aus dem Fenster. Das Meer ist glatt und ruhig.

Kyle klettert aus dem Bett und steigt in dieselben Klamotten wie gestern, die noch auf dem Boden liegen. »Ich sehe mir den Evinrude noch mal an, dann können wir in die Stadt fahren, um Wasser und Lebensmittel zu kaufen. Vielleicht sogar eine Ladung Holz, bevor der Wind am Nachmittag wieder zunimmt. Hoffentlich funktioniert die Kettensäge im Schuppen.« Er atmet schwer aus. »Ich bin bereit für die Stadt.«

Ich drehe mich rechtzeitig auf den Rücken, um ihn in seine Stiefel steigen zu sehen. Er hat das Zimmer verlassen, bevor sich einer von uns fragen kann, wie viel Wasser im Benzin ist, wie weit es in die Stadt ist, wie wenig Boote unterwegs sind, die Leuten helfen könnten, die mit einem kaputten Außenborder unterwegs sind.

Ich atme tief durch und bereite mich auf den Tag vor. Selbst wenn wir bis in die Stadt kommen, selbst mit einem funktionstüchtigen Boot, scheint es unmöglich, alles zu schaffen, was wir vorhaben: zwanzig bis dreißig Bootsladungen Holz schneiden, herbringen, hacken und stapeln, einen Lagerplatz dafür bauen, ihn streichen, eine Lösung fürs Plumpsklo finden – *abbrennen,* denke ich mir –, ein Gewächshaus bauen, wenn wir öfter als einmal im Monat frisches Gemüse essen wollen, es dann bepflanzen und einen Weg finden, es zu beheizen. All das innerhalb der nächsten zwei Monate, bevor der Herbst kommt und wir mit unserem Boot den Kanal nicht mehr passieren können. Und auch das nur, wenn der Evinrude läuft. Falls nicht, reichen unsere gemeinsamen Ersparnisse nicht aus, um einen neuen Außenbordmotor zu kaufen.

Ich starre erneut aus dem Fenster, dieses Mal nach Süden richtung Juneau, zähle die Gipfel, bis ich weiß, dass ich den richtigen habe. Gerade so kann ich die Schleifen der Gletscher ausmachen, die wie ein Schal um den Gipfel gewickelt sind. Ich sehe den südlichsten Gletscher an, die letzte Landschaft, die ich so gut kannte wie den Abstand zwischen Kyles Schulter und seiner Hüfte, und mir wird seltsam klar, dass ich da bin, wo ich sein soll. Ich wehre mich gegen den Gedanken und ziehe mich rasch an.

Mein Durst hat sich in einen dicken Film verwandelt, der mir im Mund und in der Kehle liegt, ein beinahe wahnsinniges Verlangen. Als ich nach draußen trete, höre ich das laute Heulen des Außenbordmotors. Kyle hat einen Plastikeimer voller Werkzeug neben sich. Es ist ein ruhiger Tag, die Wolkendecke hängt hoch über den Bergen auf beiden Seiten des Kanals. Er sieht auf und lächelt, als ich näher komme.

»Du hast es hingekriegt«, sage ich über das Knattern hinweg.

»Besser wir fahren los, bevor das Ding aufgibt.«

Ich steige ein, außer dem, was ich an mir trage, habe ich sowieso nichts mitzunehmen. Der Evinrude stottert, als wir den Gang einlegen, fällt dann aber in einen klappernden, hämmernden Rhythmus und wir fahren los. Während wir halb so schnell wie mit unserem alten Motor den Kanal hochfahren, behalte ich den Leuchtturm im Auge, der hinter uns kleiner und kleiner wird.

Auf dem Weg in die Stadt fällt der Evinrude zweimal aus. Die Schnur reißt noch einmal, und die Benzinleitung leckt, aber Kyle überzeugt ihn jedes Mal, bis der Hafen in Sicht ist.

Ich habe gemischte Gefühle, als wir anlegen. Ein Teil von mir möchte sich beeilen, so schnell wie möglich zurückfahren, der andere Teil möchte jeden umarmen, den ich sehe, ihm erzählen, was wir erlebt haben, aber vor allem brauche ich Wasser.

Ich binde den Bug an, während Kyle das Heck befestigt. Wir überqueren die Straße und trennen uns dann; Kyle geht zum Diner, wo ich ihn, nachdem ich in der Bank war, treffen werde. Er hatte seinen Geldbeutel glücklicherweise in der Hosentasche, als das Boot sank. Dort gehe ich als Allererstes auf die Toilette, schaufle händevoll Wasser aus dem Hahn, trinke, bis mein Bauch nichts mehr aufnehmen kann, und lege den Kopf aufs Waschbecken. Dann stelle ich mich an, fühle mich schon viel besser, erkläre dem Mann am Schalter, dass mein Geldbeutel untergegangen ist. In einer Stadt voller Fischer ist das nichts Besonderes. Der Mann am Schalter erkennt mich und lässt mich Geld abheben. Im Diner hat Kyle uns zwei große Kaffees und Orangensaft und extra Frühstück bestellt.

Im Supermarkt füllen wir zwei Einkaufswagen mit Lebensmitteln und Wasser. Wir gehen zurück zur Bank und heben noch einmal Geld von unserem Ersparten ab. Im Baumarkt kaufen wir Schlafsäcke, einen Campingkocher und Taschenlampen, Kühlboxen und einige wasserfeste Taschen, ein Notfallset fürs Boot, Arbeitshosen, Wollhemden, jeder ein paar Pullis und einige Beutel, um alles zu verstauen. Ich muss noch auf die andere Straßenseite in den einzigen Damenladen, um Unterhosen und einen neuen BH zu kaufen.

Kurz vor Mittag stehen wir wieder am Hafen, das Boot so voll wie am Morgen zuvor. Ich sehe zum Horizont, in Richtung des Leuchtturms. Ich muss an die Sicht aus dem Raum mit dem Leuchtfeuer denken, an das beruhigende Gefühl, das dort in mir aufgekommen war, und möchte dorthin zurück.

»Fällt dir sonst noch irgendetwas ein, was wir mitnehmen müssten?«, fragt Kyle mit den Händen in den Hosentaschen.

»Ich glaube nicht, dass der Evinrude noch mehr verkraften kann. Außerdem sollten wir los, bevor der Wind zunimmt.«

Wir husten und stottern uns den Weg zurück zum Leuchtturm. Der eigentlich zweistündige Ausflug kostet uns dreieinhalb Stunden, der Wind wird mit jeder Stunde stärker. Wir entladen das Boot sofort.

Mit Regalen voller Lebensmittel und Wasser und vollen Kühlboxen, beginne ich gedanklich Listen von allem, was jetzt noch gemacht werden muss, zu machen sowie von den Dingen, die später noch auf uns zukommen, um diesen Ort bewohnbar zu machen, um uns einem widerwilligen Haus aufzuzwingen.

Kyle sitzt am Küchentisch, während ich ihm die wichtigsten Punkte aufzähle. Er sieht von mir zu den verschiedenen Baustellen im Raum. Ich gehe zum Fenster, schätze die Windstärke anhand der Wellen. »Heute können wir kein Holz holen. Wir werden morgen früh los müssen und jeden Morgen, bis wir genug davon haben.«

»Anna, entspann dich. Wir haben unendlich viel Zeit, wir müssen nicht alles in der ersten Woche machen. Bis wir Holz geholt haben, können wir alte Kanthölzer zum Kochen verwenden. Ich werde mich mal im Schuppen umsehen.«

»Wer weiß, wie viele windstille Tage wir noch haben werden? Kann sein, dass es erst in einer Woche wieder geht. Wir müssen jeden ruhigen Tag ausnutzen. Kannst du dir vorstellen, wie viel Holz wir brauchen, wenn wir den ganzen Winter damit kochen *und* heizen wollen?«

Kyle hebt die Augenbrauen und sieht aus dem Fenster. Er bewegt sich langsam, so wie er es tut, wenn er nicht gut geschlafen hat, wenn ihn etwas beschäftigt und er es nicht lösen kann. »Wir schauen einfach, wie es morgen aussieht.«

Am Nachmittag geht Kyle in den Schuppen und sucht nach Holz, das wir verwenden können, um eine Überdachung für unser Feuerholz zu bauen. Ich verbringe Stunden damit, den Schimmel von den restlichen Wänden zu kratzen. Dann mache ich eine Pause, um den Küchenofen zu inspizieren. Es handelt sich um genau so ein Modell, wie ich es einmal in einem Museum über die Siedlerzeit gesehen hatte, abgetrennt hinter einem dicken Seil in einem Raum voller Geschirr und Kübel und Waschbretter aus der Zeit der Wirtschaftskrise in den Dreißigerjahren.

Vorne hat er zwei Türen, eine deutlich größer als die andere, eine große Oberfläche mit abnehmbaren, runden

Kochplatten. Ich öffne die Türen und überlege mir, dass hinter der größeren das Feuer gemacht werden soll und die andere wohl da ist, um Sachen warm zu halten.

Ich gehe zum Schuppen, um Holz fürs Abendessen zu sammeln, und werfe es in einen großen Eimer. Ich finde auch einen Wasserschlauch, verbinde ihn mit der Zisterne und leite ihn durch ein Fenster in die Küche. So müssen wir, wenn die Zisterne wieder aufgefüllt ist, kein Wasser schleppen. Ich schneide ein kleines Stück Styropor zurecht, klemme es in die Öffnung des Fensters und klebe es mit Tape fest, damit kein Regen reinkommt. Als Nächstes nehme ich mir mit zwei Flaschen Sagrotan und einem Farbeimer das Plumpsklo vor.

Als es spät am Abend dunkel wird, schmerzen meine Arme von all der Arbeit. Ich zünde zwei Propangaslampen an und freue mich über das Licht, das sie machen. Während ich das Feuer im Ofen verteile, um die Hitze für die gegrillten Käsesandwiches zu reduzieren, gewöhne ich mich zögerlich an das Gefühl, dass wir heizen können und genug Lebensmittel und Wasser haben, um nicht sparen zu müssen. Während der Wind heftig am Leuchtturm rüttelt, starre ich auf das Regal voller Wasserkanister.

Als es draußen dunkel ist, kommt Kyle herein. »Ich habe ein paar Zedernschindeln gefunden, aus denen man ein richtiges Dach bauen kann. Wir werden das trockenste Holz weit und breit haben.« Er sieht sich im Raum um. »Ich hatte keine Ahnung, dass die Wände tatsächlich weiß sind. Sieht viel besser aus. Wie steht es ums Plumpsklo?«

»Wir werden es wohl doch nicht abbrennen müssen.«

»Das sind ja großartige Neuigkeiten.« Er setzt sich mir gegenüber, und ich schiebe ihm ein Käsesandwich von der

Pfanne auf einen Teller. Dass wir gemeinsam einen Haushalt führen, beruhigt mich immer mehr.

Nach dem Abendessen klettere ich zum Raum mit dem Leuchtfeuer hinauf. Mein Blick folgt dem grünen Lichtstrahl, wie er über das aufgewühlte Wasser streift. Das Eis über mir ist dunstig gelbgrün, die Kanten der Felsen schwarz vor dem Hintergrund des grauschwarzen Himmels. Ich setze mich an den kleinen Holztisch und nehme mir das Logbuch vor. Noch einmal lese ich den Notruf von 1979 und versuche, mir eine zittrige Stimme vorzustellen, die über das Funkgerät nach Hilfe ruft. Ich greife danach und schalte es an. Die Nummer sechzehn springt an und leuchtet in dicken Lettern auf der Anzeige.

Ich nehme einen Stift und schreibe:

> 17. Juni 2000, Wind von Norden, 25-30 Knoten, Wolkendecke auf 300 Metern, kein Regen.

Ich muss lächeln und fühle mich wie der Hüter des Kanals. Ich beobachte den Wind auf dem Wasser und greife schließlich in meine Hosentasche, um das zerknüllte Stück Papier herauszuholen, das ich, seitdem ich Richtung Norden unterwegs bin, jeden Tag bei mir trage. Ich falte es auf dem Tisch aus, starre die zehn Ziffern der Telefonnummer an. Auf der Insel gibt es kein Telefon, ich sollte die Nummer wegräumen, denke ich, aber ich habe mich so an sie gewöhnt. Es kommt mir vor, als würde ich in die richtige Richtung gehen, wenn ich sie bei mir hatte. Ich frage mich, was wohl passiert wäre, wenn ich mit all dem Zeug untergegangen wäre. Ich lege den Zettel entlang der Faltung zusammen und stecke ihn wieder in die Tasche.

Ich nehme das Funkgerät mit in die Küche. Kyle erkennt sofort einige der Stimmen, Seefahrer, mit denen er gearbeitet hat. Den anderen geben wir Namen. Einen nennen wir den Dicken, einen den Brüller. Es macht es gemütlicher, noch ein paar Stimmen im Haus zu haben.

Am nächsten Morgen wachen wir bei heftigem Wind auf. Also können wir nicht mit dem Boot rausfahren. Stattdessen kümmern wir uns um die Aufgaben auf der Insel, während der Wind alles mit sich nach Süden zieht. Am nächsten Morgen sieht es genauso aus.

Es dauert fünf Tage, bis wir rausfahren können. Wir überqueren den Kanal an der schmalsten Stelle. Kyle gibt ordentlich Gas, bis der Evinrude nach zwei Drittel der Strecke aufgibt. Er nimmt den Deckel ab und fängt an, daran zu werkeln. Der Motor hustet zweimal, fällt erneut aus. Kyle schnappt sich einen Schraubenschlüssel aus der Werkzeugkiste, die er aus dem Schuppen mitgebracht hat. Ohne aufzusehen oder zu unterbrechen, fragt er: »Kannst du erkennen, wohin uns die Strömung zieht? Wie viel Zeit habe ich?«

Ich beobachte das Ufer, beobachte, wie sich unsere Beziehung dabei verändert. »Richtung Festland. Du hast Zeit.« Ich schaue auf den Boden des Bootes – Kettensäge, Wasser, Proviant –, nehme Bestand auf, um zu wissen, wie lange es uns reicht, sollten wir stranden. Das neue Notfallset, das wir in der Stadt gekauft haben, ist mit Tape unter der Reling befestigt. Ich hatte auf eine extra Leuchtfackel bestanden. »Weißt du, was das Problem ist?«, frage ich ihn.

»Ja. Halt das mal.« Er reicht mir drei Schrauben und zwei Beilagscheiben. Er werkelt noch ein Weilchen, tauscht die Schrauben aus, sagt mir, ich soll die Daumen drücken, zieht dann an der Schnur, und der Motor springt an. »Was für ein Scheißteil«, schimpft Kyle, als er sich wieder hinsetzt.

Wir fahren am Strand entlang und suchen nach einer Lichtung in den dichten Bäumen. Wir finden eine, ziehen das Boot an Land und gehen den kurzen Weg durch den Sumpf, Marschland in sommerlichem Grün. Am Rand des Sumpfs stehen Bäume, die vor Kurzem vor dem Säuregehalt des Bodens und dem Überangebot an Wasser kapituliert haben. Die toten Bäume sind perfekt für Vogelnester geeignet und den Holzofen.

Die Kettensäge durchbricht die sanften Geräusche des Waldes, und alles andere verstummt dadurch. Ich fälle zwei Bäume, und während ich die Äste abschneide, stapelt Kyle sie und schleppt sie in den Wald. Er arbeitet nah bei mir und sieht jede meiner Bewegungen mit der Säge voraus. Er kennt meinen nächsten Schnitt, weiß, wann er näher kommen kann, wann ich mehr Platz brauche.

Während ich die Stämme zersäge, beginnt Kyle, sie zum Boot zurückzutragen. Beim ersten Aufkommen des Windes unterbreche ich meine Arbeit kurz. Wir sehen beide zu den Baumkronen, die hin und her schaukeln. Ich zerteile den Rest des Baumstamms, dann schalte ich die Säge aus. Das Geräusch hängt noch eine Weile in der Luft, bis es vom Geschrei der Möwen am Ufer übertönt wird.

Mit dem Oberarm wische ich mir grob eine Schicht Sägemehl von der Stirn. Meine Regenjacke, Hose und Hände sind ebenfalls mit feinem Sägemehl bedeckt, das der Regen in klebrigen Schmutz verwandelt hat.

Wir gehen noch dreimal mit Holz beladen zum Boot. Ich kann nur einen der runden Blöcke auf einmal tragen.

Wenn wir wieder auf der Insel sind, werden wir sie in kleine Teile hacken, die in den Küchenofen und den Holzofen passen. Kyle trägt zwei auf einmal. Wir laden sie ins Boot, schieben es raus ins tiefere Wasser, weil es vom Gewicht des Holzes schwer und tief im Wasser liegt. Ich binde eine rote Schnur um einen Ast am Ufer, damit wir wieder herfinden.

»Wir haben genug Zeit, um den Rest zu holen«, sagt Kyle, als er sieht, was ich mache.

Auch die unteren Äste der Bäume fangen nun an, sich im Wind zu bewegen. »Ich will nichts riskieren. Wenn wir so tief im Wasser liegen, möchte ich nicht vom Wetter überrascht werden.«

»Das geht schon.«

»Ich habe aber Nein gesagt.« Wir starren uns am steinigen Ufer über die kurze Distanz an.

»Was ist denn mit dir los?«, fragt Kyle. »Du tust gerade so, als wärst du noch nie im Hinterland gewesen. Was ist mit der ganzen Zeit, die du beim Klettern und Tourenleiten warst? Warst du da auch die ganze Zeit so gestresst?«

Ich starre ihn an. »Wir haben es schon einmal versenkt.«

Er blinzelt genervt. »Das ist doch Schwachsinn. Es ist noch nicht mal richtig windig, aber wenn du so besorgt bist, können wir auch fahren.« Er bindet das Boot los. »Ich dachte, du wärst hier draußen anders.«

Ich steige ins Boot. »Ich versuche nur, vorsichtig zu sein.«

»Du hast Schiss.« Er schiebt das Boot weiter raus ins Wasser, bis es ihm bis zum Rand seiner Gummistiefel steht, und steigt dann ein. »Das ergibt keinen Sinn, ich meine, du bist alleine auf der Alcan getrampt.«

»Das ist was anderes.«

»Warum denn?«

»Weil ich da nur für mich allein verantwortlich war.«

Kyles Hand liegt auf dem Steuer des Außenbordmotors, und wir treiben im Zug der Strömung. Er hat ihn noch nicht angeworfen. »Du fühlst dich für mich verantwortlich?«

»Wenn ich nicht Ja gesagt hätte, wären wir nicht hier draußen.«

»Du bist nicht für mich verantwortlich, Anna, du bist nur für dich selbst verantwortlich.«

»Wir treiben auf einen Felsen zu.« Ich zeige auf einen großen Felsen, der hinter uns aus dem Wasser ragt. Er dreht sich um, flucht und zieht dreimal an der Schnur, bis der Motor einige Zentimeter vom Felsen entfernt anspringt. Das laute Dröhnen füllt den Raum zwischen uns aus.

Am Abend mache ich auf dem Ofen Wasser warm, und wir benutzen die Fetzen des T-Shirts als Waschlappen. Das geht recht schnell, denn die Kälte des Raums bindet sich an mich, sobald meine Haut nass wird. Ich erkläre eines meiner Hemden zum Handtuch, was einigermaßen gut funktioniert. Wir ziehen uns so schnell wie möglich trockene Klamotten an und wärmen uns vor dem Holzofen wieder auf.

Am sechsten Tag auf der Insel, als wir gerade das Feuerholz aus dem Boot ausladen, kommt die Küstenwache. Wir halten beide inne und beobachten, wie das weiße Schiff zweihundert Meter vor der Küste der Insel zum Halten kommt. Über die Seite wird ein kleines Gummiboot ins Wasser gelassen, und zwei Männer klettern hinein.

Als die beiden die Insel erreichen, sehe ich, dass es ordentlich frisierte junge Männer sind, von der Sorte, die an der Bar zwei Budweiser auf einmal bestellen. Auf ihren Schwimmwesten steht in dicken Lettern JUNEAU COAST GUARD.

»Wie läuft's?«, fragt der mit den Sommersprossen.

»Gut.« Kyle geht ihnen entgegen und leitet den Bug um die Felsen an den Strand.

»Ihr habt euch also entschlossen, hier zu leben?«, fragt der dünne, verwirrt Dreinblickende, als die beiden aus dem Boot steigen.

»Ja.« Ich erwidere seinen Blick.

»Der Captain hat uns hergeschickt, damit wir euch zeigen, was wir machen, wenn wir zur Instandhaltung kommen. Ziemlich simpel, das meiste habt ihr wahrscheinlich sowieso schon herausgefunden.« Der mit den Sommersprossen scheint das Sagen zu haben. Wir folgen ihm in den Schuppen, wo er uns das Werkzeug für den Betrieb der Leuchte zeigt, und dann rauf zum Leuchtturm. Er öffnet die Eingangstür, als ob er nicht in unsere Privatsphäre eindringen würde. Mich überkommt das Gefühl, dass es mein Haus ist, das er betritt, dass er einen von uns die Tür hätte öffnen lassen müssen, hätte reingebeten werden müssen.

Im Raum mit dem Leuchtfeuer zeigt er in die Tiefe der sich bewegenden Teile. Kyle stellt ihm ein paar Fragen, und ich will nur, dass sie wieder wegfahren. Ich will hier draußen alleine mit Kyle sein, aus dem Leuchtturm unser Zuhause machen.

Ich lasse sie allein und gehe wieder herunter. Als sie endlich wieder in ihr Boot klettern und zurück zum Kutter fahren, bin ich erleichtert. Ich sehe zu, wie die anderen Männer das Boot wieder an Bord ziehen und an Deck befestigen. Der Motor startet langsam, und der Kutter macht sich auf den Weg. Ich beobachte, wie sie den Kanal hinauf verschwinden, und merke, wie der Raum auf der Insel wieder unserer wird.

Die nächsten zwei Wochen verbringen Kyle und ich mit dem Fällen von Bäumen und Schleppen von Holz. Jeden Nachmittag, wenn der Wind aufkommt, arbeiten wir auf der Insel weiter. Wir hacken Holz, fangen an, das Gerüst aufzustellen, um den Leuchtturm streichen zu können, karren eine Ladung schimmliges Holz nach der anderen zum Strand herunter, kippen es ins Meer und machen Pläne für ein Gewächshaus.

»Es muss möglichst flach sein.« Kyle halbiert jede meiner fein gezeichneten Wände. »Wegen dem verfluchten Wind.«

Abends geht Kyle methodisch durch den Inhalt eines jeden Plastikeimers im Schuppen. Er verbringt Stunden dort, oft geht er danach über die Insel spazieren. Einmal begleite ich ihn, aber er redet nicht viel. Jede Antwort ist einsilbig, also lasse ich ihn allein auf seinen abendlichen Runden.

Ich zeichne weiter die Windgeschwindigkeit, die Namen der vorbeikommenden Schiffe und das Wetter im Logbuch auf. Ich lerne, wie man Wäsche wäscht, indem man sie zwischen den Knöcheln reibt. Ich spanne ein altes Seil als Wäscheleine über den Holzofen.

An einem Nachmittag, nachdem ich den Flaschenzug am Anlegetau geölt habe, höre ich Kyle, kurz bevor ich die

Tür aufmache, lachen. Mir fällt auf, wie lange es her ist, dass ich ihn zuletzt habe lachen hören.

Er spricht ins Funkgerät: »Kein Rumstehen mehr im Regen so wie ihr armen Kerle.« Er steht mit dem Rücken zu mir vor dem Fenster. Dann dreht er sich um und zeigt unten auf dem Kanal auf die *Laura Ann*. Ich gehe zum Fenster und stelle mich neben ihn, sehe das Schiff langsam vorbeiziehen. Ich hake einen Daumen in seinen Gürtel ein.

»Ach, es ist nicht dasselbe ohne dich an Bord«, sagt Jimmy, der Deckarbeiter, mit dem Kyle die letzten zwei Saisons gearbeitet hat, über das Funkgerät.

»Ich bin mir sicher, ihr kriegt das gut hin.«

»Tja, es wird morgens weniger geflucht, und es gibt keine Geschichten mehr über …«

Kyle unterbricht die Übertragung, indem er sagt: »Habt ihr bisher schon was gefangen?«

Ich sehe zu ihm auf und würde gerne wissen, worüber er grinst, aber er behält den Blick durch das Fenster aufs Boot gerichtet.

In Jimmys Stimme liegt noch ein Lachen. »Nein. Aber bei diesem Trip wird alles anders, ich kann es fühlen. Also Kyle, ich melde mich, wenn wir das nächste Mal vorbeikommen, besonders wenn es um drei Uhr nachts ist.«

»Viel Erfolg da draußen.«

»Euch auch. *Laura Ann* zurück zu Kanal sechzehn.«

»Hibler Rock zurück zu Kanal sechzehn.«

An diesem Nachmittag klettere ich die Leiter hinauf. Ich gehe um die Leuchte auf der hölzernen Plattform herum, unter mir breitet sich das Wasser aus, über mir die Berge, mein und Kyles Leben passt genau dazwischen. Die Sonne, noch Stunden davon entfernt unterzugehen, scheint schwach unter einer dicken Wolkenschicht durch. Ich stehe Richtung Norden gewandt und lasse meinen Blick auf der Stelle ruhen, wo sich die nächstgelegenen Glasscheiben treffen. Ich lege meine Hände fest auf die erste Scheibe und versuche, mir wieder die scharfen Kanten des Eises, die steilen Felswände, die sanften Täler dazwischen einzuprägen, meine eigene Spiegelung ein Teil davon.

8

Am nächsten Morgen stehen wir früh auf. Das Wasser ist so aufgewühlt, dass wir lieber am Strand bleiben und Holz hacken, als ans Festland zu fahren, um mehr zu holen. Wir wechseln uns ab; einer hackt, während der andere das Feuerholz für den Ofen mit der Schubkarre zum Leuchtturm hochbringt. Ich übernehme die erste Schicht an der Axt und arbeite, bis mir die Muskeln in den Schultern und Armen bei jedem Hieb schmerzen.

»Tauschen wir?«, frage ich Kyle, als er das nächste Mal mit der Schubkarre vorbeikommt.

»Na klar.«

An seinen ersten Hieben erkenne ich, wie sehr ich im Laufe des Vormittags abgebaut hatte. Ich belade die Schubkarre, schiebe sie hoch, lade aus und hole uns Wasser und zwei Müsliriegel von drinnen. Auf dem Weg herunter ziehe ich die Kapuze über den Kopf, da es angefangen hat, fein und langsam zu regnen. Als ich wieder hochsehe, hat Kyle aufgehört zu hacken. Die Axt lehnt an seinem Bein, und er beobachtet ein Boot, das sich uns von Juneau aus nähert. Es ist um einiges größer als unseres, für stürmischeres Wetter geeignet, aber trotzdem ganz schön weit von Neely oder Juneau entfernt an einem so unbeständigen Tag.

Am Strand reiche ich Kyle eine Flasche Wasser und einen Müsliriegel.

»Danke.« Er reißt die Verpackung auf und isst die Hälfte auf einen Bissen. Das Boot fährt an der Insel vorbei, nicht nahe, aber nah genug, dass ich die beiden großen Außenborder am Heck des Bootes und einen Mann in der Steuerkabine ausmachen kann. Plötzlich nimmt er den Gang raus.

»Was treibt der?«, wundert sich Kyle.

Der Mann rührt sich nicht.

»Er schaut aus, als hätte er nicht mit uns hier gerechnet«, sage ich.

Das Boot wird nun von der Strömung von der Insel weggetrieben. Der Mann starrt uns immer noch an. Er hat sich nicht bewegt, genauso wenig wie wir.

»Warum glotzt der uns an?«, fragt Kyle.

Das Boot schwankt heftig, als es seitlich zwischen zwei Wellen gerät, genug um den Mann aus seiner Starre zu lösen. Er wirft die Außenbordmotoren an, dreht ab und fährt etwas weiter auf den Kanal hinaus. Er werkelt mit dem Rücken zu uns am Heck herum. Dann wirft er eine Boje und eine Langleine über Bord.

»Will der hier Heilbutt fangen?«, fragt Kyle. »Was zum …«

Ich kann keine Details erkennen. Der Mann trägt wie alle im Südosten Alaskas dieselbe Uniform aus dicker Regenjacke und Gummistiefeln.

»Im Kanal ist es zu tief für Heilbutt«, meint Kyle.

»Kommt wahrscheinlich gerade erst aus dem Süden und weiß es noch nicht besser.«

Der Mann legt die Langleine aus, die am Boden liegen sollte, wo sich der Heilbutt aufhält, und versieht sie alle paar Meter mit einem Köder.

Kyle schüttelt den Kopf, isst den Rest seines Müsliriegels, will die Verpackung in die Tasche stecken, bis ihm auffällt, dass die Regenjacke keine hat. Er gibt mir die Verpackung.

»Ich habe doch auch keine Taschen.« Ich trage genau die gleiche Regenjacke, nur ein paar Nummern kleiner.

Er lacht und stopft die Verpackung in seinen Stiefel.

Wir arbeiten uns durch das Holz, während es langsam Nachmittag wird. Als wir drinnen trockene Klamotten anziehen und uns aufwärmen, kommt der Mann im Boot zurück, um seine Langleine wieder einzuholen. Ich beobachte ihn vom Fenster aus.

»Sieht nicht so aus, als hätte er was gefangen.«

Kyle steht vom Schaukelstuhl auf und kommt zu mir ans Fenster. »Natürlich nicht. Da draußen ist es zu tief für die Ausrüstung, die reicht gar nicht bis auf den Boden.«

Wir beobachten, wie der Mann sich schnell und konzentriert zwischen der Seite des Bootes, wo er die Langleine einholt, und der Steuerkabine, wo er den Kurs korrigiert, um nicht über die Leine zu fahren und sie in den Motorschrauben zu verheddern, hin- und herbewegt. Gar keine leichte Sache bei dem Wind und der Strömung.

»Sieht aber sonst so aus, als wüsste er, was er da macht«, stellt Kyle fest.

Als alles an Bord ist, wickelt der Mann die Langleine am Heck schnell auf und verstaut die Boje.

»War er den ganzen Nachmittag da draußen?«, frage ich. »Ich habe ihn nicht mehr gesehen, nachdem er seine Ausrüstung ausgelegt hat.«

»Er ist zurück nach Juneau, während das Zeug im Wasser lag.«

Der Mann fährt einen weiten Bogen um die Insel, wobei

er von den Wellen heftig hin und her geworfen wird. Anstatt zurück nach Juneau zu fahren, überquert er den Kanal in Richtung der Flussmündung, wo sich die Lachse befinden.

»Will er jetzt noch Lachs fischen?«, wundert sich Kyle. »Da gibt es nichts, bis im Herbst die Silberlachse kommen.« Wir sehen ihn am Strand anlegen, er springt über die Seite und befestigt das Boot an einer Leine, damit es auftreibt, wenn die Flut kommt.

»Wenn er sich hier bei der Länge verschätzt, versenkt er sein Boot doch? Ich meine, wenn sie zu kurz ist, wird es heruntergezogen, oder?«, will ich wissen.

»Entweder das oder der Anker löst sich und sein Boot treibt ohne ihn auf den Kanal raus. Mutig, wenn er nicht genau weiß, was er da macht. Es wäre besser, wenn er sich auf den Weg nach Juneau machen würde, um die Uhrzeit.«

Der Mann zieht ein aufblasbares Beiboot und ein paar wasserfeste Taschen aus dem Boot, lässt sie am Strand zurück und verschwindet dann im Wald. »Sieht aus, als wollte er dort campen, weil der Wind zunimmt. Meinst du, bei ihm ist alles in Ordnung?«

Kyle schüttelt den Kopf und zuckt mit den Achseln. »Er weiß, dass wir hier sind. Er kann uns über das Funkgerät rufen, falls er etwas braucht.«

Ich schaue zum Funkgerät auf dem Tisch. Als ich vorbeigehe, stelle ich sicher, dass es eingeschaltet ist.

In der Nacht kann ich nicht schlafen, weil ich weiß, dass auf der anderen Seite des Kanals jemand ist. Es kommt mir vor, als würden wir beobachtet. Ich möchte die Tür abschließen, aber sie hat kein Schloss. Ohne Kyle zu wecken, steige ich aus dem Bett und klettere in den Raum mit dem

Leuchtfeuer. Im Dunkeln kann ich die Flussmündung nicht ausmachen, bis das Licht darüberstreift. Im kurzen Aufleuchten kann ich erkennen, dass sein Boot noch da ist und am Anker hängt. Innerlich zähle ich zehn Sekunden, warte aufs nächste Aufleuchten und studiere den Strand, kann aber kein Zelt oder anderes Anzeichen seiner Anwesenheit dort sehen. Ich warte erneut auf den Lichtstrahl und sehe wieder kein Zeichen von ihm außer seinem Boot.

Ich klettere hinunter und lege mich wieder neben Kyle. Stundenlang verfolge ich den Bogen, den das Leuchtfeuer macht, höre dem Wind zu, Kyles rhythmischem Atmen. Irgendwann schlafe ich ein und wache auf, als Kyle sich im blassen Morgenlicht aufsetzt und durch das nächstgelegene Fenster sieht. »Der Typ ist weg«, sagt er.

Am ersten Juli setzt der Dauerregen ein. Ein stetiges Nieseln, das wie ein Vorhang über den Kanal weht. Zu jeder Zeit kann ich es irgendwo tropfen hören.

Wir sammeln und hacken weiterhin Holz, ich lerne durch eine lange Reihe von Versuchen, wie man im Küchenofen Brot backt. Kyle und ich arbeiten gelegentlich zusammen, aber meistens arbeite ich drinnen und er draußen am Dachkonstrukt fürs Feuerholz oder an irgendeinem anderen Projekt. Wenn wir Pausen machen, gehe ich nach oben in den Raum mit dem Leuchtfeuer, und er spaziert, mit den Händen tief in den Taschen und dem Blick aufs Meer gerichtet, um die Insel. Ich sehe ihm dabei aus der Ferne zu, der Regen zwischen uns.

Wir beschließen, uns um das Gewächshaus zu kümmern, während wir auf besseres Wetter warten, um mit dem Streichen anfangen zu können. Wir müssen innerhalb von zwei Tagen drei Fahrten nach Neely machen, um die Farbe vom Büro der Küstenwache abzuholen und um all die Sachen, die wir für das Gewächshaus brauchen, zu besorgen. Außerdem kaufe ich das flauschigste Handtuch, das ich finden kann, und zwei Waschlappen.

»Sollen wir heute Nacht in der Stadt bleiben?«, fragt Kyle jedes Mal, wenn wir dort sind.

»Nein, lass uns heimfahren.«

Im stetigen Regen schwinge ich wie wild die Hacke, um den Bereich, den wir für das Gewächshaus vorgesehen haben, einzuebnen. Kyle macht zu meiner Linken dasselbe. In der Zeit, die wir im Leuchtturm verbracht haben, haben wir eine zweite Sprache entwickelt, eine, die ohne Worte auskommt. Unsere Körper bewegen sich, arbeiten von verschiedenen Seiten dem gleichen Ziel entgegen. Ich frage mich, ob wir die eine Sprache gegen die andere eintauschen. Ich frage mich, ob man beides haben kann oder ob die eine die andere ersetzt.

In dieser Nacht, nachdem wir miteinander geschlafen haben, liege ich in Kyles Armen. Ich höre auf die leisen Geräusche im Zimmer und frage mich, was wir hier draußen eigentlich machen. Das Leben vermeiden? Es leben?

Schließlich verändert sich Kyles Atmung. Er entspannt sich vollkommen neben mir. In meiner Vorstellung sehe ich den Leuchtturm, wie er mir am Tag unserer Ankunft erschien. Er thront über der Insel, groß und gerade vor dem Hintergrund der Berge. Ich kann genau sehen, was er bedeutet, etwas zum Anlehnen, ein Ort, um Atem zu holen.

Am nächsten Tag werde ich von der Sonne geweckt. Ich sehe auf die Uhr. Halb fünf. Still liege ich da und lausche, kein Wind, kein Regen. Durchs Fenster sehe ich, dass der Himmel zu blau ist und die Berge zu klar sind. Ich muss aufstehen. Vorsichtig steige ich aus dem Bett, um Kyle nicht aufzuwecken, und klettere zum Raum mit dem Leuchtfeuer hinauf. Ich setze mich auf den Holzboden und lasse den Tag auf mich wirken. Unter blauem Himmel verwandelt sich die Landschaft; verwischte Kanten sind jetzt scharf, düstere Baumgruppen sehen aus wir Parks, das eiskalte Wasser lädt zum Schwimmen ein. Ich erwidere das Lächeln der imposanten Landschaft.

»Normalerweise gibt es pro Sommer nur drei oder vier solche Tage.« Kyle steht hinter mir. »Da lohnen sich doch die dreihundertdreiundsechzig Tage Regenwetter, oder?«

Ich nicke, und er setzt sich neben mich, wickelt die graue Decke, die er mitgebracht hat, um uns. »Sieh dir das an.« Er lässt den Blick über die Gipfel, die Täler, das Eis und das Wasser schweifen. »Will man da nicht rausgehen und alles erkunden?«

»Nicht wirklich. Ich möchte nur alles von hier aus sehen.«

»Wie kannst du das sagen? Alles voller Bären, Elche und Gletscher – es wäre so cool, alles anzuschauen.«

Ich drehe mich nach rechts, zähle die Gipfel, finde den, vor dem ich weglaufe. Ich betrachte den langen, glatten Gletscher, der fest um eine seiner Seiten gewickelt ist.

»Ich habe einige Zeit auf diesem da verbracht.«

Er folgt meinem Finger und sieht Richtung Süden. »Du bist auf den Candoa gestiegen? Das wusste ich nicht. Du hast nie gesagt...«

»Nein. Drei Gipfel südlicher von Candoa. Er heißt Knight Peak nach irgendeinem Typen aus Juneau, der ihn als Erster bestiegen hat. Er hat auch den größten Gletscher auf dem Eisfeld von Juneau nach sich benannt, der vom Gipfel ausgeht. Der beste Zugang ist auf der anderen Seite vom Eisfeld in British Columbia.«

Kyle hebt die Augenbrauen. »Wann war das denn?«

»Vor drei Jahren.«

»Gibt es auch was, was du nicht machst? Klettern, Gletscher. Hat dich *National Geographic* schon interviewt?«

»Ein Sommer da draußen hat mir gereicht.«

»Du bist so sexy, lass uns wieder ins Bett gehen.«

»Ich will damit sagen, dass es nicht gut war.«

»Ich will sagen, lass uns wieder ins Bett gehen. In Alaska ist nichts einfach nur gut, außer dir.«

Am nächsten Morgen ist der Regen zurück. Während wir zwei Ladungen Holz holen und dann weiter am Gewächshaus arbeiten, trommelt er mir auf die Schultern. Meine Muskeln wickeln sich bei all der Arbeit und dem kalten Regen immer enger um meine Knochen.

Wir stellen das Gerüst fertig, lang und nah über dem Boden und oben rund, nichts, was sich der Wind greifen kann. Beim Spannen der dicken Plane, aus der die Wände werden sollen, müssen wir sie beide festhalten, damit der Wind sie uns nicht aus den Händen reißt. Als wir es geschafft haben und sie sicher befestigt ist, treten wir ein. Es ist gerade genug Platz, um in der Mitte stehen zu können. Ich habe das Gefühl, in einem raupenförmigen Zelt zu stehen. Der Wind zerrt heftig an der Seite.

»Hätten es doch höher machen sollen«, meint Kyle.

»Wenn wir eine Möglichkeit finden, hier drinnen zu heizen, können wir länger Gemüse haben, vielleicht sogar den ganzen Winter über.«

»Ich bin mir sicher, dass wir auf dem Sperrmüll einen Holzofen finden, der wenigstens für die nächsten Monate genug Wärme produziert.«

An diesem Abend organisiere ich die Küchenschränke neu, während Kyle erneut die Plastikeimer im Schuppen systematisch durchsucht. Ich mache die beiden Propangaslampen an, ignoriere den schlechten Geruch und hoffe, dass ich mich daran gewöhnen werde.

Während ich auf der Arbeitsplatte stehe, räume ich den Vorrat von Dosen mit Tomaten, Bohnen und Mais ins obere Fach, das zu hoch ist, um vom Boden aus dranzukommen. Die erste Dose gleitet nur ein kurzes Stück, bevor sie gegen etwas stößt. Mit der Hand suche ich im Dunkeln, bis ich etwas aus Pappe spüre. Ich ziehe eine offene Box raus. Obenauf liegt ein geöffneter Briefumschlag. Darauf steht: WILLIAM HARRIS C/O US COAST GUARD, HIBLER ROCK. Ich klettere von der Arbeitsfläche hinunter und schlage den Zettel darin auf.

14. Januar 1978

Lieber Mr. Harris,
laut unserer Unterlagen haben Sie es bisher versäumt, sich nach Ihrer Rückkehr bei uns zu registrieren. Bitte füllen Sie das beiliegende Formular aus und senden es an die unten genannte Adresse zurück.

Mit freundlichen Grüßen,
Jason Denegrue
US Veteranenbetreuung
652 West State Street
Washington, D.C. 20420

Ich lege den Brief auf den Tisch. *William Harris* also. Das Formular, das er hätte ausfüllen und zurückschicken sollen, liegt noch im Briefumschlag. Als Nächstes sehe ich mir den Ledergürtel an. Er ist dunkelbraun, und man erkennt, wo jahrelang die Schnalle saß. Außerdem sind da noch ein paar Stifte und ein Zeichenblock. Ich schlage die erste Seite auf und betrachte die Skizze von Bergen und Meer.

Und dann erkenne ich sie.

Ich renne hinauf in den Raum mit dem Leuchtfeuer und schaue vom Schreibtisch aus übers Wasser. Die Neigung der Gipfel und die Anordnung der Täler stimmen mit der Zeichnung in meiner Hand überein. Ich blättere ein Bild weiter. Es ist genauso detailliert. Langsam streife ich durch den Raum, bis ich es finde. Es ist die Sicht aus der sechsten Fensterscheibe rechts vom Schreibtisch. Ich halte seine Zeichnung hoch und vergleiche sie mit der Sicht vor mir. Jede einzelne Linie, die Muster im Eis, sehe ich mir genau an. Die Gletscher sind jetzt lockerer an den Seiten und oben tiefer gefurcht, aber sie sind immer noch erkennbar. Mir fällt der tiefe Klang, den Gletscher nachts machen, wieder ein.

Ich muss schlucken und blättere zur nächsten Zeichnung. Sie zeigt den Leuchtturm vor dunklem Himmel. Die Perspektive ist merkwürdig, sodass man den Eindruck hat, er würde gleich über dem Betrachter einstürzen.

Am oberen Rand der vierten Zeichnung steht in feiner Handschrift SELBSTPORTRÄT. Ich studiere es genau. Die Skizze zeigt weites Wasser und fliehenden Himmel, nichts, um den Platz zu füllen, außer dem steinigen Schwanz der Insel, der beide voneinander trennt. Ich erkenne die Felsen, auf denen ich bei Ebbe schon stand.

»Sollst du hier irgendwo mit drauf sein?«, frage ich William Harris leise. »Oder geht es gerade darum, dass du es nicht bist?«

In der unteren linken Ecke jeder Skizze ist eine Signatur. Ich versuche, ein W oder ein H auszumachen, aber es ist weder das eine noch das andere.

Ich nehme das Skizzenbuch zurück mit in die Küche und gehe durch den Rest der Sachen in der Kiste. Ich finde eine Quittung von Chugach Motors in Neely vom 12. Juli 1978, ein paar Stifte, einen Bindestock zum Fliegenfischen und einige Tütchen mit Federn und buntem Faden und ganz unten eine Seite aus dem Skizzenbuch. Die Ziffern darauf sind groß und dick und schattiert. Er hat sich Zeit genommen, sie sind vollkommen gerade und sehen fast aus, als wären sie mit der Schreibmaschine getippt. Kyle kommt rein.

»Er hieß William Harris.«

Kyle blickt verwirrt drein.

»Der Typ, der vor uns hier gelebt hat«, füge ich hinzu.

Sein Blick fällt auf die Kiste auf dem Tisch. »Wo hast du das gefunden?«

»Da oben im obersten Fach.«

Er sieht sich vorsichtig die Federn und Papiere an und nimmt dann den Gürtel. Sein Gürtel ist mit allem anderen im Boot gesunken. Er schaut ihn sich an, wendet ihn in seinen Händen, bevor er ihn durch die leeren Schlaufen seiner Hose fädelt. Die Schnalle sitzt an ihrer gewohnten Stelle. Er passt ihm perfekt. Wir beide starren auf seine Hüfte.

»Sieht aus, als hättet ihr dieselbe Größe.«

Es dauert, bis Kyle antwortet. »Sieht ganz so aus.« Als

er wieder aufschaut, sagt er: »Geht doch nichts über den Gürtel von einem Toten.«

»Verschwunden heißt nicht gleich tot.«

Er bemerkt die Skizze in meiner Hand, schiebt meinen Daumen zur Seite, um den dicken Bogen der zwei und die perfekte Schattierung der neun besser sehen zu können. »Warum war er so von der Nummer neunundzwanzig besessen?«

»Keine Ahnung. Vielleicht hat er irgendwas verarbeitet.«

»Oder er war einfach gestört.«

»Er war Kriegsveteran«, erkläre ich und zeige auf den Brief. Kyle schaut ihn an, nimmt ihn aber nicht in die Hand. »Und ein guter Zeichner.« Ich zeige ihm die Zeichnungen im Skizzenbuch, die er sich lange ansieht.

»Ich habe Mitgefühl mit dem Typen. Er muss sich einsam gefühlt haben hier draußen«, sage ich.

»Warum interessierst du dich so für ihn?«

»Niemand außer uns und ihm wollte in den letzten zwanzig Jahren hier draußen leben. Ich frage mich bloß, wer er war und warum er das wollte.« *Und ob es ihm geholfen hat,* denke ich mir, spreche es jedoch nicht aus.

9

Am dritten Tag auf dem Eis hatten alle begriffen, wie sie auf Klettereisen laufen mussten. Ich erhöhte die Geschwindigkeit, doch alle kamen mit. Jason ging neben mir und nicht am Ende der Gruppe, was eigentlich bei zwei Tourleitern ein Verstoß gegen die Regeln war. Ich überlegte, ob ich etwas sagen sollte, aber mir gefiel, wie sein Südstaatenakzent all seine Geschichten abrundete. Wir verglichen unsere Erlebnisse in Utah, Colorado und Arizona und wer wo geklettert war. Wir waren innerhalb weniger Monate beide in Joshua Tree gewesen, zur selben Zeit in Ouray.

Ich sah auf den Kompass und korrigierte unsere Richtung, um auf Brads Route zu bleiben. Wir betraten ein altes Stromgebiet, das vom Wasser in eine tiefe, sich windende Mauer aus blauem Eis verwandelt worden war. Rechts von uns stieg sie zwölf Meter in die Höhe. Es war, als ob man durch eine gefrorene Welle wanderte. Die Kids wurden leise, als sie unter dem Dach aus Eis durchgingen. Ich sah, wie sie selbstverloren ihre Hemmungen angesichts einer Sache, die nicht irgendwie zu bewerten, sondern einfach nur da war, ablegten.

Die Stille umfing auch mich und Jason. Er fuhr mit der Hand über das blaue Eis. Als wir am anderen Ende wieder herauskamen und einen kleinen Anstieg hochgingen, sagte er: »Ich habe mich, seitdem ich in der Stadt angekommen bin, auf diesen besonderen Ort gefreut.«

»Hast du viel Zeit weiter oben auf dem Gletscher verbracht?«

»Nein, ich bin nur ein paarmal für Brad diese Strecke hier gegangen. Die meiste Zeit auf einem Gletscher habe ich oben in Wrangell-St.-Elias verbracht.«

»Je weiter man hochgeht, desto besser wird es. Ich würde gerne nach dem Trip hier noch weiter hochsteigen. Ich bräuchte einen Partner.«

»Möchtest du etwa mit mir ausgehen?«

»Ich möchte mit dir klettern gehen. Ich brauche nur jemanden am anderen Ende des Seils.«

»Okay, ich gehe mit dir aus.«

In diesem Moment fiel mir auf, dass ich schon eine Weile nicht mehr nach hinten gesehen hatte. Stephanie, das schmale zierliche Mädchen, war hundert Meter hinter der Gruppe zurückgefallen. Elizabeth, die eben noch ganz vorne direkt hinter mir und Jason gewesen war, war umgedreht und ging zurück zu Stephanie.

»Wartet hier«, sagte ich zu Jason und hastete zurück ans Ende der Gruppe. Aber Elizabeth erreichte Stephanie, bevor ich überhaupt in der Nähe war.

Stephanie wich einen Schritt zurück und sah Elizabeth argwöhnisch an, während sie mit ihr sprach. Elizabeth setzte zuerst ihren Rucksack ab, dann tat Stephanie ihr es gleich. Elizabeth fing an, aus Stephanies Rucksack alles, was sie konnte, in ihrem unterzubringen, und band dann noch zusätzlich Sachen außen fest. Sie hob den überpackten Rucksack erst auf ihr Knie und mühte sich anschließend ab, ihn auf den Rücken zu bekommen. Sie schwankte nach links und wäre beinahe gefallen, aber als sich das Gewicht gleichmäßig auf ihren Schultern verteilte, schaffte sie es, wieder ins Gleichgewicht zu kommen. Ohne Stephanie noch eines weiteren Blickes zu würdigen, schloss Elizabeth zur Gruppe auf, die sich um Jason gebildet hatte.

Als er sah, dass wir drei uns wieder in Bewegung gesetzt hatten, ging auch seine Gruppe los. Ich blieb am Ende, um sicherzustellen, dass Stephanie nicht noch einmal zurückfallen würde. Mit leichterem Gepäck hatte sie jedoch keine Schwierigkeiten mehr, mitzuhalten. Ich sah, wie Elizabeth langsam einen nach dem anderen überholte und wieder ihren Platz an der Spitze einnahm. Den Rest des Tages verbrachte sie unter einem Rucksack, der schwerer war als mein eigener.

Im Laufe der nächsten Tage gab Elizabeth, immer noch mit dem schweren Gepäck beladen, die Geschwindigkeit vor, und sie war schnell. Sie war mir immer auf den Fersen und trieb mich an. Die anfängliche Spannung zwischen Elizabeth und dem Rest der Gruppe löste sich bald auf, zerstreut von Elizabeths sonstigem Handeln. Ich beobachtete sie aus der Ferne, beeindruckt von der Heftigkeit, mit der sie alles anpackte. Nie wog sie ab, sondern stürzte sich voll und ganz auf das, was sie sich vorgenommen hatte.

Die Gruppe merkte, dass Elizabeth anders war. Sie teilten sich in zwei Lager auf, in diejenigen, die sich zu ihr hingezogen fühlten, und diejenigen, die sie nicht leiden konnten. Die einen hielten Schritt, um sich keine Blöße zu geben, und ihre Bewunderer, um ihr ähnlicher zu sein. Sogar Stephanie kam mit. Jeden Morgen trug Elizabeth ihren Rucksack zu Stephanies Zelt und packte so viel wie möglich ein. Und so brauchten wir auch weniger als eine Woche für die erste Hälfte von Brads Route. Ich überlegte, ob wir einen Tag Pause machen sollten, aber es hatte angefangen zu regnen, ein stetiges Nieseln, das zu kalt war, um irgendetwas anderes zu machen, als in Bewegung zu bleiben oder sich in den Schlafsack zu kuscheln. Noch einmal befragte ich den Kompass und die Luftbildaufnahme.

Wir waren einen Tagesmarsch entfernt von einem Tal, auf das ich bei einer meiner Wanderungen zuvor gestoßen war. Auf seinem Weg durch das Tal hatte das Wasser ein Labyrinth aus über sechs Meter hohen geschwungenen, blauen Eisstatuen zurückgelassen, das man durchlaufen konnte. Ich dachte an die Reaktion der Kids auf das kleinere Tal, das wir durchquert hatten. Sie wären begeistert von dem weiter nördlich. Ich drehte mich zu Jason um, der mit dem Rest auf mich zukam. Ich wollte es ihnen zeigen.

»Warte auf uns!«, rief ich Elizabeth zu. Wir duckten uns vor dem Regen, während wir auf die anderen warteten. Der Wind trieb den Klang ihrer Klettereisen in unsere Richtung, lange bevor sie da waren. Als sie alle vor mir standen, sagte ich: »Wir machen einen kleinen Umweg und gehen ein Stück nach Norden.«

Jason sah hoch.

»Schaut aufs Eis. Man kann die Schluchten da noch gut erkennen. Lasst uns aber etwas geschlossener gehen.«

Als wir wieder losgingen, blieb Jason vorne bei mir. »Das ist eine blöde Idee.«

»Das geht schon. Ich war wochenlang da oben unterwegs, wir bleiben weit unterhalb der Schneegrenze. Es gibt da etwas, das ich euch zeigen möchte.«

Er schüttelte den Kopf, aber sein Blick war der Auslöser dafür, dass ich mich in der Nacht in sein Zelt schlich.

»Sie hassen mich immer noch«, meinte Elizabeth nach dem Abendessen und konnte die geplante Lässigkeit nicht aufrechterhalten. Ich war an dem Abend mit Geschirrspülen dran, und sie hatte sich dazu bereit erklärt, mir zu helfen. Die Wände des Küchenzelts flatterten im Wind, und er wehte uns um die Füße.

»Ich glaube, die meisten verstehen dich nur nicht.«

»Sonst mögen mich zumindest die Jungs immer, aber das funktioniert auch nicht. Wahrscheinlich hat Rob, das Arschloch, allen Mist erzählt. So ist das immer. Mein Vater sagt mir immer, wer mich alles nicht leiden kann.« Sie sagte es, als würde es sich dabei um eine Nebensache handeln, aber ihr Gesichtsausdruck beim Abtrocknen einer weiteren Schüssel verriet, dass es nicht schnippisch gemeint war.

Im düsteren Licht des Küchenzelts drehte ich mich zu ihr um. »Kein gutes Zuhause?« Ich hatte den Eindruck, eine solche Situation bot nur zwei Auswege, entweder ihren oder meinen, zu einem rasenden Strom zu werden oder zu einer Reihe von Schlössern.

Sie unterbrach das Abtrocknen. »Mein Vater sagt wirklich fiese Sachen, und meine Mutter tut so, als wäre das völlig in Ordnung. Aber es ist nicht in Ordnung. Und dann gibt es die langen Phasen, in denen ich genauso gut unsichtbar sein könnte. Die denken, ich bin ein schlechter Mensch.«

»Ein schlechter Mensch hätte nicht die ganze letzte Woche Stephanies halbe Ausrüstung getragen.«

»Sie ist noch so klein.«

»Sie ist noch klein, aber das heißt nicht, dass du ihre

Ausrüstung tragen musst. Jeder ist für sich selbst verantwortlich.«

Elizabeth hatte immer noch die Schüssel in der Hand.

»Lass dir von deinen Eltern nichts einreden. Du kannst viel mehr, als man dir zutraut, besonders du dir selbst. Nächstes Jahr um diese Zeit hast du deinen Abschluss. Nach meinem Abschluss bin ich kein einziges Mal mehr heimgefahren.«

»Ich weiß nicht, ob ich es so lange aushalte.« Sie nahm die Schüssel noch fester in eine Hand und klopfte sich damit zweimal in die andere Handinnenfläche. »Mein Vater hat mich seiner Freundin vorgestellt. Christie. Als ob ich das nicht kapieren würde. Als ob ich nicht gesehen hätte, wie seine Hand nach unten fuhr, als er ihr die Tür aufgehalten hat. Er hätte ihr genauso gut an den Hintern grapschen können. Ich hab meiner Mutter davon erzählt, aber die interessiert das einen Scheißdreck. Weißt du, was sie zu mir gesagt hat? ›Christie ist eine gute, alte Freundin.‹« Elizabeth verdrehte die Augen, sie kam in Fahrt. »Verarscht ihr mich? Christie arbeitet im Büro meines Vaters, also habe ich sie angerufen, hab ihr gesagt, dass ich sie gerne noch mal treffen würde. Ich glaube, sie dachte, wir würden Freunde werden oder so was.«

»Und sie hat sich darauf eingelassen?«

Elizabeth machte eine dramatische Geste und nickte.

»Was für eine Niete.«

»Ja, sie ist ein noch größerer Versager als er. Ich hab ihr gesagt, dass ich es nur fair fände, wenn sie über alles Bescheid wüsste – sie ist zwar die Freundin meines Vaters, aber halt nicht die einzige. Wir waren ein paar Wochen vorher auf einem Picknick, meine Eltern und ich. Da habe ich von ihm und der Mutter einer meiner Freunde, die wirklich heiß ist, ein Foto gemacht. Er hat das gemacht, was er immer mit attraktiven Frauen abzieht, er beugt sich ein bisschen nach vorne, wenn sie reden, und hält den Kopf schräg. Er bekommt diesen Gesichtsausdruck, mit dem er so tut, als wäre es das interessanteste Gespräch der Welt. Na ja, du hättest jedenfalls Christies Gesicht sehen sollen, als ich ihr das Foto gezeigt habe. Ich hab ihr gesagt, dass er das sicher leugnen wird, aber dass er halt ein Lügner ist, ich meine, immerhin verheimlicht er meiner Mutter ja schon zwei Freundinnen, wie schwer kann es da schon sein, die eine der anderen zu verheimlichen. Und wenn es zwei gab, könnten es dann nicht auch drei oder vier sein? Vielleicht ist die eine nur ein Wochenendfick – und wer weiß wie viele One-Night-Stands?«

»Haben sie dich deshalb hierhergeschickt?«

»Meine Mutter ist erbärmlich.« Elizabeth ließ den Kopf sinken und rieb sich die Augen. »Warum wehrt sie sich nicht gegen ihn? Sie hat Christie zu ihrer Jubiläumsparty eingeladen. Eine Scheißparty, um zwanzig phantastische Jahre zu feiern, damit alle weiterhin denken, alles ist perfekt.« Elizabeth sah auf, die Haare hingen ihr ins Gesicht, ihre Augen waren gerötet. »Sie haben mich hierhergeschickt, weil ich mir den Champagner geschnappt habe und anstatt den Toast, den ich hätte sagen sollen, das hier erzählt habe.«

Ich zog die Augenbrauen hoch. »Du hast einem ganzen Raum voller Leute erzählt, dass dein Vater mit Christie schläft?«

»Japp.« Elizabeth sah wieder auf den Boden.

»Hast du den Teil mit dem Wochenendfick auch gesagt?«

Sie nickte gequält. »Ja, alles und dann habe ich gekotzt. Ich bin ein schlechter Mensch.«

Trotz allem, was ich über das Arbeiten mit Jugendlichen gelernt hatte, musste ich lachen. Ich lachte so heftig, dass ich mich hinsetzen musste. Anfangs starrte Elizabeth mich nur an, dann fing sie auch zu lachen an.

»Das ist ja großartig.« Ich wischte mir die Augen ab, musste abermals lachen. »Du bist auf jeden Fall mutiger als ich. Ich habe es nur all die Jahre mit eingezogenem Kopf ertragen. Vielleicht hast du recht, vielleicht kannst du nicht noch so lange bei ihnen bleiben. Sie hören sich furchtbar an. Aber sobald du deinen eigenen Weg gehst, wird alles gut werden. Du bist kein schlechter Mensch, du bist nur ganz schön temperamentvoll. Das könnte deine größte Stärke sein.« Ich griff nach den letzten Tellern und warf sie in das geschmolzene Stück Gletscher, das als kaltes Spülwasser diente. Ich sah sie an und fügte hinzu: »Und du bist wahnsinnig komisch.«

Als wir am nächsten Tag Richtung Norden wanderten, klarte der Himmel auf. Am Mittag war es sogar warm genug, um im T-Shirt herumzulaufen. Die Grenze zwischen Gletscher und Himmel war eine scharfe, dünne Linie weit vor uns. Die Stimmung aller stieg vom sonnigen Wetter. Elizabeth ging neben mir, noch schneller als sonst, alle anderen in einer Reihe hinter uns. Sie sang irgendeinen monotonen Hip-Hop-Song, der davon handelte, wie reich und berühmt irgendein Typ war, und tanzte dabei unter ihrem schweren Gepäck.

»Könntest du vielleicht etwas weniger Nerviges singen?«, fragte ich sie nach der vierten oder fünften Wiederholung.

Sie ging zu etwas noch Furchtbarerem über Trailer-Park-Girls über. Ich stöhnte auf.

»Wie kommt es, dass alle Erwachsenen gute Musik scheiße finden?«, wollte sie wissen.

»Ich bin nicht wirklich erwachsen, und das ist keine gute Musik.«

»Na ja, du bist keine Mutter, aber du bist erwachsen. Ich meine, du hast die Verantwortung für uns alle.« Sie zeigte auf die Jugendlichen hinter uns und drehte sich dann wieder zu mir. »Was ist überhaupt das Problem mit deinen Eltern?«

»Ich möchte nicht über meine Eltern reden.«

»Na super. Einfach alles verdrängen. Funktioniert auch super für meine Mutter. Was war das Problem? Haben sie sich volllaufen lassen und dann gegenseitig verprügelt?«

»Hör jetzt auf.«

Sie stellte sich vor mich, bremste mich aus. »Komm schon, Anna. Lass es raus.«

Wir standen uns gegenüber, der Sonnenschein zwischen uns. Ihre Augen heiß und glänzend, meine kalt und still. »So ungefähr also«, sagte sie. Sie wartete, schien alles zu sammeln und schloss dann die Augen, ließ ihren Kopf zurückfallen und stieß einen Schrei aus, der alles zwischen Gletscher und Himmel ausfüllte. Es brachte das Blut in meinen Venen zum Zittern, trieb es an. Ich wollte sie stoppen, sie davon abhalten, alles herauszubrüllen, konnte mich aber nicht bewegen. Als es vorbei war, sah sie mir in die Augen und lachte, fing an, sich mit weit ausgestreckten Armen zu drehen, dreimal, viermal, bis sich ihre Klettereisen im Eis verhakten und sie stolperte.

Sie lag immer noch an ihr schweres Gepäck geschnallt

wie eine Schildkröte auf dem Rücken. Ein paarmal strampelte sie und wollte sich über die linke Seite rollen. Dann versuchte sie, ihren Hüftgurt zu öffnen, aber er war zu straff gespannt.

»Anna«, sagte sie gelassen, als ob sie gerade an meine Tür geklopft hätte. Sie strengte sich weiterhin an, auf die Beine zu kommen, was uns beide erneut zum Lachen brachte.

Sie hielt eine Hand hoch. Ich stemmte meine in die Seite, als ich über ihr stand. »Anna, komm schon! Hilf mir doch! Ich kann nicht aufstehen! Nur hässliche Leute sind nachtragend!« Sie strampelte weiter, diesmal traf sie mit den Klettereisen das Eis. Sie schaffte es auf die Hände und Knie. Ich fasste sie bei ihrem Rucksack und hievte sie auf die Beine. »Danke«, sagte sie und wischte sich die nassen Hände an den Schenkeln ab. Sie sah mich über die Schulter an. »Ich wollte dir nur helfen.«

»Ich brauche keine Hilfe.«

»Doch, brauchst du schon.« Sie sah zurück, um zu überprüfen, wie weit der Rest der Gruppe aufgeschlossen hatte, ging dann wieder los, um ihre Position am Anfang der Reihe zu bewahren.

Um sicherzugehen, dass wir um die beiden tiefen Schluchten herumliefen, zog ich die Luftbildaufnahme hervor, auf der ich sie markiert hatte. Jason hielt die Gruppe am Ende zusammen, damit niemand vom Weg, den ich vorgab, abkam.

Am Nachmittag machten wir eine Pause.

Als ich leere Notizhefte an die Kids verteilte, sagte Elizabeth: »Brauche ich nicht.«

»Nimm eins«, widersprach ich. »Da kannst du reinschreiben, was in dir vorgeht.«

»Ich will nichts aufschreiben.«

Ich ließ das Heft in ihren Schoß fallen.

Während die anderen auf ihr Gepäck oder auf das Eis gekauert schrieben und nachdachten und noch ein bisschen weiterschrieben, ließ Elizabeth ihr Heft geschlossen. Sie starrte in den Himmel und pulte an ihren Fingernägeln herum. Schließlich öffnete sie das Heft, beugte sich über eine Seite irgendwo in der Mitte und tippte sich mit dem Stift an die Lippe, bevor sie schnell etwas hineinschrieb. Als ich vorbeiging, sah ich meinen Namen. *Anna ist mein einziger Freund hier draußen.* Das hatte sie geschrieben. Die letzten beiden Wörter waren durchgestrichen, der Punkt versetzt.

Am nächsten Nachmittag stiegen wir in das Tal mit den Eisskulpturen. Es war ein schmales Tal, das vor langer Zeit vom Wasser so geformt worden war. Die blauen Wände ragten hundert Meter voneinander entfernt neben uns in die Höhe. Als das Wasser sich zurückgezogen hatte, waren nur die härtesten und dichtesten Teile des Gletschers zurückgeblieben. Der Strom des Wassers hatte alles weniger Robuste mit sich gerissen. Ich ging an einer zwei Meter hohen und einen guten Meter breiten Skulptur vorbei, die geschwungen und aufrecht war wie ein Tänzer in Bewegung. Elizabeth stand vor einer anderen. Sie war oben breit und eckig, saß auf einem dünnen Stift aus Eis, der in eine runde, perfekt geformte Säule überging. Sie hatte ihren Blick auf den dünnen Stift auf Schulterhöhe gerichtet und ging vorsichtig daran vorbei. Die Stille, die uns alle beim Betreten des Tals ergriffen hatte, löste sich bald in kollektive Unbesonnenheit darüber auf, sich an einem geheimen, ungewöhnlichen Ort zu befinden. Wir schlugen unser Lager auf und verbrachten den ganzen Nachmittag dort beim Erkunden.

Ich lachte über die Jungs, die die glatten Wände hochkletterten und dann auf dem Rücken herunterrutschten. »Seid vorsichtig!«, rief ich. »Es macht keinen Spaß, ein Klettereisen abzubekommen.«

Elizabeth setzte sich neben mich, das Tal breitete sich vor uns aus. »Ich hätte nie gedacht, dass es tatsächlich solche Orte gibt«, sagte sie zu mir. »Ich meine, man sieht sie im Fernsehen, aber es selbst zu sehen ist etwas völlig anderes. Es muss auf der Welt Tausende Plätze dieser Art geben.«

»Ja, gibt es.«

»Und Tausende Menschen, die nichts über deine Eltern wissen, was sie über dich denken oder wie du in ihrer Gegenwart bist.«

»Ganz genau«, erwiderte ich.

In dieser Nacht, in Jasons Zelt, beide in seinen Schlafsack gehüllt, machten wir Pläne für den Herbst und den Winter. In Arizona klettern, bis der Schnee kommt, und dann aufs Eis in Ouray.

Wir brauchten eineinhalb Tage, um wieder zurück auf die eigentliche Route zu kommen. Elizabeth ging neben mir, redete jedoch wenig. Als wir wieder auf Brads Strecke waren, kontrollierte ich die Luftbildaufnahme, um die Lage der nächsten Gletscherspalte sicherzustellen, und führte uns weit darum herum. Wir schlugen unser Lager neben einer Eiswand auf, die den Wind gut abhielt. Ich stellte mein Zelt auf, rollte meinen Schlafsack aus, wartete, bis alle anderen schliefen, und schlich mich dann in Jasons Zelt, wie ich es seit dem Skulpturental jede Nacht gemacht hatte.

Am nächsten Morgen wollte ich eigentlich vor allen anderen aufstehen, um zurück in mein Zelt zu kriechen, hörte aber irgendeine Aufregung und ging direkt zum Küchenzelt, um das Frühstück vorzubereiten.

Jason kam kurz darauf nach. »Hast du dein Zelt offen gelassen?«, fragte er leise, damit es die anderen nicht hören konnten.

»Nein«, antwortete ich und holte den blubbernden Haferschleim vom Campingkocher.

»Mist, ich glaube, wir sind aufgeflogen.« Er machte ein Gesicht, das eher wenig Sorge darüber zum Ausdruck brachte.

Die Kids hingen schon vor dem Küchenzelt herum. »Holt eure Schüsseln und Löffel«, sagte ich. »Frühstück ist fertig.«

Als sich alle versammelten und ich Haferbrei verteilte, bemerkte ich, dass Elizabeth noch nicht aufgestanden war. Ich bat Natalie, ihre Zeltmitbewohnerin, ihr zu sagen, dass das Frühstück fertig war.

»Sie war nicht da, als ich aufgewacht bin. Ich dachte, sie sei früh aufgestanden«, entgegnete Natalie.

Ich sah jeden Einzelnen an, alle Gesichter nun auf mich gerichtet, gespannt, was ich tun würde. »Ist sie bei jemand anderem im Zelt?«

»Schön wär's«, sagte einer der älteren Jungs. Einige kicherten leise; alle anderen schüttelten den Kopf.

Jason stand auf. Ich beobachtete ihn erst für einen

Moment, wie er den Horizont absuchte, bevor ich ebenfalls damit anfing. Die anderen blieben still, starrten uns aufmerksam an. »Bleibt hier«, sagte ich zu ihnen, ehe ich zu Elizabeths und Natalies Zelt eilte.

Ihre Stiefel, ihr Schlafsack und der obere Teil ihres Gepäcks, der als kleiner Rucksack abgetrennt werden konnte, waren weg. Mir schnürte sich die Kehle zu. Ich suchte das Eis in der Nähe vom Zelt nach Fußspuren ab, kleine Löcher von den Klettereisen, Furchen vom Schlittern. Was auch immer da gewesen war, hatte der Wind längst geglättet. Ich konnte kaum schlucken, während meine Gedanken in alle möglichen Richtungen rasten.

Im Küchenzelt durchstöberte ich die Vorräte. Sie hatte genug Proviant für zwei oder drei Tage mitgenommen. Wenn sie geradeaus den Gletscher herunterwanderte, würde sie, abhängig davon, wie viel sie nachts lief, in zwei bis vier Tagen in der Stadt sein.

Die Jugendlichen kauerten verstört dreinblickend vor dem Küchenzelt. »Packt eure Sachen zusammen, ich rufe den Hubschrauber. Die finden sie schon«, sagte ich und rannte dann zu meinem Zelt. Der Eingang war tatsächlich offen und flatterte. Das Satellitentelefon war in einem Druckverschlussbeutel ganz oben in meinem Rucksack. Es war kalt und dauerte, bis es lief, und noch länger, bis ich Empfang hatte. Als ich mich auf den Knien in meinem Zelt über das Telefon beugte, fiel mir auf, dass mein Schlafsack aussah, als hätte jemand darin geschlafen.

Die Verbindung war schlecht, aber schließlich schaffte ich es, Brad zu erklären, dass er einen Hubschrauber organisieren musste, um über den Gletscher zu fliegen und nach Elizabeth zu suchen.

Zwischen uns und der Stadt lagen zwei große Gletscherspalten. Die letzte Nacht war dunkel und verhangen gewesen. Alles, was es brauchte, war ein falscher Schritt.

Jason und ich sprachen nicht, während wir in flottem Tempo zur ersten Gletscherspalte wanderten, an der sie vorbeigekommen sein müsste.

Stephanie wanderte neben mir anstatt an ihrem üblichen Platz am Ende der Gruppe. Ich konnte ihre Feindseligkeit spüren. Als sie mich endlich ansah, sagte sie: »Elizabeth hätte dich gestern Nacht gebraucht, es ging ihr nicht gut, aber du warst in Jasons Zelt.«

Bevor ich aufnehmen oder gar verarbeiten konnte, was sie gesagt hatte, standen wir vor der Gletscherspalte. Der Boden tat sich vor uns in einer zackigen Linie auf, die Spalte war etwa vierzig Meter lang und dreißig Meter breit. Jason versammelte die Teilnehmer in sicherer Entfernung, während ich in einen Klettergurt stieg und Seile aus meinem Gepäck kramte, wobei ich es vermied, die anderen anzusehen. Jason und ich arbeiteten zügig, bereiteten die Ausrüstung vor, schnallten uns fest. Ich sollte mich über die Kante abseilen, weil ich die Leichteste war, und er sollte mich oder sie, falls notwendig, wieder hochziehen. Der Hubschrauber ratterte durch die Luft, die Berge warfen das Echo zurück, er kam näher und landete schließlich nicht weit entfernt von den Jugendlichen, die eng beisammen auf dem Eis saßen. Ich stand oben am Schacht, während Jason die Haken und Knoten noch einmal kontrollierte.

Brad lief geduckt über das Eis, um die noch rotierenden Propeller zu vermeiden. Ich sah, wie er den ersten drei Kids bedeutete, ihm in Richtung Hubschrauber zu folgen. Er drehte sich zu mir um und schüttelte den Kopf. Sie hatten sie nicht gesehen. Ich zog am Seil, an das ich angebunden war, und weiter oben auf dem Eis antwortete Jason. Ich stieg über die Kante und ließ mich in das Innere des Gletschers hinabgleiten.

10

Am nächsten Morgen bläst der Wind so heftig durch den Kanal, dass ich schwören könnte, der Leuchtturm schwankt.

»Schätze, in die Stadt fahren wird nichts.« Kyle ist halb angezogen und sieht aus dem Fenster.

»Es gibt immer Holz zu hacken.« Ich stütze mich im Bett auf einen Ellbogen.

»Ich wollte heute in die Stadt fahren.« Er sieht den Kanal entlang in ihre Richtung.

»Wir können uns eigentlich gleich daran gewöhnen, nicht in die Stadt zu kommen. Es wird in den nächsten Monaten nur noch schlimmer werden.«

»Der Typ von der Küstenwache hat keine Ahnung. Hat zu viel Zeit hinterm Schreibtisch verbracht. Wir können bestimmt fast den ganzen Winter im Boot rausfahren.«

»Das kann ich mir nicht vorstellen.« Ich drehe mich auf den Rücken.

»Was weißt du schon über Schifffahrt.«

Ich werfe die Decke zurück, ziehe einen dicken Pulli und warme Socken an und ignoriere ihn. Er wendet sich vom Fenster ab und geht ohne einen weiteren Blick oder ein Wort herunter.

Er ist schon draußen, als ich ebenfalls die Treppe hinunterkomme. In der Kiste von William Harris' Sachen suche ich nach dem Skizzenblock und den Stiften. Ich habe vor, den Vormittag, vielleicht auch den ganzen Tag, irgendwo anders zu verbringen als Kyle. Durchs Fenster sehe ich, wie er unten am Strand die Anlegeleine vom Seegras befreit. Ich mache mir einen Kaffee und gehe nach oben.

Ich habe nie mehr als kleine Skizzen von Wildblumen in mein Notizheft gezeichnet, einmal eine detailliertere Skizze eines Eisbechers, von dem ich ganze zwei Monate bei einem Wandertrip geträumt hatte.

Eine Stunde nach der anderen vergeht, während ich am Schreibtisch, den ich vor die dritte Glasscheibe geschoben habe, sitze und aufmerksam versuche, die Unregelmäßigkeiten der Felsen, den sanften Schwung der Täler, nachzuvollziehen. Ich radiere so viel, wie ich zeichne. Irgendwann im Laufe des Vormittags blättere ich durch William Harris' Skizzenblock und vergleiche die Gleichmäßigkeit seiner Linienführung mit meiner.

Den Nachmittag verbringe ich damit, Holz zu hacken und dann zu stapeln. Kyle bleibt die ganze Zeit über im Schuppen. Der Wind reißt an allem, was ihm im Weg steht. Ich warte darauf, dass Kyle zu mir kommt, was er aber nicht tut.

Am nächsten Morgen ist das Wetter immer noch so. Ich beobachte, wie sich die Wellen aufbauen, steil und chaotisch. Während ich an diesem Abend das Essen vorbereite, kramt er unter der Treppe, räumt Sachen hin und wieder weg. Er geht raus, hackt ein bisschen Holz, kommt zurück und setzt sich. Als er eine halbe Minute später wieder aufsteht, drehe ich mich zu ihm um.

»Kannst du dir vielleicht einfach etwas vornehmen und es dann fertig machen?«

Seine Haltung ist angespannt. »Ich kann mich nicht konzentrieren. Dieser beschissene Wind und es gibt keine Höhle, in die man sich verkriechen kann, und keine Bucht, in die man fahren könnte, wo es vielleicht besser wäre.«

Ich betrachte sein Gesicht. »In ein paar Tagen wird es vorbei sein. Du musst dich nur entspannen.«

Er dreht sich um und geht die Treppen herauf. Ich höre die Falltür hinter ihm zuschlagen.

Am nächsten Tag bläst der Wind immer noch unverändert durch den Kanal. Morgens hacke ich etwas Holz und verbringe dann den Rest des Tages oben im Raum mit dem Leuchtfeuer beim Zeichnen. Kyle bleibt lange Zeit im Schuppen, am Nachmittag macht er einen Spaziergang. Ich beobachte seine langsamen Schritte, wie er weit unter mir, die Hände in den Taschen und den Blick auf den Horizont gerichtet, die Insel einmal umrundet.

Der nächste Tag ist windstill. »Siehst du?«, sage ich, als er gleich nach dem Aufwachen aus dem Fenster sieht.

»Los geht's. Wir machen einen Ausflug.« Er springt aus dem Bett und wirft sich Klamotten über.

Als Erstes gehen wir im Hafen duschen. Es gibt zwei Duschräume für Leute, die auf ihren Schiffen wohnen, und andere, die sie benötigen. Sieben Minuten wunderbar warmes Wasser für fünf Vierteldollar. Ich wasche mir schnell die Haare und stehe dann unter dem heißen Strahl und wünsche mir, dass es nie aufhört. *Zehn Vierteldollar*, denke ich mir, *nächstes Mal nimm zehn Vierteldollar mit*.

Wir gehen zum Truck, den wir für eine kleine Gebühr am Hafen parken konnten. Auf der Fahrt zur Gärtnerei drehe ich mich zu ihm um. »Wollen wir vielleicht darüber reden?«

»Worüber?«

»Die letzten paar Tage?«

»Es ist alles in Ordnung.«

»Es schien aber nicht in Ordnung.«

»Es ist alles in Ordnung.« Er sieht mich zum ersten Mal, seit wir heute Morgen vom Leuchtturm losgefahren sind, an. Ich sehe ihm die Bitte an, es gut sein zu lassen, einfach abzuwarten, bis er sich selbst klar geworden ist, und ich begreife, dass ich ihn um genau das Gleiche gebeten habe.

In der Gärtnerei kaufen wir zehn Säcke Erde und Kompost, außerdem grüne Paprika, Salat, Spinat, Rüben und Kürbis. Während ein Teenager alles vorsichtig in Tüten packt, fragt uns der Besitzer der Gärtnerei: »Seid ihr nicht die neuen Leuchtturmwärter?«

Ein besonderes Gefühl breitet sich in mir aus, brennt warm und hell für einen Moment. Eine Identität. Eine gute noch dazu.

Als Nächstes fahren wir zum Sperrmüll und zahlen dem Typen im Häuschen fünf Dollar, damit wir die Müllberge durchsuchen dürfen. Er sagt uns, er habe ein paar Holzöfen in der äußersten nordwestlichen Ecke gesehen. Wir laufen auf einem dreckigen Weg zwischen Bergen von verrostetem Müll, bis wir den finden, der angeblich ein paar Holzöfen beherbergt. Kyle klettert auf den Berg und rutscht beinahe bei jedem Schritt auf alten Fahrrädern und luftleeren Bojen aus. Ich fange am unteren Ende an. Anstatt einen Ofen zu finden, verheddere ich mich in einem alten Fischernetz.

Weiter oben entdeckt Kyle unter einem Kühlschrank einen Holzofen ohne Tür. »Der wird's tun!«, ruft er mir zu. »Jetzt brauchen wir nur noch eine Tür.« Nach einer weiteren Stunde finden wir auch eine Tür, die zwar zu groß ist, es aber tun wird. Auf dem Rückweg halten wir am Baumarkt und kaufen Draht, um die Tür am Ofen zu befestigen, Holzkohle und ein paar Samen, um auszuprobieren, ob wir im Winter etwas ziehen können.

Die nächsten vier Tage draußen am Leuchtturm bleiben völlig windstill. Am ersten Tag sammeln wir fünf Ladungen Holz. An den nächsten beiden Tagen je sieben. Am achten Tag schaffen wir sogar acht. Wir haben einen Berg Holz am Strand liegen. Als der Wind am fünften Tag wieder zunimmt, fangen wir an, das Holz zum Leuchtturm hochzuschleppen, um es dort zu hacken. Unter blauem Himmel arbeiten wir Seite an Seite, Kyle schwingt die Axt und dann ich. Meine Schultern schmerzen. Ich gewöhne mich an den Rhythmus der Arbeit, den Tagesablauf. Und ich stelle mir William Harris vor, wie er an der gleichen Stelle steht, das Gleiche macht. Er hatte es durch eine Saison geschafft, für die nächste schon unterschrieben. Ich sehe jeden Monat vor uns in den nächsten übergehen und denke darüber nach, auch noch einmal zu unterschreiben.

Am fünften Tag macht der Wind wett, was er die letzten Tage versäumt hat. Wir müssen unsere Arbeit nach drinnen verlagern. Aus übrig gebliebenem Holz und Plastik baue ich eine Zwergentür für das Gewächshaus, während Kyle den Ofen einbaut und einen Kamin anfertigt, um den Rauch hinauszuleiten. Er verstärkt ihn mit Holz, damit das Plastik nicht schmilzt. Ich bin trotzdem nicht überzeugt, dass das Plastik nicht schmelzen wird. Kyle befestigt die Tür mit Draht am Ofen, und sie hängt sogar nur ein bisschen schief. »Hoffe, den Pflanzen macht ein bisschen Rauch nichts aus.«

»Es wäre ein Wunder, wenn hier etwas wächst.« Ich betrachte die Paprika und den Kürbis und das restliche Gemüse, das nun in Zwanzig-Liter-Eimern steckt, die ich im Schuppen gefunden und in die ich Löcher gebohrt habe. Um sie zu wässern, trage ich die Eimer zur Zisterne und stelle sie unter den Hahn. Jetzt muss es ausreichend Wasser geben. Ich haue mit der Faust dagegen, um sicherzugehen. Die Plastikwanne ist hart und voller Wasser.

Nach über einer Woche Wind und Regen sind Kyle und ich beide in dem Raum mit dem Leuchtfeuer. Er werkelt hinter mir an den beweglichen Teilen, und ich stehe mit den Händen an der dicken Glasscheibe. Wie immer fange ich an der Kante des östlichsten Fensters an und wandere dann mit dem Blick nach Westen. Ich folge den Gipfeln, den Tälern, den zarten Umrissen der Gletscher, die ich durch die dichte Wolkendecke erkennen kann. Dann schließe ich die Augen und fange von vorne an, ziehe in Gedanken jeden Winkel nach. Ich kenne die Eiskanten, die Neigung der Felsen, die zackigen Hänge der Täler genauso gut wie die Einzelheiten meiner eigenen Vergangenheit. Kurz überlege ich, den Skizzenblock zu holen, entscheide mich jedoch dagegen. Ich stelle mir vor, wie William Harris an der gleichen Stelle wie ich steht und sich fragt, ob es ihm hier draußen besser oder schlechter geht.

»Sieht aus, als könnten wir heute auch nicht in die Stadt fahren.« Kyle steht auf. Wir haben das ganze Holz gehackt, und meine Hände sind voller Blasen.

Er räumt sein Werkzeug wieder in die Werkzeugkiste. Metall fällt auf Metall.

Ich drehe mich zu ihm um. »Morgen soll es besser werden.«

»Ja.« Er nimmt die Werkzeugkiste und geht an mir vorbei. »Morgen.«

Später am Nachmittag sehe ich ihn mit den Händen in den Taschen am Rand der Insel entlanggehen. Der Wind hat sich in eine starke, zähe Brise verwandelt. Ich gehe zu ihm. Es muss doch irgendetwas geben, das ich sagen kann, um ihn wieder zu mir zu holen.

Als ich den höchstgelegenen Punkt der Insel überquere, sehe ich erneut den Heilbuttfischer. Diesmal ist er näher an der Insel. Er wendet das Boot, als ob er auf unseren Strand zusteuern würde, nimmt dann aber den Gang raus und lässt sich treiben. Ich folge seinem Blick bis zu Kyle, der unter mir auf den Felsen steht. Kyle hat angehalten, starrt zurück. Ich sehe ihm seinen Ärger an seiner Haltung an. Wenn zwischen den beiden kein Wasser wäre, würde er wohl auf den Mann zustürmen, ihn vertreiben. Langsame Sekunden vergehen, bis der Mann sein Boot wendet und anfängt, seine Angelausrüstung auszubringen.

Kyles Wangen sind gerötet. Seine Augen fokussiert. Ich greife nach seiner Hand, aber sie ist zur Faust geballt. »Was zum Teufel macht der Typ da?«

»Nur so ein Typ, der nicht weiß, wie man Heilbutt fängt.« Ich versuche, Kyles Blick aufzufangen, doch er beobachtet immer noch den Mann, wie er die Boje und die Langleine mit Ködern über Bord wirft.

»Er wirft seine Ausrüstung an genau der gleichen Stelle aus, wo er schon beim letzten Mal nichts gefangen hat. Was für ein verdammter Idiot. Und was sollte das denn?« Er zeigt mit dem Arm in die Richtung auf dem Wasser, wo der Typ, bevor er angefangen hat, seine Ausrüstung vorzubereiten, gewesen ist.

»Keine Ahnung. Schon ein bisschen komisch«, stimme ich ihm zu.

»Ein bisschen?« Kyle geht weg und ich gehe ihm nicht nach.

In den nächsten vier Wochen ringt das Wetter mit sich selbst. Die Tage, an denen wir die Insel verlassen können, werden weniger und weniger. Jeden davon müssen wir zum Feuerholzholen und -hacken nutzen. Jede Regenpause muss genutzt werden, um den Leuchtturm zu streichen. Die Stadt fühlt sich immer weiter entfernt an. Ich ertappe mich öfter dabei, wie ich in die Richtung der Stadt schaue, um mich daran zu erinnern, dass sie noch da ist.

Irgendwann spät nachts sitze ich im Raum mit dem Leuchtfeuer und blättere durch Williams Skizzen weiter vorne im Block. Irgendwie hat er es geschafft, die Berge genauso zu zeichnen, wie sie aussehen, wenn das Wetter von Norden kommt. Ihm ist kein Strich auf der Seite ausgekommen. Jeder Punkt gehört zum Ganzen. Wieder betrachte ich die Unterschrift am Bildrand, um ein W oder ein H zu erkennen, doch es gelingt mir nicht.

Ich lege den Block auf den kleinen Schreibtisch und starre aus dem Fenster. Da sind die Gipfel, die im Vordergrund ins Meer fallen, dahinter eine weitere Reihe. Ich schaue mir die Spitzen in der Entfernung an, die unebene Baumreihe der Gipfel weiter vorne, wie der zweite und dritte Teile des vierten verbergen. Ich sehe mir die Unterschrift noch einmal an, und mir fällt auf, sie ist ein genaues Abbild der Sicht.

In diesem Moment kann ich William Harris sehr gut verstehen. Den Wunsch, aus etwas Soliderem gemacht zu sein, etwas, das vom Wind zwar verändert, aber nicht weggerissen werden kann.

Das Styropor, das ich im Fenster befestigt hatte, wo der Schlauch durchläuft, fängt an zu pfeifen, wenn der Wind weht. An irgendeinem Abend, mit Blick zum Fenster, sage ich: »Im Winter müssen wir uns da etwas anderes einfallen lassen.«

Kyle sieht von den Einzelteilen des Evinrudes auf, den er auseinandergenommen und auf dem Küchentisch und dem Fußboden verteilt hat. Als unsere Blicke sich treffen, sieht er sofort weg, rutscht auf seinem Stuhl hin und her, sagt nichts. Es scheint, als würde oder wollte er sich hier keinen Winter vorstellen. Mir wird heiß vor Angst, Lava, die sich in Stein verwandelt. *Würde ich alleine hier draußen bleiben?* Ich halte den Atem an, warte darauf, dass er etwas sagt, das mich erlöst.

Stattdessen beugt er sich über das kleine Einzelteil in seiner Hand.

Zwei Tage später wache ich bei so ruhigem Wetter auf, dass ich es schon spüren kann, bevor ich es sehe. Ich setze mich im Bett auf, um sicher zu sein. Das Meer ist so glatt und flach, wie ich es noch nie gesehen habe. Ich schaue zu Kyle, der noch neben mir schläft, und lächle, weil ich weiß, wie sehr er sich freuen wird. Bevor ich ihn aufwecke, bevor wir losrennen, sauge ich die Kraft des Leuchtturms, die Windstille, die Ruhe ein.

Ich beuge mich vor, küsse Kyles weichen Hals. »Komm, wir fahren in die Stadt.«

Sobald wir in Neely den Steg betreten, hebt sich Kyles Laune. Ich antworte auf sein breites Grinsen mit einem Lächeln. Ohne den Motorenlärm zwischen uns kann ich endlich fragen: »Was möchtest du außer einkaufen noch machen?« Ich greife noch einmal in meine Hosentasche, um zu kontrollieren, ob ich die Einkaufsliste auch dabeihabe. Sie ist noch nicht lang, enthält nichts, was wir dringend brauchen.

Er sieht von unserem tiefer gelegenen Standpunkt am Hafen zu den Häusern der Stadt hoch. »Keine Ahnung. Das letzte Mal, als wir beim Sperrmüll waren, habe ich eine Badewanne gesehen. Das wäre doch toll, oder?«

»Machst du Witze? Das wäre phantastisch.«

Wir fahren die lange Landstraße zum Sperrmüll, zahlen dem Typen in seinem Häuschen fünf Dollar und bahnen uns unseren Weg durch die Müllberge.

Während ich mich von den Autowracks ablenken lasse, findet Kyle die Wanne. Sie hat Löwenfüßchen, von denen zwei fehlen, und einen langen, aber geflickten Riss in der Mitte.

»Perfekt.« Ich lasse die Hand am oberen Rand entlanglaufen, hebe sie an, um zu sehen, wie schwer sie ist.

Die Männer vom Sperrmüll helfen uns, die Wanne in den Truck zu laden. Ich will gerade zur Beifahrertür gehen, da fragt Kyle den Jüngeren der beiden: »Wie läuft's denn so?«

»Ganz gut«, erwidert er und schiebt die Hände in die Taschen. Der andere Mann, der näher bei mir steht, lehnt die Ellbogen auf die Ladefläche. Wir kennen uns nicht direkt, aber man erkennt sich.

»Das Fischen etwas besser geworden?«, fragt Kyle.

»Nein«, antwortet der Ältere. »Die Jungs verbringen die ganze Saison in der Kneipe.«

»Ja, ein schlechtes Jahr«, stimmt ihm der Jüngere zu. »Wie läuft es da draußen? Ihr seid doch die Leute vom Leuchtturm, oder?«

»Genau«, sagt Kyle. »Es ist super. Wirklich super.«

Ich sehe ihn einmal zu viel nicken.

Die Wanne ist zu schwer, um sie je an einer Seite nehmen zu können, also müssen wir immer erst eine und dann die andere Seite ins Boot und aus dem Boot und hoch zum Leuchtturm heben.

»Hier wäre gut«, sage ich schwer atmend zwischen zwei Bäumen. Die Äste beginnen ungefähr drei Meter über unseren Köpfen.

Wir schieben die Wanne an die richtige Stelle.

Kyle holt ein paar Holzklötze, die die fehlenden Füße ersetzen, und ich schmeiße den Ofen an, um Wasser heiß zu machen. Im Schuppen finde ich drei Styroporteile, die ich mit Tape zusammenklebe, dann so zurechtschneide, dass sie genau auf die Badewanne passen. Nach jeder Eimerladung Wasser lege ich das Styropor auf die Wanne, damit das Wasser warm bleibt.

Spät am Nachmittag steige ich ins warme Wasser, die Äste über mir. Mit gefällt ihre Lockerheit, wie das Licht durch sie hindurchfällt, ein Zugeständnis der Bäume an den Himmel. Die Wanne leckt ein wenig, aber nicht besonders schnell, und den Riss merke ich nicht, wenn ich nicht gerade darüber hinwegrutsche. Ich spüre, wie meine Muskeln ihren festen Griff um meine Knochen lockern, mein Kopf frei wird.

Hinter mir höre ich Kyle jubeln, sehe, wie er nackt durch den Nieselregen rennt. Ich muss lachen, als er in die Wanne springt und wir eng beieinanderliegen.

Als die Gespräche über das Funkgerät anfangen, sich um Silberlachse zu drehen, räume ich das kleine Räucherhaus auf und putze die Gestänge. Es ist ein kleiner Bau, ungefähr mannshoch und mit sechs Metallregalen. Das langsame Räucherfeuer brennt in einem Metalleimer mit Löchern, damit Luft hineinkommt. Am nächsten windstillen Tag sammeln wir außer den üblichen drei Ladungen Feuerholz auch grüne Erle.

Bevor wir das nächste Mal rausfahren können, vergeht eine Woche. Wir streichen weiter und rücken das Gerüst auf die windstillere Seite des Leuchtturms, bis der Wind endlich abschwächt. Ausgerüstet mit Angeln und dem Bier, das wir uns aufgehoben haben, fahren wir mit dem Boot an den nächstgelegenen Strom, in dem es Silberlachse gibt.

Wir ziehen das Boot an den Strand, und ich stelle das Bier in den kalten Fluss. »Hey, ihr Bären!«, rufe ich den erlengesäumten Strom hinauf, froh, wieder einmal von der Insel weg zu sein, wenn auch nur für ein paar Stunden.

Kyle läuft mit beiden Angeln hinter mir her. Seine Augen sind auf die Wasseroberfläche fixiert. Darunter herrscht das reinste Chaos, Fische, die mit einem letzten verzweifelten Sprung versuchen, stromaufwärts zu kommen. Auf seinen Haaren sammelt sich der Regen. Die Hände sind rot vor Kälte.

»Ganz schön was los«, meint er. »Die Silberlachse wollen wohl den Rest der Scheißsaison wettmachen.« Er blinzelt und versucht, besser unter die Wasseroberfläche zu sehen. »Jetzt werden alle etwas Kohle machen«, sagt er mit einem Gesichtsausdruck, den ich bei ihm noch nie gesehen habe. Er gibt mir eine der Angeln und geht flussaufwärts, wobei er laut und schrill pfeift und in die Hände klatscht. Im Unterholz am anderen Ufer knackt es laut. Kyle bleibt wie angewurzelt stehen, und ich sehe gerade noch das Hinterteil eines Schwarzbären, der davonläuft.

Bei meinem ersten Wurf fange ich einen Ketalachs, nicht sonderlich genießbar, außer für Adler und Bären. Ich hole den Haken aus dem Rücken des dreißig Zentimeter langen Fisches und werfe ihn zurück ins Wasser.

Ich fange zwei weitere Ketalachse, bevor ich meinen ersten Silberlachs an der Angel habe. Ich haue ihm mit einem Stein auf den Kopf, bis er aufhört zu zucken. Dann lege ich seinen silbrigen Körper auf einen Stein und werfe erneut die Angel aus. Nach einer knappen Stunde liegen fünf Fische, jeder etwa fünf bis sechs Kilo schwer, neben mir. Der Wind ist wieder stärker geworden, zerrt an mir. Ich sehe raus aufs Wasser, sehe, wie es tobt und tost.

Plötzlich höre ich auf den Felsen flussaufwärts Schritte. Ich lausche, um einen Rhythmus zu erkennen. Vier oder zwei Beine? Ich sehe zu meinen Fischen, höre die aufgeregten Adler, die sich über mir versammelt haben. Die Schritte werden lauter, nur das Geröll ist zu hören. Nichts anderes auszumachen. Ich sollte rufen, aber stattdessen schnürt mir die Angst, dass gleich ein Bär im Unterholz auftauchen könnte, die Kehle zu. Die Unvorhersehbarkeit. Die ungerechte Gewichtsverteilung. Er wird sich auf den Fisch stürzen. Oder vielleicht doch auf mich? Soll ich mich hinter dem Boot verstecken? Soll ich meine Stellung verteidigen? Meine Gedanken rasen, während ich versuche, mich selbst wiederzuerkennen. Seit wann hatte ich so viel Angst vor dem, was mir passieren könnte?

Mit einem schwarzen Beutel voller Lachse über der Schulter kommt Kyle um die Ecke. Die Angst fällt ab, sammelt sich zu meinen Füßen, verschwindet jedoch nicht ganz. Als ich Kyle ansehe, steigt sie wieder hoch. Ich fürchte mich davor, was mit ihm geschieht, was auch immer mit William Harris geschehen ist. Da wird mir plötzlich klar, dass wir um Kyles willen den Leuchtturm verlassen sollten, um meinetwillen aber sollten wir dort bleiben.

11

An diesem Nachmittag fange ich damit an, den Lachs zu räuchern und zu konservieren. Es ist die letzte Septemberwoche. Bisher haben wir in Alaska immer nur den Oktoberanfang miterlebt, nie den November. Ich filetiere die Fische und bereite die süß-salzige Lake vor. Die Filets schneide ich in lange Streifen und lege sie über Nacht in allen Töpfen und Pfannen, die wir haben, ein. Ich fühle mich reich angesichts all des Fisches. All der Vorbereitung auf das, was auf uns zukommt. Genauso ging es mir, als ich den Holzvorrat wachsen sah, wie unsere vereinten Kräfte Wärme und Essen für die Zukunft sicherten. So fängt es an, sage ich mir. So baue ich wieder Vertrauen zu mir selbst auf, zum Leben, dem Lauf der Dinge.

Am nächsten Morgen ist Kyle schon früh wach. Ich höre, dass er Kaffee macht, und sehe auf die Uhr. Es ist kurz vor fünf. Ich ziehe mich an und steige die Treppe hinunter.

Als er mich sieht, schenkt er mir eine Tasse Kaffee ein. Das Feuer im Küchenofen knistert.

»Es ist windstill draußen. Ich fahre in die Stadt. Kommst du mit?«, fragt er, während er mir die dampfende Tasse mit genau der richtigen Menge Milch reicht.

Ich schaue auf den eingelegten Fisch, der überall im Raum verteilt ist.

»Mittags sind wir wieder zurück«, sagt er. »Dann wird der Wind sowieso wieder stärker werden.«

»Was brauchen wir denn?«, frage ich und muss an die Dusche denken. Sieben Minuten entspannende Wärme.

»Das letzte Mal habe ich in der Stadt ein paar Sachen bestellt, um ein Kajak zu bauen.«

Ich hebe die Augenbraue und sehe ihn über die Tasse hinweg an. »Hast du?«

»Ich wollte schon immer eins bauen, so eines, wie die Ureinwohner benutzt haben. Vor einer Weile habe ich im Schuppen ein Buch darüber gefunden. Sie sind so zusammengebunden, dass sie sich den Wellen anpassen können.« Zum ersten Mal seit langer Zeit strahlen seine Augen. »Die haben sie beim schlimmsten Wetter benutzt. Ich dachte, es wäre gut, ein Projekt für den Winter zu haben.«

Ich nicke und bin hin- und hergerissen zwischen der Freude, dass er den Winter hier draußen erwähnt, und der Beklemmung, dass er den Winter damit verbringen möchte, die einzige Möglichkeit zu erschaffen, die Insel zu verlassen. »Dann ziehe ich mich an.«

Schon um neun Uhr ist der Wind heftig. Ich muss daher auf die Dusche verzichten. Schnell mache ich die Einkäufe, schnappe mir von allem die dreifache Menge, weil ich das Gefühl habe, nicht so bald wieder hier zu sein.

Als ich an den Hafen komme, lädt Kyle Bauutensilien für das Kajak ins Boot. Das Meer zwischen uns und dem Leuchtturm wirkt wie Tausende steile Berge. Der Van vom Lebensmittelgeschäft hält hinter mir und Kyle, und ich beeile mich, die Einkäufe ins Boot zu laden. Der Wind wirft mir Strähnen ins Gesicht, während Kyle mir die Schwimmweste zuwirft und die eigene anzieht.

Ich beobachte die wirren Bewegungen des Bootes am Dock, warte auf den richtigen Moment, um einzusteigen, und versuche, das Gleichgewicht zu halten, während ich das Tau losbinde. Als Kyle uns aus dem Hafen raus aufs offene Meer steuert, schiebe ich das Kinn tief in den dicken Kragen der Schwimmweste. Ich halte mein Körpergewicht tief, halte mich an beiden Seiten der Reling fest, um das Schaukeln zu reduzieren. Kyle duckt sich gegen den Regen, der von der Seite kommt, während uns der Evinrude mit Mühe jede Welle hochschiebt, bevor wir auf der anderen Seite wieder herunterrutschen.

Er will mehr Gas geben, aber der Schiffsrumpf schlägt zu hart auf, sodass er den Motor wieder drosseln muss. Aus zwei Stunden werden drei, und der Regen läuft mir in den Nacken, salzige Gischt bedeckt mir Gesicht, Nacken und Augen. Es ist einfach zu viel Wasser, dunkel und in Bewegung. Eng an die Reling geklammert werden meine Finger taub. Als ich mich zu Kyle umdrehe, sehe ich, was ich schon weiß: Wir sollten nicht hier draußen sein.

Ich starre aufs Wasser, versuche, mir einzureden, dass es nicht nach uns greifen will.

Für drei weitere Stunden werden wir hin und her geworfen, bevor endlich der Leuchtturm ganz ins Blickfeld kommt und unser Strand zu erkennen ist. Ich bin steif und taub gefroren, längst jenseits vom Zittern. Als ich endlich über den Bug steige, überkommt mich Erleichterung. Ich kann es nicht abwarten, drinnen ein Feuer zu entfachen, etwas zu essen zu kochen, während das Wetter draußen ohne mich weitertobt.

Wir tragen die aufgeweichten Lebensmittelkisten hinein. Alles steht zwischen uns: die Tiefe des Meers, die Windstärke, die nun fast täglich zunimmt, die Stadt, die weiter und weiter in die Ferne rückt. Während Kyle die Lebensmittel in die Kühlboxen räumt und ich die Konserven und Chips und Kräcker in den Regalen verstaue, sprechen wir kein einziges Wort miteinander.

Am späten Nachmittag verschwindet er mit seinen Kajakutensilien im Schuppen. Ich zerteile Erlenzweige und mache ein Feuer im Räucherhaus, fülle die Gestänge mit dem eingelegten Lachs, schiebe sie an die richtige Stelle und schließe die Tür. Dicker Rauch steigt oben aus dem Dach.

Ich lege den restlichen eingelegten Lachs in die Kühlboxen und gehe dann zum Schuppen, um nachzusehen, was Kyle treibt. Als ich auf halbem Weg zwischen Leuchtturm und Schuppen bin, geht die Tischkreissäge los. Durch die offen stehenden Doppeltüren kann ich erkennen, wie er ein langes Stück Holz durch die rotierende Klinge schiebt. Er bemerkt es nicht, als ich eintrete. Auf der Werkbank liegen eine große Rolle mit gewachstem Stoff und einige Spulen Nylonfaden.

Ich gehe weiter zu einem leicht vergilbten Buch, das von einem großen Stein offen gehalten wird. Auf der linken Seite ist der Bauplan von einem Kajak, hohl und im Querschnitt. Auf der anderen Seite erklärt der Text die richtigen Maße: Breite, Länge und Durchmesser jedes einzelnen Spanten und jeder Querstrebe. Ich muss daran denken, was er gesagt hat, *die haben sie beim schlimmsten Wetter benutzt*. Wie weit wohl, frage ich mich, aber ich weiß, dass die Aleuten zum Teil für Wochen unterwegs waren. Ich erinnere mich an Bilder von Ureinwohnern, die ich in Neely gesehen habe, zwei Männer in einem Boot, in Bärenfelle gehüllt, die Paddel im Einklang, um sie herum die tobende See. Dann denke ich an all den Lachs, den ich räuchere, wie viele Gläser er füllen wird, wie ich Essen für den ganzen Winter vorbereite.

Das Sägen hinter mir hört auf. Kyle legt ein langes Brett auf den Boden. »Ich habe eine ganze Menge gelbes Zedernholz gefunden.« Er zeigt auf den Holzstapel an der Nordwand. »Das haben die Aleuten auch benutzt. Die haben von diesen Dingern aus Wale gejagt!«

»Wo hast du das Buch her?«

»Hab's in einem der Plastikeimer gefunden.« Mit einem Maßband kontrolliert er die Länge vom Brett auf dem Boden.

»Hast du sie alle durchgeschaut?«

»Die meisten.«

Ich will fragen, was in den anderen ist, aber Kyle wirft die Säge wieder an. Eine Reihe Plastikeimer ist entlang der Wand gestapelt. Ich öffne einen davon. Darin sind zwei mit Schnürsenkeln zusammengebundene Schwimmwesten aus den Sechzigerjahren. Hintendrauf steht in ausgeblichenen Druckbuchstaben US COAST GUARD. Ich schließe den Eimer wieder, nehme ihn vom Stapel und schaue in den nächsten.

Im zweiten Eimer ist eine wirre Mischung aus Kabeln, verrosteten Werkzeugen, schmutzigen Lumpen, Stiften, ein altes Paar Gummistiefel mit Löchern an den Knöcheln, ein Verlängerungskabel, ein kleiner verrußter Kochtopf, ein paar Schrauben und Flügelmuttern. Auch ihn schließe ich wieder, stelle den Eimer auf den Boden und setze mich darauf, dann öffne ich den Deckel vom untersten Eimer.

Eine Reihe brauner Leuchtturmlogbücher ist darin ordentlich, mit den Rücken nach oben, einsortiert. Ich nehme eines aus der Mitte. Auf der Vorderseite steht COAST GUARD HIBLER ROCK. Wie auf dem im Raum mit dem Leuchtfeuer und wie bei den leeren Büchern, die ich unter der Treppe gefunden habe. Ich öffne die erste Seite.

Februar 1963 bis Juni 1964
Tom Jordan, USCG, Petty Officer
Greg Philips, USCG, Petty Officer

Die Einträge auf den folgenden Seiten sind in feiner Handschrift, keiner länger als ein bis zwei Zeilen.

3. Februar 1963
2123 Wind NNW 25 Knoten. Chilkoot hat auf dem Weg nach Juneau angefunkt. Über zunehmenden Wind gewarnt.

7. Februar 1963
0610 Wind SW 15 Knoten. Jennifer Dawn ohne Strom. Hat angefunkt, um zu sagen, dass sie keine Hilfe brauchen.

Ich blättere durch die Seiten und öffne eine weiter hinten.

9. April 1964
1459 Wind NO 30 Knoten. Fähre nach Norden.

Hinter mir rotiert die Säge. Ich stecke das Logbuch wieder zurück in den Eimer und ziehe das Buch ganz am Ende der Reihe raus. Auf der Vorderseite steht derselbe Schriftzug.

Ich öffne es. Das Datum auf der ersten Seite lautet: April 1977 bis Sept. 1979.

Unter dem Datum steht in kleiner, feiner Schrift: William Harris.

Kyle arbeitet mit dem Rücken zu mir. Ich stecke das Logbuch ein und gehe raus in den Regen. Nebel ist aufgezogen, sodass ich weder das eine noch das andere Kanalufer erkennen kann. Im Räucherhaus schüre ich das Feuer noch einmal an, dann lege ich den Schalter für das Nebelhorn um.

Als ein drei Sekunden langes, tiefes Dröhnen den Kanal hinunterschallt, zucke ich vor Schreck zusammen. Klang in Abwesenheit von Sicht.

Drinnen mache ich mir ein Sandwich und steige nach oben zum Raum mit dem Leuchtfeuer.

Die Welt unter mir ist ein wogendes, verschwommenes Grau. Ich setze mich auf die hölzerne Plattform, lehne mich an eine Nische im Glas und öffne die erste Seite.

Anstelle von Windgeschwindigkeiten und vorbeifahrenden Schiffen steht dort in ordentlicher Schrift:

> 10. September 1977
> 1700 Seit fünf Tagen geht der Generator nicht mehr. Seit drei Wochen ist das Wetter schlecht, aber es gefällt mir immer noch hier draußen. Ab jetzt soll es hart werden, haben sie gemeint, doch mir gefällt, wie der Nebel den Kanal füllt.

»Mir auch.« Ich sehe aus dem Fenster in den Dunst. Das Nebelhorn tutet. Ich kann vom Meer jenseits der Ufer nicht viel erkennen. Mein Blick ruht auf dem Dach des Schuppens. Entfernt höre ich das Heulen der Tischkreissäge, stelle mir Kyles Hände auf dem Holz vor. Ich denke darüber nach, wie wir, wenn auch etwas unsicher, unseren Platz in der Reihe der Leuchtturmwärter einnehmen. Über den Plauderton in einem offiziellen Logbuch der Küstenwache, fast wie in einem Tagebuch, und mir wird William Harris' Einsamkeit völlig neu bewusst.

Als ich bemerke, dass das Räucherhaus kaum noch qualmt, stehe ich auf. Draußen öffne ich die Tür und sehe hinein. Die Holzstücke, die ich hineingelegt habe, sind zu groß und brennen nicht gut. Ich hole einen Ast aus dem Holzschuppen und schnitze mit meinem Messer daran herum, bis sich einige Handvoll Späne angesammelt haben, die ich ins Feuer werfen kann. Dann ziehe ich den Hackklotz heran, um mich darauf zu setzen, und schnitze die restlichen Erlenzweige zu einem großen Haufen Späne. Ohne den Wind kommt der Nebel immer näher. Ich arbeite im Rhythmus des Nebelhorns: So viel geschafft innerhalb von dreißig Sekunden, so viel mehr innerhalb einer Minute.

Als der Haufen Späne über dreißig Zentimeter hoch ist, stehe ich auf und strecke mich. Ich ziehe meine Ärmel über die Hände, damit ich Regale im Räucherhaus bewegen kann, ohne mich zu verbrennen. Der Lachs riecht nach nasser Erde, braunem Zucker und Rauch.

Ich mache das Räucherhaus zu und gehe zum Schuppen. Auf dem Boden neben der Säge liegen vier Stapel mit Holzbrettern in unterschiedlicher Länge. Kyle liest im Buch nach, an seiner Kleidung und den Haaren kleben Sägespäne.

Er dreht sich um, als das Nebelhorn tutet, wartet, bis es aufgehört hat. »Was treibst du so?«

»Ich brauche einen Eimer für Holzspäne.«

»Kannst du mir kurz helfen?«

»Sicher.«

»Ich bin so weit, die vier längsten Stücke zu schneiden. Du müsstest ein Ende festhalten.«

»Alles klar.«

Während ich das hängende Ende eines langen Balkens halte, positioniert Kyle ihn auf der Säge. Er wirft sie an, und das Geräusch füllt den gesamten Raum des Schuppens aus. Ich warte, bis er anfängt, das Holz in die Säge zu schieben, und lehne dann langsam mein Gewicht nach vorne, halte den Balken gerade und passe mich seiner Geschwindigkeit an.

»Halt!«, ruft Kyle über den Lärm der rotierenden Klinge hinweg und zieht den Balken schnell wieder zurück zu sich, wodurch ich den Halt verliere. Das Holz schlägt hart auf den flachen Teil der Tischkreissäge auf. Ich schaffe es gerade noch, mein Ende aufzufangen, bevor es auf dem Boden aufschlägt. »Du schiebst zu fest!«, schreit er. »So machst du nur den Schnitt schief.« Sein Gesichtsausdruck zeigt seinen Ärger deutlich.

»Entschuldige«, deute ich eher an, als es tatsächlich auszusprechen.

Er macht sich wieder bereit, und ich halte das Ende des Balkens gerade. Als er sich nach vorne lehnt, passe ich mich am hinteren Ende seinem Druck an.

»Anna!«, brüllt er mich an. »Verdammt.« Er zieht das

Holz erneut zurück und hält die Klinge an. »Vergiss es.« Er nimmt mir den Balken grob aus den Händen und lehnt ihn an die Werkbank. »Dann muss ich das halt selbst machen.«

Er positioniert Böcke dort, wo er sie haben möchte, stapelt Dinge darauf, damit sie die gleiche Höhe haben wie meine Hände zuvor.

Ich stehe dumm daneben, während er den Balken vorsichtig wieder auflegt und die Klinge anwirft. Er breitet die Arme so weit wie möglich aus, um den Druck gleichmäßig auf dem Holz zu verteilen, dadurch ist sein Gesicht nur Zentimeter von der Oberfläche der Tischkreissäge entfernt. Die Klinge schneidet ins Holz, und ich zucke beim schrillen Kreischen, als er das Holz hineinschiebt, wobei er den Hals verdrehen muss, um den Kopf außer Reichweite der rotierenden Klinge zu halten.

Ich schnappe mir einen Eimer und gehe zur Tür. Kurz bevor sie sich schließt, drehe ich mich noch einmal um und sehe, wie er den perfekten Schnitt betrachtet, den er gerade ganz allein gemacht hat.

Zum Abendessen koche ich alles, was zuerst wegmuss. Ich mache einen grünen Salat und schaffe es, ein Hühnchen und Gemüse im Küchenofen zuzubereiten. Kyle scheint den Nebel nicht einmal bemerkt zu haben, wie er uns eingeschlossen hat – oder wie unsere Auseinandersetzung im Schuppen mich eingeschlossen hat. Er spricht nur vom Kajak.

»Es ist eine Baidarka. Die Aleuten haben Garn aus getrockneten Tiersehnen gefertigt, um die Teile des Rahmens zusammenzubinden. Dann haben sie Robbenfelle über den Holzrahmen gespannt. Es kann sich sowohl von Seite zu Seite als auch von vorne nach hinten beugen, um den Wellen besser standzuhalten. Es wird großartig werden.«

»Das war also in dem Paket? Robbenfelle und Tiersehnen?«

»Nein, heute benutzt man synthetische Materialien, ich meine bloß, so haben sie das früher gemacht. Es gibt kaum noch Leute, die solche fellbezogenen Holzboote bauen. Alle bevorzugen Kajaks aus Glasfaser, bis auf ein paar hartgesottene Ruderer. Manchmal habe ich Baidarkas in der Nähe von Juneau gesehen, aber es ist eigentlich eine vergessene Kunst.«

Gleich nach dem Abendessen eilt er zurück in den Schuppen.

Als die erste Runde Räucherlachs eine Stunde später fertig ist, läuft der Ofen, das Wasser kocht, und ich habe die Konserven auf der Anrichte ausgebreitet. Ich habe alle Lampen zusammengetragen, um die Küche in so viel Licht wie möglich zu tauchen.

Dann hole ich die Gestänge mit dem Lachs rein, breche ein warmes Stück ab, und bei dem rauchigen, zuckrigen, pfeffrigen Geschmack muss ich einfach lächeln. Ich nehme mir ein zweites Stück und ein drittes. Er schmeckt wie eine Süßigkeit.

Ich arbeite drei Stunden lang, bis ich den ersten Schwung Fisch konserviert habe. Weil der Küchenofen so lange läuft, ist es warm genug, um den Pulli auszuziehen. Am Ende habe ich einen kleinen Berg Lebensmittel vor mir. Ich fühle mich sicher, als ob der Weg vor mir geebnet wäre. Auch wenn uns alles andere ausgeht, haben wir Lachs zu essen und Regenwasser zu trinken.

Ich putze die Gestänge und fülle sie mit der nächsten

Runde eingelegtem Lachs. Draußen im dunklen Nebel, während das Nebelhorn hinter mir dröhnt, atme ich tief ein. Ich trage die Gestänge einzeln und vorsichtig zum Räucherhaus, lege ein paar Späne nach und zünde das Feuer wieder an, dabei gleitet das Licht vom Leuchtturm vorbei. Danach gehe ich nicht wieder rein, sondern laufe am Ufer entlang und überlege, wie ich die wachsende Distanz zwischen Kyle und mir verringern könnte. *Vielleicht sollten wir in die Stadt zurückgehen,* denke ich, *vielleicht wieder nach Mexiko,* aber ich will weder das eine noch das andere. Ich denke an all das Umherziehen der letzten Jahre, lausche dem sanften Geräusch des Wassers unter dem Nebel und möchte hierbleiben.

12

Wenn Kyle abends reinkommt, reden wir kaum miteinander. Während ich darauf warte, ein paar Späne im Räucherhaus nachzulegen, um das Feuer über Nacht aufrechtzuerhalten, räume ich die Küche auf. Er murmelt nur gute Nacht und geht ins Bett. Ich warte, bis er schläft, klettere leise die Leiter hinauf, um William Harris' Logbuch zu holen. Dann zünde ich auf dem Fensterbrett in der Küche drei Kerzen an, lege noch ein bisschen Holz in den Ofen und blättere mich durch Einträge über nordwärts und südwärts fahrende Schiffe, über aufkommende und abklingende Unwetter, bis hin zum folgenden Eintrag:

23. Dezember 1977
0703 Es fällt mir immer schwerer, hierzubleiben. War noch nie so einsam. Kann mich nicht entspannen. Es ist so laut. Furchtbar. Dunkel und windig. Das habe ich verdient, oder?

18. Februar 1978
2050 Küstenwache liefert Lebensmittel. Sind auf einen Kaffee reingekommen, und ich wollte sie am liebsten rauswerfen. Ihre älteren Brüder oder Cousins waren im Krieg, aber sie sind hiergeblieben und haben brav ihre Schulauf-

gaben gemacht. Der Dicke hat mich gefragt, ob ich schwul bin, so ohne Frauen hier draußen. Wie soll ich erklären, warum ich hier bin? Falls ich es schaffe, weiterhin zu zeichnen, mein Gewehr im Schuppen zu lassen, dann kann ich nach Hause und jemand sein, zu dem man aufsieht. So wie ich wusste, dass es Zeit war, herzukommen, werde ich auch wissen, wann es Zeit ist, wieder fortzugehen.

Ich starre ins Feuer. Wünsche mir, dass er erscheint. Will, dass er bei mir am Küchentisch sitzt. Ich möchte mit jemandem reden, der gewusst hat, wann es Zeit zu kommen und wann es Zeit zu gehen war. Möchte wissen, ob es ihm geholfen hat, hier draußen zu sein, oder ob es ihn umgebracht hat.

Von draußen drückt der Nebel gegen den Leuchtturm, gegen mich. Alles hält still, nur das Geräusch des Nebelhorns hängt zwischen den Signalen in der Luft. Das Feuer im Räucherhaus ist fast erloschen, aus dem Ofen kommt nur noch dünner Qualm. Ich lege ordentlich Späne nach, schließe die Tür und warte ab, ob das Feuer wirklich wieder brennt. Dabei laufe ich vor dem Räucherhaus auf und ab und denke über William Harris nach. Über Kyle und mich, die kommenden Monate, und die aufsteigende Angst schnürt mir erneut die Luft ab.

Als ich den Rauch durch die Ritzen steigen sehe, gehe ich zurück in die Küche und setze mich in den Schaukelstuhl vor dem Feuer, das jetzt laut knistert. Morgen früh muss ich noch einmal Späne nachlegen, dann ist der Fisch am Mittag fertig. Ich starre das Logbuch eine Weile an,

kum, trage jede einzelne Pflanze zur Zisterne, um sie zu gießen. Als ich fertig bin, verschließe ich die Tür, indem ich einen großen Stein davor lege.

Im Raum mit dem Leuchtfeuer setze ich mich mit William Harris' Skizzenblock auf die Holzplattform. Ich habe das, gegenüber vom Schreibtisch, was ich nun Glastafel Nummer eins genannt habe, fertiggestellt und bin zu Glastafel Nummer zwei übergegangen. William hatte Nummer zwei ausgelassen oder herausgerissen. Zugegebenermaßen ist es nicht die spannendste Sicht, aber mir gefällt die sanfte Windung des Kanals Richtung Norden. Außerdem wird die Skizze größtenteils aus Wasser bestehen, und das sollte einfacher sein. Es gibt genügend Blätter, um die Sicht aus jedem einzelnen der acht Fenster zu zeichnen. Noch zwei liegen vor mir, bevor ich zum Knight Peak komme.

Stundenlang sitze ich dort und zeichne. Am Mittag liegt Glastafel Nummer zwei erkennbar vor mir auf dem Schoß. Vorsichtig schattiere ich und radiere dann wieder, weil etwas nicht stimmt, und versuche es erneut. Ich sehe Kyle, der vom Schuppen zurück zum Leuchtturm läuft. Ich passe ihn unten ab, und anstatt Mittagessen zu machen, überzeuge ich ihn, mit ins Bett zu kommen. Ich brauche seine Nähe, wenn schon nicht emotional, so wenigstens körperlich. Während unserer Zeit im Leuchtturm hat sich unser Sex von etwas Sommerlichem zu etwas Herbstlichem verwandelt. War abgekühlt, frostiger geworden.

Während wir nebeneinanderliegen und Kyle gerade einzuschlafen droht, kämpfe ich gegen die Einsamkeit in mir an. Plötzlich möchte ich nicht, dass er schläft. »Ich habe gestern Nacht mehr über William Harris herausgefunden.«

»Oh?«, sagt Kyle wacher, als ich vermutet habe.

»Ich habe einen Brief gefunden. Er hatte ein Kind, das ihn hier draußen besucht hat.«

»Ein Kind?« Kyle dreht sich um und stützt sich auf einen Ellbogen auf. »Wie bitte?«

»Ich habe einen Brief an William gefunden von jemandem namens Hannah. Sie hat gesagt, sie bringt ein Kind namens Graham vorbei und dass er zwei Fanghandschuhe mitbringt, und sie bittet William, mit ihm rechnen zu üben, weil er schlecht darin ist.«

Kyle setzt sich auf.

»Ich freue mich«, fahre ich fort. »Es ist gut, dass er nicht immer ganz allein hier draußen war. Das wäre doch viel schlimmer.«

»Verarschst du mich eigentlich?« Kyle wirft die Decke zurück und zieht sich hastig an. Auf der Suche nach seinem Hemd wirft er andere Sachen auf den Boden. Als er nicht in seinen Stiefel reinkommt, weil seine Socke drinsteckt, schmeißt er ihn quer durch den Raum. Mit einem dumpfen Schlag trifft er die Wand.

Ich setze mich im Bett auf. »Was ist denn mit dir los?«

»Nichts.« Er drückt sich mit zwei Fingern auf den Nasenrücken.

»Das sieht aber nicht so aus.«

Als er sich zu mir umdreht, steht ihm die Wut im Gesicht geschrieben. »Was hat ein Typ, der ein Kind hat, überhaupt hier draußen verloren? Super, sie haben Ball gespielt, niemand hat das mit mir gemacht, aber was zum Teufel stimmt mit dem Typen nicht? Wenn man ein Kind hat, kümmert man sich darum. Man haut nicht einfach ab.«

Ich beobachte ihn, bin unsicher, was ich machen soll.

Er sieht aus dem Fenster. »Was für ein Arschloch.«

»Vielleicht hatten beide, William und dein Vater, gute Gründe, nicht bei ihren Kindern zu sein.«

All der Frust der letzten Monate scheint sich nun in Kyles Augen angesammelt zu haben. Ich sehe deutlich, wie sehr der Leuchtturm und das Wetter an ihm zehren. »Der einzige Grund, sein Kind alleinzulassen, ist Egoismus«, sagt er mit mehr Wut in der Stimme, als ich es je erlebt habe.

Langsam stehe ich auf. In diesem Moment gibt es nicht viel, was ich an Kyle wiedererkenne, aber ich höre nicht auf, danach zu suchen. Als ich bei ihm bin, zuckt er unter meiner Berührung zusammen, und ich fürchte, dass er mich loswerden will, stattdessen fällt er mir um den Hals, und ich spüre, wie mir warme Tränen den Nacken hinunterlaufen. Ich weiß nicht, wie lange wir so dastehen, ich weiß nur, irgendwie enden wir wieder im Bett. Ohne miteinander zu sprechen, ist unser Sex dieses Mal anders, zärtlicher und hingebungsvoller.

Später lege ich mir die Worte genau zurecht, bevor ich frage: »Hast du je nach deinem Vater gesucht?«

Er wirkt angespannt, lässt mich aber nicht los. »Ja.«

Ich halte still, in der Hoffnung, dass er weiterredet.

»Ich möchte nicht darüber sprechen.«

Ich sehe, wie das dumpfe Licht des Nachmittags durch das Fenster fällt.

»Er ist abgehauen, bevor ich auf die Welt gekommen bin«, sagt Kyle langsam. »Als ich fünf war, hat er uns eine Postkarte geschrieben, und danach habe ich nie wieder von ihm gehört.«

»Was hat er denn geschrieben?«

»Dass er nach Hause kommt.«

Und weil Kyle mich immer noch im Arm hält, frage ich: »Weißt du denn irgendetwas über ihn?«

»Nein. Meine Mutter hat sich geweigert, über ihn zu reden, außer dass sie das nie von ihm erwartet hätte. Sie waren verheiratet, wollten beide Kinder. Irgendwann habe ich ein Foto von ihm gefunden. Als ich zehn war, sind wir umgezogen und meine Mutter hat alles ausgeräumt. Ich habe es hinter dem Schreibtisch gefunden. Meine Mutter hatte alle anderen Bilder von ihm schon vor Jahren weggeworfen. Daher hatte ich noch nie ein Foto von ihm gesehen, aber ich habe meine Augen und Haare und mein Lachen darin wiedererkannt. Ich habe es behalten. Sie hat nie davon gewusst, glaube ich. Auf dem Bild springt er gerade von einem Felsen, ich kenne ihn. Er ist an einem See nicht weit weg von uns. Im Sommer waren wir oft dort. Es gab große und kleine Felsen, von denen man springen konnte, und er stand auf dem höchsten. Ich hatte zwar immer Leute hochsteigen sehen, die nur herunterschauen wollten. Ich hatte nie von jemandem gehört, der tatsächlich von dort gesprungen ist. Auf dem Bild ist er mit einem Fuß schon abgesprungen und drückt sich mit dem anderen ab, er blickt denjenigen an, der das Foto macht, und er hat überhaupt keine Angst. Er sieht aus, als sei er sich sicher, er könne fliegen.« Kyle hält inne, seine müde, raue Stimme nah an meinem Ohr.

»Von dem Foto habe ich mir einen ganzen gemeinsamen Tag zusammengereimt, von den Sandwiches bis dahin, wo wir beide ohne jede Angst von dem Felsen springen. Ich habe diesen Tag in Gedanken so oft erlebt, ich konnte mir fast nicht mehr vorstellen, dass ich ihn mir ausgedacht hatte. Traurig, oder?«, fügt Kyle noch hinzu.

»Hast du irgendeine Ahnung, warum er gegangen ist?«

Kyle dreht sich um. »Das wollte ich ihn immer schon fragen.« Er legt sich auf den Bauch, mit dem Gesicht von mir weg.

Am Nachmittag konserviere ich die zweite Runde Lachs, bereite noch einmal Salzlake vor und lege den restlichen Fisch aus den Kühlboxen ein. Kyle arbeitet im Schuppen. In der Küche kann ich die Säge hören, aber ich verliere mich in der Aufgabe, Essen für den Winter herzustellen. Als ich damit fertig bin, gehe ich rauf und nehme mir den Skizzenblock. Das zarte Abendlicht ist diesig und dicht, liegt auf dem Wasser und füllt den Kanal. Weil mir der Rücken vom Zeichnen auf dem Boden am Morgen noch wehtut, ziehe ich den Schreibtisch vor Glastafel Nummer zwei. Als ich ihn so hinstelle, dass die Sicht auf den Kanal noch die Gleiche ist, fällt mir eine schmale Schublade auf. *Na klar*, denke ich, *wo sonst sollte er den Brief an Sheila schreiben*.

Eine einzige Seite fehlt im Skizzenblock, diese liegt einmal gefaltet in der Schublade, sonst nichts.

Darauf sind zwei Spalten. Auf der linken Seite steht folgende Liste:

Weiblich, 270 kg, Kenbel Creek, Kodiak Island
Weiblich, 250 kg, Salt Chuck, Kodiak Island
Männlich, 580 kg, SW von Annabel Peak, Kodiak Island
Männlich, 480 kg, Pork Creek, Kodiak Island
Weiblich, 260 kg, am Strand, NÖ von der Gold-River-Mündung, Kodiak Island

Die Liste geht über die halbe linke Seite.

»O mein Gott.« Ich stelle mir die Bären vor. Es stehen zu viele Bären auf der Liste, um für ihr Fleisch gejagt worden zu sein. Mein Bild von ihm, wie er sich hier draußen erholt, wird durch das Bild eines Kranken ersetzt, der Bären zum Sport erschießt oder als eine Form von kranker Rache, und ich will es nicht sehen. Auf der rechten Seite ist eine weitere, längere Liste.

Der Mann im Tunnel mit den Ratten
Der Mann mit der Narbe
Der Mann mit dem Baseballschläger
Die beiden Männer, die zusammen kamen
Der Mann, der wie eine Schlange zischte
Der Mann, der mich in die Schulter traf

Die Liste geht fast bis zum Ende der Seite. Ich zähle sie und weiß, noch bevor ich fertig bin, es sind neunundzwanzig.

Plötzlich kriege ich keine Luft mehr. Ich laufe die Treppen hinunter und gehe nach draußen in die Nacht. Der leichte Regen fühlt sich gut auf der Haut an. Ich möchte auf dem Felsen sein, der am weitesten im Meer liegt, an der Schwanzspitze der Kaulquappe. So weit wie möglich weg. Ich überquere die Insel, schnell vorbei am Schuppen. Da fällt mir auf, dass die Säge aufgehört hat und dass Kyle auf dem Boden an der gegenüberliegenden Wand sitzt. Ich kann ihn nicht genau sehen, weil die Werkbank zwischen uns steht, nur seine Beine, die sich nicht rühren. Als ich in den Schuppen renne, werde ich den Gedanken nicht los, dass er sich geschnitten hat und verblutet ist, weil ich es nicht bemerkt habe. Die Tür schlägt gegen die Wand, als ich sie schwer atmend heftig aufstoße.

Kyle kauert mit verschränkten Beinen in der Ecke, die Hände an einer Schrotflinte auf seinem Schoß.

Wir schauen uns in die Augen, und es kommt mir vor, als hätte ich ihn noch nie zuvor gesehen. »Was machst du da?« Ich flüstere. Er bewegt sich nicht.

»Sie ist geladen.« Er spricht langsam, betont jedes Wort sorgfältig.

Ich versteinere, mein Verstand versucht, die Szene vor mir zu leugnen. Kyles Hände ruhen auf den Initialen WH, die fein säuberlich ins Holz der Waffe geritzt sind.

»Meinst du, er wollte sich umbringen?«, fragt Kyle langsam. »Das passt doch dazu, dass er abgehauen ist, oder? Das hat meine Mutter auch immer über meinen Vater gesagt, dass er sich einfach in Luft aufgelöst hat. Vielleicht ist das eine nette Art zu sagen, jemand hat erkannt, dass er nichts wert ist, und hat sich selbst darum gekümmert. Vielleicht war der gute William Harris hier einfach ein Feigling, hat sich mit der Schrotflinte in sein Boot gesetzt und hat abgedrückt. Was wollte er überhaupt hier draußen?« Kyle sieht mich an, sein Blick ist abwesend. »Was wollen wir überhaupt hier draußen?«

Ich muss schlucken, ich sehe die Liste von Männern in William Harris' ordentlicher Schrift vor mir. »Er war hier draußen, um sich selbst zu heilen. Um sich selbst zu verzeihen, damit andere es auch konnten.«

»Manche Sachen sind unverzeihlich«, entgegnet Kyle, und die Wut steigt wieder in ihm auf. In einer einzigen fließenden Bewegung steht er auf, stellt das Gewehr wieder in die dunkle Ecke, in der er es gefunden haben muss, und geht.

Ich lasse den Kopf sinken, seine Worte klingen noch in mir nach, zusammen mit dem klatschenden Geräusch vom Seil auf Eis und meiner Stimme, die ihren Namen ruft.

13

In der nächsten Woche kämpfen Regen und Wind ununterbrochen um die meiste Aufmerksamkeit. Kyle verbringt fast die ganze Zeit mit der Arbeit am Kajak. Jeden Abend beim Essen schaue ich ihn über die Entfernung hinweg an, die sich wieder zwischen uns ausgebreitet hat. Ich beobachte seine Stimmung, suche einen Zugang, eine Stelle, an der mein Einwirken etwas ausmachen könnte.

An irgendeinem Nachmittag, ich zeichne gerade Glastafel Nummer drei, sehe ich Kyles Rücken, der sich von all dem Grau abhebt. Mit den Händen in den Hosentaschen steht er am Ufer.

Ich lege meinen Stift hin, studiere seine Haltung und den Felsen, auf dem er steht. Als ich mich strecke, sehe ich die *Laura Ann*. Sie ist oben im Kanal und in unsere Richtung unterwegs. Als ich die Treppe herunterkomme, knistert das Funkgerät los. »Hibler Rock, hier ist die *Laura Ann.*« Ich renne ans andere Ende der Insel, wo Kyle immer noch mit den Händen in den Hosentaschen steht.

»Die *Laura Ann* ist im Kanal, sie rufen dich übers Funkgerät.« Ich bin außer Atem, grinse schon in Erwartung von Kyles Freude.

Er dreht sich um und sieht in die Richtung des näher kommenden Schiffes und zuckt mit den Achseln. »Ich habe nichts zu sagen.«

Den ganzen Nachmittag versuche ich herauszufinden, wie ich seine Stimmung heben könnte, und entscheide mich für ein heißes Bad. Stunden später, als die Wanne voll ist und dampft, gehe ich zum Schuppen, um ihm Bescheid zu geben. Er ist über den Rahmen des Kajaks gebeugt. Die langen Spanten aus dem Holz der Nootka-Scheinzypresse, die sich wunderbar vom Bug zum Heck biegen, sind nun an einer Reihe von kleineren Spanten befestigt. Ich bin überrascht, wie fragil es aussieht, kein Stück Holz ist breiter als mein Handgelenk.

»Wow«, kommentiere ich seinen Fortschritt. Das letzte Mal, als ich im Schuppen war, hatte er alle Einzelteile vor sich auf dem Boden ausgebreitet.

Er sieht hoch, lächelt selbstbewusst. Ich sehe mir das Kajak genauer an. Jede Strebe ist an der Stelle, wo sie auf eine andere trifft, mit festen Kreuzen aus gewachstem Garn zusammengeschnürt. Die Stärke liegt in der Verbindung von schwachen Teilen.

Ich beobachte ihn beim Binden einiger Kreuze, seine Hände sind mit Tape abgeklebt, sodass er das Garn fest anziehen kann, ohne sich dabei in die Haut zu schneiden. Ich berühre die Kreuzungen, jede so fest wie die andere.

»Wo hast du angefangen?«

Der Regen trommelt gegen die Wand des Schuppens.

»In der Mitte.« Er legt die Hand auf ein Stück Holz, das oben entlang vom Bug zum Heck läuft. Es ist ein bisschen breiter als die anderen. »Hier läuft alles zusammen.«

Ich sehe Kyle an, stelle mir vor, er ist meine Mitte, bevor ich mir eingestehe, dass das nicht stimmt. Alles in mir läuft immer noch an jenem Tag auf dem Gletscher zusammen.

»Ich werde es hier ausschneiden.« Mit der Hand macht

er eine Kreisbewegung über der Mitte des Kajaks. »Fürs Cockpit.«

Mir bleibt die Luft weg, denn jetzt sehe ich es mit Gewissheit: Er baut kein Kajak für zwei. So wie ich gerade mit Gewissheit erkenne, dass, wenn man fast alles von sich versteckt hält, dem anderen wenig bleibt, um sich daran festzuhalten. Ich erkenne, dass er auf seinem Weg ist und ich auf meinem, dass wir nicht gemeinsam auf irgendetwas zusteuern.

Auch wenn es fast unmöglich scheint, der Wind wird stärker und stärker, je näher der Winter rückt. Die Wasseroberfläche um uns herum bricht auf. Ich verbringe ganze Tage drinnen beim Zeichnen, da es fast unmöglich ist, sich draußen aufzuhalten. Nach tagelangem Windheulen und Sprühregen sagt Kyle: »Ich muss hier raus.«

»Heute?« Der Wind schlägt konstant gegen die Hauswand. Die Wasseroberfläche ist weiß und aufgewühlt und schroff. »Das schaffst du nicht.«

»Sicher schaffe ich das.«

Mein Magen zieht sich fest zusammen. »Du kannst bei dem Wetter nicht raus.«

»Doch, das geht schon.« Er steht auf, geht zur Tür und zieht seinen Mantel an.

»Nein.« Ich stelle mich vor Kyle. »Das war Teil unserer Abmachung. Wir haben uns dafür entschieden, hier draußen zu sein. Du wusstest, dass das Wetter zuziehen würde. Jetzt komm damit klar.«

»Sag mir bitte, warum wir hier draußen sind, Anna, warum ist dir das so wichtig? Was genau machen wir hier draußen?« Seine Augen sind elektrisiert, die Wut steht ihm im Gesicht geschrieben. »Du brauchst nicht zu antworten. Irgendwann wollte ich mal wissen, wovor du wegläufst, aber jetzt interessiert es mich nicht mehr.« Als er die Tür hinter sich zuwirft, zieht der Wind die Luft aus dem Raum.

Der kalte Regen treibt mir ins Gesicht und läuft mir den Nacken hinunter, als ich ihm hinterher zum Strand laufe. Der Wind dringt durch meinen dicken Wollpulli bis auf die Haut.

Kyle steht im Wasser und schöpft mit der Putzmittelflasche, die ich zu diesem Zweck aufgeschnitten habe, das Boot aus. Es ist schwer vom Regen und den Wellen, die über die Seiten reingeschwappt sind. Das offene Meer hinter uns tost und tobt. Ich sehe, wie er zur Reling greift, die schnellen, rhythmischen Bewegungen seiner Arme, während er literweise Wasser aus dem Boot schöpft.

Ich bleibe am Ufer stehen, eineinhalb Meter von ihm entfernt. »Kyle!«, rufe ich über Wind und Regen hinweg.

Er sieht mich nicht an. Das Boot schaukelt wild in den Wellen. Mit seinem Körper versucht er zu verhindern, dass es auf den Strand zutreibt. Er steigt ein und setzt den Motor ins Wasser.

»Nein!« Ich wate ihm nach ins Wasser, mittlerweile panisch, wieder zurück auf dem Eis, aber gleichzeitig hier. Alles, was ich damals nicht gesagt habe, kommt jetzt hoch.

Er steht breitbeinig da, um nicht umgeworfen zu werden, und zieht schnell hintereinander an der Motorschnur. Er springt an, und Kyle richtet den Bug auf den Kanal in Richtung Juneau, wählt eine sechsstündige Fahrt nach Süden anstatt einer dreistündigen nach Neely im Norden, und das beim schlimmsten Wetter, das wir bisher hier erlebt haben. An dieser Entscheidung sehe ich, dass er nicht klar denkt, nur handelt, und ich habe furchtbare Angst vor seiner nächsten schlechten Wahl.

Ich stapfe aus dem Wasser und laufe den Hügel hoch, damit ich ihn besser sehen kann. Während Kyle gegen die heftigen Wellen fährt, sinkt er auf die Knie, um das Gewicht unten zu halten. Ich sehe, wie eine Welle über die Reling schwappt, dann eine weitere. Der Wind heult in den zwei Bäumen hinter mir. Kyle schöpft mit einer Hand Wasser, mit der anderen hält er das Boot auf Kurs, weg vom Leuchtturm.

Ich folge seinem Vorankommen entlang der Insel, bis mir das Land ausgeht. Ich stehe am Ufer und sehe ihm dabei zu, wie er von den Wellen so weit nach links geworfen wird, dass er sein Körpergewicht steuerbords werfen muss, um nicht zu kentern.

Ich schließe die Augen zu, damit ich es nicht sehen muss, wie er hinter meterhohen Wellen verschwindet. Der Wind übertönt bald das Geräusch des Außenborders. Als ich die Augen wieder öffne, fühlt sich die Insel riesig und leer an. Meine Hände zittern, als ich mir Gischt vom Gesicht wische und den Kanal hinuntersehe. Er ist verschwunden. Hinter Wellen oder unter ihnen, ich weiß es nicht. Ich sinke auf dem felsigen Ufer auf die Knie und starre ins Nichts.

Der Wind verschluckt das Geräusch vom Motor, bis er etwa fünfzehn Meter vor dem Ufer der Insel ist, zurück auf dem Weg an den Strand. Ich stehe auf und sehe, wie Kyle mit den Wellen kämpft, um in die schmale Bucht zu kommen.

Nachdem er den Motor ausgemacht hat, setzt er sich auf die Bank und lässt den Kopf hängen, während der

Wind das Boot seitlich erfasst und es an die Boje wirft. Er bleibt für eine lange Zeit da draußen.

Ich gehe zurück in den Leuchtturm, verbringe den Nachmittag im Raum mit dem Leuchtfeuer und sehe von dort auf die Berge und das Wasser. Ich bin vollkommen erschöpft.

Kyle verbringt den nächsten Tag im Schuppen über seinem Kajak, und beim Essen redet er kaum mit mir. Am Nachmittag hört der Regen für eine Weile auf. Kyle stellt vor dem Schuppen zwei Böcke auf. Vom kleinen Schreibtisch im Raum mit dem Leuchtfeuer aus beobachte ich ihn, wie er eine Spante im Kajak genau richtig zuschneidet. Er ist konzentriert, führt das Werkzeug in langen gleichmäßigen Bewegungen.

Ich stelle Glastafel Nummer drei fertig und blättere zu einem frischen Blatt im Skizzenblock. Dann setze ich mich vor Glastafel Nummer vier, vor Knight Peak. Es gelingt mir nicht, den ersten Strich zu machen. Stattdessen will ich meine Augen abwenden, möchte mich von allem abwenden, was dort geschehen ist.

Ich denke an William Harris' Liste und frage mich zum ersten Mal, ob es ihm geholfen hat, alles aufzuschreiben. Frage mich, ob jeden Winkel des Gletschers zu untersuchen, ihn jetzt und hier nachzuzeichnen, mir helfen wird, alles hinter mich zu bringen. Ich möchte William Harris sagen, *ich auch, ich bin auch verantwortlich, auch an meiner Vergangenheit klebt Blut, das ich nicht einfach wegwischen kann*. Nach Stunden, als die Nacht langsam aufzieht, sitze ich immer noch da, die Seite ist immer noch leer, der Stift immer noch in meiner rechten Hand. Ich beobachte, wie die Berge in den Nachthimmel gleiten, wie zwischen ihnen und mir wieder Distanz entsteht.

Als das Licht hinter mir vorbeigleitet, sehe ich Kyle auf dem äußersten Fels der Landzunge stehen, die Hände in den Hosentaschen, die Augen auf das gegenüberliegende Ufer gerichtet. Ich lehne den Kopf an die Glasscheibe und frage mich, wer wohl durch den Kanal fährt, wer uns als Richtungsweiser benutzt.

14

Den ganzen nächsten Tag sitze ich, den Stift in der rechten Hand, den leeren Skizzenblock auf dem Schoß, vor Knight Peak. Als ich am späten Nachmittag endlich aufstehe, bin ich vollkommen erledigt. Unten ist das Feuer im Holzofen ausgegangen, der Raum hat dieselbe Temperatur wie die Wände. Mit Streichhölzern und Zeitung zünde ich es wieder an. Ich lege ein paar Scheite dazu und öffne die Haustür, um zu sehen, ob Kyle im Schuppen ist. Das laute Heulen eines Außenbordmotors lenkt mich ab. Kyle steht jetzt im Eingang vom Schuppen und sieht den Kanal entlang in die Richtung, aus der das Geräusch des Bootes kommt.

Der Heilbuttfischer fährt den Kanal rauf. Kyle stellt sich auf den höchsten Punkt der Insel, um ihn besser beobachten zu können. Ich bleibe in der Haustür stehen. Als er auf der Höhe der Insel ist, steigt der Mann diesmal aus der Steuerkabine und sieht Kyle direkt an. Er ist zu weit weg, um ihn genau sehen zu können und auch um zu rufen, was Kyle aber nicht davon abhält. »Hau verdammt noch mal ab!« Er fuchtelt wild mit den Armen, als ob er den Mann so verscheuchen wollte. Der Mann bewegt sich nicht.

»Was ist dein verdammtes Problem, du verdammter Spinner?« Er fuchtelt erneut mit den Armen. Ich spüre, wie Kyles Wut überhandnimmt, und mir wird übel. So war er vorher nie. Kyle geht auf unser Boot zu. Ich stelle mir vor, wie er mit unserem Boot mit voller Wucht das andere rammt. Er hält unvermittelt an und kehrt zum Schuppen zurück. Der Mann steht immer noch vor der Steuerkabine und beobachtet uns.

Als Kyle wieder herauskommt, hat er das Gewehr in der Hand.

»Kyle!« Ich renne los.

Er legt das Gewehr an und zielt auf den Mann. Bevor ich auch nur den halben Weg zum Schuppen gerannt bin, drückt er ab. Der Mann im Boot ist nicht mehr zu sehen. Ich höre nicht auf zu rennen, bis ich bei Kyle bin. Er lässt sich das Gewehr aus der Hand nehmen. Ich weiß nichts über Waffen, und so stehe ich unschlüssig mit dem Ding in der Hand da, unsicher, wie ich die restlichen Kugeln entferne, falls noch welche drin sind. Ich sehe zurück zum Boot. Die Strömung hat es seitlich gestellt, immer noch ist nichts von dem Mann zu sehen.

»Ich habe über seinen Kopf gezielt«, sagt Kyle. »Um ihn zu erschrecken.«

»Was ist denn in dich gefahren?« Ich kann meine Augen nicht vom Boot abwenden. Will den Mann sehen, wissen, dass er nicht verletzt ist. »Das ist doch wahnsinnig.«

Die beiden Außenbordmotoren springen an, das Boot gibt Vollgas, dreht ab und fährt den Kanal hinunter. Kyle schaut mich mit einem Blick an, der sagen soll, siehst du, es geht ihm gut, und geht dann zurück in den Schuppen. Ich bleibe im Regen stehen, atme schwer und halte das Gewehr fest.

Beim Abendessen umhüllt uns eine schwere Stille.

»Ich weiß, dass du wegen heute Nachmittag sauer bist«, sagt Kyle endlich. »Aber das war keine große Sache.«

»Ich finde schon, dass es eine große Sache ist, auf Leute zu schießen«, widerspreche ich, um nicht zu sagen, was ich eigentlich denke. *Du drehst durch, wir müssen hier weg.*

Kyle schüttelt den Kopf. »Du warst in Alaska bisher immer in der Stadt, hier auf dem Wasser läuft es anders. Draußen in den Fanggründen kommuniziert man eben so.«

»Willst du mir etwa sagen, die Leute kommunizieren hier mit Gewehren?« Ich schaue ihn ungläubig an. »Wir sind doch nicht im Wilden Westen. Du bist nicht Jesse James.«

»Und ich bin nicht der Erste, der einen Warnschuss auf einen Typen abgegeben hat, der zu nah herangekommen ist.«

»Was, wenn du ihn getroffen hättest?«

»Hab ich aber nicht.«

Ich sehe ein kleines Flackern durch das Fenster hinter Kyle. Ihm fällt mein Blick auf, und er sieht ebenfalls aus dem Fenster. Es ist noch nicht dunkel, aber es ist zu neblig, um etwas auf dem Kanal erkennen zu können. Kyle steht auf und geht zum Fenster, ich folge ihm. Der Mann hat abermals an der Mündung des Flusses mit den Lachsen geankert. Er hat ein kleines Feuer am Strand gemacht.

»Jetzt reicht es. Ich fahr da rüber«, sagt Kyle.

»Nein, tust du nicht.«

Er dreht sich zu mir um. »Sag mir nicht, was ich tun soll.«

»Ich sag dir nur, dass das eine dumme Idee ist. Was hast du vor? Ihn diesmal wirklich erschießen?«

»Ich werde ihn fragen, was sein verdammtes Problem ist.«

»Lass es sein. Er kann campen, wo es ihm passt. Der Kanal gehört nicht uns. Er hat uns doch nichts getan.«

»Noch nicht.«

»Genau. Das könnte sich geändert haben, nachdem du auf ihn geschossen hast.«

Daraufhin zieht Kyle seine Stiefel und die Regenjacke an, lässt sein angebrochenes Abendessen stehen. Ich bleibe beim Fenster stehen und warte darauf, dass er ins Boot steigt und den Kanal überquert, aber stattdessen geht er in den Schuppen. Nach ein paar Minuten höre ich die Kreissäge und fange an, den Tisch abzuräumen.

Am nächsten Morgen liegt die dicke Wolkenschicht nur ein paar Meter über dem Meer. Der Wind hat aufgehört. Das Wasser schwappt sanft und mit beruhigendem Klang ans Ufer – wie nach einem Streit. Ich kann das Boot des Heilbuttfischers unten im Kanal in Richtung Juneau sehen. Sieht aus, als ob er seine Ausrüstung gerade wieder auswirft, aber er ist zu weit weg, um es genau zu erkennen. Kyle setzt sich hinter mir im Bett auf.

»Lass uns in die Stadt fahren«, schlage ich vor. »Ich glaube, dass würde uns guttun.«

Kyle sieht zu mir.

»Es ist Freitag«, fahre ich fort. »Lass uns über Nacht bleiben und in die Bar gehen wie normale Leute. Und lass uns im Hotel übernachten.«

»Wer bist du denn?«, fragt Kyle immer noch leicht verschlafen. »Du möchtest lieber im Hotel schlafen, als im Regen zu campen?«

»Ja. Wir brauchen eine Pause.«

»Du musst nicht wir sagen, ich weiß, du meinst mich. Aber egal, lass uns hier abhauen.« Er steht auf und sieht aus dem Fenster. »Lass uns jetzt fahren, bevor es zu spät ist.« Als er den Heilbuttfischer entdeckt, verengen sich seine Augen. »Siehst du? Ich habe ihn aus diesem Teil des Kanals vertrieben.«

Um neun Uhr legen wir am Steg an. Als Erstes gehen wir zum Diner und bestellen Speck, Wurst und Eier sowie frisches Obst. Anschließend starrt Kyle aus dem großen Fenster auf den Hafen.

»Geht es dir gut?«, frage ich.

Kyle blickt mich an. Er ist blass, dünner als vor fast fünf Monaten, als wir die Stadt verlassen haben.

Ich stelle meine Tasse ab. »Das Leben im Leuchtturm ist nichts für dich, nicht wahr?«

Er sieht weg.

Ich greife über den Tisch zu seiner Hand. »Willst du mit mir nach Mexiko fahren?« Wir sitzen am selben Tisch wie vor über einem Jahr, als er mir die gleiche Frage gestellt hat.

Er lächelt bemüht, schüttelt den Kopf. Und weil ich es nicht darauf anlegen möchte, zu erfahren, ob das heißt, *nein, nicht mit dir, oder nein, ich will zu Ende bringen, was wir angefangen haben,* hake ich nicht weiter nach und gehe davon aus, dass wir noch eine Weile im Leuchtturm bleiben werden.

»Hey, da ist D. Ray«, sagt Kyle später mit einem breiten Grinsen in der Bar. Kyles Freund haut ihn auf die Schulter, gibt mir ein Bier aus. Es kommen noch mehr Freunde von Kyle.

Linda, meine ehemalige Chefin, gibt mir einen Schnaps aus und trinkt ebenfalls einen. Ich höre Kyle bei den Billardtischen auflachen und drehe mich um. Mir fällt auf, dass ich ihn schon seit Langem nicht mehr habe lachen hören.

»Und, dreht einer von euch beiden da draußen schon durch?«, fragt Linda. Ihr Gesicht ist alt und zugleich jung, die Haare reichen ihr bis zum Kinn. Sie ist die einzige Frau in der Stadt, die ich in Stöckelschuhen gesehen habe.

»Noch nicht.« Ich beobachte, wie Kyle sich für den nächsten Stoß vorlehnt, die Sorge windet sich fester um meine Wirbelsäule.

»Im Ernst«, meint Linda. »Wie geht's euch? Ich könnte nie da draußen leben, und wenn Ben mit wäre, würde ich ihn wahrscheinlich innerhalb der ersten beiden Wochen umbringen.« Sie schenkt uns noch zwei Schnäpse ein.

Ich kämpfe dagegen an, ihr zu erzählen, dass Kyle mir entgleitet, selbst wenn er nirgendwo hinkann. Stattdessen denke ich an den wachsenden Holzstapel, wie das Meer sich in beide Richtungen erstreckt. »Mir gefällt es da draußen – einen Ort zu haben gefällt mir.«

»Ach Quatsch, es gibt genug Orte in der Stadt, an denen es dir genauso gehen könnte.«

»Du arbeitest hier schon lange, oder?«

»Länger, als es dich gibt. Aber frag ja nicht als Nächstes, wie alt ich bin.« Sie macht jedem von uns eine Flasche Bier auf.

»Weißt du irgendwas über den Typen, der in den späten Siebzigerjahren im Leuchtturm gewohnt hat? William Harris?«

Ihre Augen weiten sich. »Was für ein schicker Kerl das war! O Mann!« Sie haut sich mit der Hand auf ihren dünnen Schenkel, dort wo die Jeans am engsten sitzt.

»Kanntest du ihn gut?«

»Nein. Ich habe mit ihm geschlafen.« Sie zuckt mit den Achseln. »Oder vielleicht auch nicht. Er war immer noch in irgendeine Frau verliebt, die ihn rausgeschmissen hat. Liebe«, sie schüttelt den Kopf. »Was für ein Schwachsinn.«

»Was ist mit ihm passiert?«

»Das weiß keiner. Ist nie wieder in Neely aufgetaucht. Er war mit Charles befreundet.«

»Charles? Der auch manchmal hierherkommt?«

»Ja, sie waren beide in Vietnam. Das hat ihn ganz schön fertiggemacht, wenn ich mich recht erinnere.«

»Inwiefern fertiggemacht?«

»Na ja, zum einen hat er im Leuchtturm gelebt. Er war unruhig. Nervös. Eher klein, aber gut aussehend. Er saß immer da am Rand vom Tresen.« Sie zeigt auf einen bestimmten Hocker an der Theke, und ich versuche, mir vorzustellen, dass William Harris dort saß. »Saß nicht gern mit dem Rücken zur Tür. Frag doch Charles mal nach ihm.«

Ich sehe zu dem Tisch, der Charles' Stammplatz ist.

Linda schüttelt den Kopf und zeigt in eine dunkle Ecke. »Er sitzt jetzt lieber da. Behauptet, da trinkt er weniger. Ich denke, das hat mehr damit zu tun, dass er lieber bei Tina bestellt als bei mir.« Linda schneidet eine Grimasse in Richtung der jungen Kellnerin.

Charles steht auf, als er mich erkennt. »Anna! Seit du weg bist, geht hier alles den Bach runter.« Er ist etwas unsicher auf den Beinen, hat Bartstoppeln und wässrige Augen, so wie immer.

Ich lächle, als er mir den Oberarm zur Begrüßung drückt. »Schön, dich zu sehen, Charles.«

»Setz dich.« Er zeigt auf den Stuhl ihm gegenüber und greift umständlich zu dem Glas Gin, das vor ihm steht. »Erzähl mir, wie es im Leuchtturm ist. Windig da draußen, oder?«

»Ziemlich windig«, stimme ich ihm zu und stelle mein Bier ab. »Du kanntest William Harris?«

Charles nickt langsam. »Wir waren gemeinsam in Vietnam. Nach dem Krieg ist er hier raufgekommen, um den Kopf klar zu bekommen.«

»Was war mit ihm los?«

»Der Krieg hat ihn fertiggemacht.«

»Wie meinst du das?« Ich höre Kyle wieder hinter mir mit seinen Freunden lachen.

Charles lehnt sich vor und stellt sicher, dass er meine volle Aufmerksamkeit hat, bevor er anfängt zu reden. »Wir waren Tunnelratten. Man hat uns da reingeworfen, wir sind so schnell gerannt, wie wir nur konnten, und haben auf alles geschossen oder eingestochen, was uns in den Weg kam, eine Ladung Sprengstoff reingeworfen und dann schnell wieder raus. Ich habe den Typen nicht gesehen, Will aber schon. Es war dunkel und düster. Der Mann hatte eine grausame Narbe im Gesicht, als ob jemand mitten auf sein Gesicht gekritzelt hätte. In weniger als zwei Sekunden hatte der Typ sein Messer an meinem Hals, und Will hat ihn von hinten erschossen. Es war wie ein Reflex, Will hat ihn im Dunkeln erschossen, hat ihn in die Schläfe getroffen, nur Zentimeter von meinem Kopf entfernt. Das konnte Will gut. Und das hat ihm auch am meisten Sorgen bereitet.«

»Also war er im Leuchtturm, um nachzudenken?«

Charles nickt. »Will wollte zurück zu seinem alten Leben. Kurz nachdem wir zurück waren, hat er mich angerufen und mir von der Waffe im Handschuhfach und dem Messer, das er immer bei sich trug, erzählt. Er wusste, dass das nicht normal ist. Aber viele Männer waren in derselben Situation, als wir zurückkamen. Am meisten fehlte ihnen der Adrenalinrausch. Ihnen fehlte das Gefühl, entweder hundertprozentig am Leben oder eben hundertprozentig tot zu sein, ohne irgendwas dazwischen. Ein Freund von mir hat Fischer und Jäger engagiert. Ich habe die beiden einander vorgestellt, und Will hat den Auftrag bekommen, Bären auf Kodiak Island aufzuspüren, damals, als sie die irre Idee hatten, dort Viehwirtschaft zu betreiben. Da war er wieder in der Routine, töten oder getötet werden. Eine Zeit lang ging es ihm besser, dachte, das würde ihm den Kopf frei machen, aber irgendwann ist ihm aufgefallen, dass er das Problem damit nur verzögert, und ich glaube, er hat nicht wirklich gerne Bären getötet. Die haben nur Hunger, hat er irgendwann mal gesagt. Also ist er zurückgekommen, hat auf meinem Sofa geschlafen, hat versucht, sich zusammenzureißen. Hat es aber nicht geschafft. Zu der Zeit hat er viel getrunken. Sogar mehr als ich.« Charles lächelt mich über den Tisch hinweg an.

»Das will was heißen.« Ich lächle zurück, und er nickt.

»William ist raus zum Leuchtturm als letzter Versuch, alles wieder auf die Reihe zu bekommen. Ich kann mir vorstellen, dass das, was ich dir von ihm erzähle, einen schlechten Eindruck macht, aber er war ein toller Kerl. Verstehst du?« Er sieht mich aufmerksam mit zusammengekniffenen Augen an, zur Abwechslung sind sie einigermaßen klar. »Ein toller Kerl, den der Krieg fertiggemacht hat.«

»Was ist aus ihm geworden?«, erkundige ich mich.

»Ich weiß es nicht. Nachdem er ein paar Jahre im Leuchtturm gelebt hat, ist er irgendwann mitten in der Nacht bei mir aufgetaucht. Er hat mir die Hand gegeben und gesagt, er bräuchte einen Neuanfang. Er hat da draußen Kajaks gebaut, sogar ein paar verkauft und etwas Geld gespart. Dann hat er mich gebeten, nicht nach ihm zu suchen, hat gesagt, er braucht Abstand. Ich habe nie wieder von ihm gehört, weiß nicht mal, wo er hingegangen ist. Und ich habe auch nie versucht, es herauszufinden, weil er das ja nicht wollte. An diesem Abend sah er aber besser aus als seit Jahren. Ich hab mir immer gedacht, der Wind da draußen am Leuchtturm hat alles ausgetrieben.«

Am nächsten Morgen ist es immer noch ruhig, aber wir beide spüren, dass etwas im Anmarsch ist. Die Luft ist wie elektrisiert, eine Art kraftvoller Zug. Wir sprechen es nicht an, packen nur beide unser Zeug.

Ich freue mich, als der Leuchtturm in Sicht kommt, freue mich auf unser Zuhause. Als ich den Weg zum Leuchtturm hochgehe, habe ich das gleiche Gefühl wie beim ersten Mal, nur diesmal noch stärker. Im tiefsten Inneren spüre ich, dass das hier ein Ort ist, an dem ich zur Ruhe kommen könnte. Zum ersten Mal, seit ich in die Gletscherspalte gestiegen bin, keimt Hoffnung in mir.

Kyle und ich tragen die Einkäufe hinein, dann verschwindet er im Schuppen, und ich räume sie auf. Bevor ich fertig bin, kommt er mit einem erschrockenen Gesichtsausdruck zurück. Ich erstarre, Angst steigt in mir hoch. »Was ist passiert?«

»Er war hier.«

»Wer?«

»Der Heilbuttfischer. Er hat mein Gewehr gestohlen. Und eine Nachricht dagelassen.«

»Und was sagt er?«

»Es ist Zeit, die Insel zu verlassen.«

Ich setze mich an den Tisch. Bei der Vorstellung, dass jemand auf der Insel war, im Schuppen und womöglich in unserem Zuhause herumgelaufen ist, wird mir übel. »Woher weißt du, dass er es war?«

»Wer soll es sonst gewesen sein?« Kyle fängt an, auf und ab zu gehen.

»Was soll das heißen, es ist Zeit, die Insel zu verlassen?« Ich weiß genau, was es heißen soll, und ich erkenne die Wahrheit darin. Die Nachricht lag schließlich im Schuppen und nicht hier.

»Das ist offensichtlich eine Drohung.«

»Oder vielleicht nur eine Feststellung.«

Kyle hält inne, um mich für eine Sekunde anzustarren, und marschiert dann weiter auf und ab. »Wir müssen die Augen nach ihm offen halten. Wir übernehmen Schichten oben im Raum mit dem Leuchtfeuer. Wir müssen sichergehen, dass wir ihn sehen, bevor er uns sieht. Er ist jetzt bewaffnet.«

»Sollen wir etwa die ganze Nacht wach bleiben, um nach ihm Ausschau zu halten?« Meine Stimme ist kratzig, Kyle spürt meine Zweifel.

»Okay, Anna. Wenn du meinst, das ist alles nur ein Witz, dann sag es. Man latscht doch nicht einfach über fremdes

Eigentum, klaut eine Waffe, ohne auf Ärger aus zu sein. Das ist doch dreist.«

Ich versuche, mir einen fremden Mann auf unserer Insel vorzustellen, wie er sein Boot anlegt, in die Küche geht, vielleicht in den Raum mit dem Leuchtfeuer. »Wir müssen nachschauen, ob sonst noch etwas fehlt.«

Kyle stimmt mir zu. Ich renne die Treppe hinauf, klettere die Leiter hoch in den Raum mit dem Leuchtfeuer. Hinter mir höre ich Kyle, wie er im Schlafzimmer herumläuft. Als Erstes sehe ich nach dem Skizzenblock, der nach wie vor auf der gleichen leeren Seite aufgeschlagen ist, die ich seit Tagen anstarre. Der Schreibtisch steht immer noch vor Knight Peak. Ich gehe den Raum auf der Holzplattform einmal ab. Die Anwesenheit des Heilbuttfischers in diesem Raum stört mich am meisten, aber es macht nicht den Eindruck, als sei er hier gewesen. Kurz denke ich mir, dass er vielleicht gar nicht da war und Kyle es sich nur eingebildet hat. Beunruhigt, dass ich überhaupt auf so etwas komme, schüttle ich den Kopf, um die Zweifel zu vertreiben. Ich erinnere mich daran, dass Kyle immer noch Kyle ist. Trotzdem macht sich Unsicherheit in mir breit, weitet sich aus, bis ich herunterrenne, um ihr zuvorzukommen.

15

In der ersten Nacht, nachdem das Gewehr weg ist, übernehme ich die Schicht im Raum mit dem Leuchtfeuer. Ich folge dem grünen Licht, wie es alle zehn Sekunden über die Wasseroberfläche gleitet, und frage mich, was ich hier eigentlich mache. Sonst war hier und im Schuppen nichts Auffälliges. Irgendwann gegen Mitternacht klettere ich ins Bett, obwohl meine Schicht noch nicht einmal halb herum ist. Kyle übernimmt bald. Er bleibt die ganze Nacht und auch die nächste oben. Der Mann kommt aber nicht zurück. Es führt nur dazu, dass Kyle zu wenig schläft, was ihn noch angespannter macht.

Im Laufe der nächsten Tage gehen wir vorsichtig miteinander um. Das Meer ist dunkelgrau, bleibt aufgewühlt, und das felsige Ufer der Insel ächzt mit jeder Welle. Der Leuchtturm pfeift im ständigen Wind. Tiefe, dumpfe Klänge wiederholen sich schnell in stetigen Chören.

Kyles Augen fangen an zu huschen.

Mir allerdings gefällt die Bewegung in allem, das andauernde Dröhnen verdrängt die Stille zwischen Kyle und mir.

»Heute Abend ist es so laut wie noch nie«, sagt er, während ich Salz und Pfeffer in die Suppe gebe. Er sitzt mit ausgestreckten Beinen auf einem der Küchenstühle.

Ich lausche dem heulenden Wind draußen.

Er schiebt den Stuhl zurück. »Ich sehe besser mal nach.« Er meint die Leuchte.

»Ich auch.« Ich meine den Wind.

Der Klang seiner Schritte über mir vermischt sich mit den Geräuschen des Leuchtturms. Ich ziehe meine Stiefel und die Regenjacke an und gehe hinaus. Der Regen prasselt von der Seite auf den Kanal und sammelt sich am Leuchtturm. Ich mache zwei Schritte und werde beim dritten zur Seite geworfen. Das Meer kann ich nicht sehen, fühle aber seine Bewegung um mich herum.

Als das zarte Licht aus der Küche geschluckt wird, blitzt die Landschaft alle zehn Sekunden grün vor mir auf. Ich ziehe die Kapuze fester und lehne mich in den Wind. Mit zwei Händen schiebe ich den Stein vor das Gewächshaus, um die Tür zu sichern.

Die Plastikplane, aus der die Wände sind, schnalzt im Wind. Wieder frage ich mich, ob das Gewächshaus den Winter wohl überstehen wird.

Ich mache mich auf den Rückweg, mir läuft Regen, der es irgendwie doch in meine Kapuze geschafft hat, den Rücken hinunter. Als ich den höchsten Punkt der Insel überquere, sehe ich es plötzlich. Ein Boot wird unkontrolliert hin und her geworfen. Im kurzen grünen Aufflackern sehe ich zu viel vom Rumpf. Ich blinzle in den dunklen Regen. Im nächsten grünen Aufblitzen sehe ich, dass das Boot stark Schlagseite hat, die Reling vom Wind zu nah ans Wasser gedrückt wird. Plötzlich werden meine Hände kalt.

Im nächsten grünen Aufflackern sehe ich, wie ein Mann einen anderen über Bord stößt. Ich renne in den Schuppen, wo wir unsere Schwimmwesten lagern, und schnappe mir eine vom Regal. Meine Füße hämmern auf den nassen Boden, als ich den Weg zum Strand hinunterrenne. Bei diesem Wetter wird der Hubschrauber nicht starten können, aber falls die Küstenwache jetzt mit dem Boot in Juneau aufbricht, rechne ich aus, sind sie in etwa drei bis vier Stunden hier.

Ich werfe mir das Anlegetau über die Schulter und ziehe, so fest ich kann. Das Wasser hält fest, bevor es das Boot hergibt. Im Boot stehen mehrere Zentimeter Wasser, als ich einsteige, in Gedanken nur bei dem Mann im Wasser, nur bei dem Gedanken, dass ich ihn rausholen muss.

Der Evinrude springt nicht beim ersten und auch nicht beim zweiten Mal an. Ich wische mir das Wasser aus den Augen, stemme mein ganzes Gewicht rein, und endlich springt er an. Mit einer Hand schöpfe ich mit der aufgeschnittenen Putzmittelflasche Wasser aus dem Boot, mit der anderen steuere ich vom Strand weg und wende das Boot.

Die Wellen sind mannshoch. Als der Bug nach oben gehoben wird, lehne ich mich vor, mein Gewicht so weit unten wie möglich, aber das Boot wird trotzdem so heftig hin und her geworfen, dass ich Mühe habe, nicht hinauszufallen.

Kleinere Wellen auf den großen Wogen klatschen gegen die Reling und ins Boot, tränken meine Hosenbeine und spritzen mir ins Gesicht. Panisch schöpfe ich das Boot aus, versuche, dem Wasser zu meinen Füßen Herr zu werden. Währenddessen überschlagen sich meine Gedanken. Wie soll ich den Mann überhaupt finden? Ich muss Kyle ans Funkgerät bekommen. Er muss wissen, dass ich hier draußen bin.

Es wird immer dunkler, und ich kann nur ein paar Zentimeter weit über den Bug hinaus sehen. Blind nehme ich eine Welle nach der anderen, ohne zu wissen, ob ich überhaupt vorankomme. Ich bemühe mich, an die wasserdichte Notfalltasche zu kommen, die ich an die Innenseite des Bootes geklebt habe. Weil ich aber nicht will, dass die Tasche bei so viel Wasser lose im Boot herumtreibt, pule ich nur die obere Hälfte auf, dann höre ich auf, um das Wasser, das sich in der Zwischenzeit wieder angesammelt hat, abzuschöpfen.

Ich beuge mich zur Notfalltasche hinunter, die immer noch zum Teil festgeklebt ist, weshalb ich beide Hände brauche. Unkontrolliert und mit dem Ruder in der Macht der Wellen werde ich zur Seite geworfen und schlage mir die Bank in die Rippen. Ich atme in den Schmerz, während ich mich wieder aufrapple und das Funkgerät herausziehe. Ich lege es neben mir auf die Bank, während ich mit zwei Händen die Tasche wieder verschließe, damit das Wasser den restlichen Inhalt nicht kaputt macht. Vielleicht brauche ich ihn nachher noch.

Die nächste Welle erwischt mich im Gesicht. Ich huste und spucke, setze mich wieder auf die Bank und greife nach dem Ruder, um das Boot gerade zu richten. Ich stehe jetzt seitlich zu den Wellen. Als das Boot mühsam auf mein heftiges Ziehen am Ruder reagiert, greife ich nach dem Funkgerät und stelle fest, es wurde über Bord gespült.

Ich sehe nach dem Licht hinter mir, versuche meine Hände, die inzwischen zittern, zu kontrollieren, und fahre weiter hinaus auf den Kanal.

Ich gebe etwas mehr Gas, nehme es aber gleich wieder zurück, als der Bug in die nächste Welle pflügt und die Welle über dem Boot bricht. Mein Herz rast, während ich hastig Wasser aus dem Boot schöpfe. Wieder sehe ich mich nach dem Leuchtturm um, um meinen Kurs zu überprüfen.

Auf der nächsten Welle, kurz bevor der Bug wieder nach unten schnellt, findet mich Kyle. Die Dunkelheit lässt ab, wird von einem anhaltenden ovalen, weißen Licht ersetzt. Ich greife das Ruder fester und schöpfe noch ein paar Ladungen Wasser raus.

Der Scheinwerfer eilt mir voraus, um zu sehen, ob sich etwas im Wasser vor mir befindet. Als ich um die Seite der Insel fahre, zerrt der Wind stärker an mir und bringt den scharfen Geruch von Rauch mit sich. Der Scheinwerfer bahnt mir einen Weg auf der Wasseroberfläche vor mir.

Die Explosion scheint in mir genauso stattzufinden wie irgendwo im Inneren des Fischerboots. Ich erschrecke und lasse das Ruder los, wodurch das Boot scharf zurückdreht. Im hellen roten Lichtschein suche ich nach dem Ruder, aus meiner Kehle kommt ein Geräusch, erst tief, dann schrill. Die Wellen sind jetzt orange. In den kurzen Unterbrechungen in der Wand aus Wellen sehe ich die Flammen auf dem Fischerboot, die, vom Wind angetrieben, knistern und wüten. Ich kann nicht wegsehen.

Das weiße Scheinwerferlicht verschwindet für eine Weile in all dem Rot. Kyle ist wie ich für einen Augenblick fasziniert, gefangen von der Anmut einer Situation, die man eigentlich nicht schön finden kann.

Das Scheinwerferlicht ist wieder auf die Wasseroberfläche gerichtet, kommt zu mir zurück und fängt dann an, das Wasser vor mir abzusuchen. Ich wende das Boot, das Ruder fest im Griff, um dem Scheinwerfer zu folgen.

Die Dunkelheit fängt mich erneut ein, als ich eine

Welle nach der anderen hochklettere und auf der Rückseite an Geschwindigkeit zulege, wobei sich mir jedes Mal der Magen zusammenzieht. Der Wind zerrt heftig an mir, am Boot, sodass ich kreuzen muss, um auf Kurs zu bleiben. Vor mir bewegt sich der Scheinwerfer auf der Suche in langen Geraden über das Wasser. Es steht mir im Boot bis zu den Knöcheln. Ich schöpfe, so schnell ich kann, eine Ladung nach der anderen.

Die Nacht kommt mir wie eine sich in jede Richtung unendlich ausstreckende Oberfläche vor. Ich wische mir die Haare und das Wasser aus dem Gesicht und blinzle in die Dunkelheit. Im Tal zwischen zwei Wellen kann ich um mich herum auf allen Seiten nur Wasser sehen. Ich steuere auf die Mitte des Kanals zu, das Fischerboot brennt immer noch zweihundert Meter nördlich von mir.

Kyle hat Wind und Strömung berechnet und lotst mich in die Richtung, in die der Mann vermutlich getrieben wurde. Er hat die Aufgabe von Augen übernommen, ich die der Hände.

Ich folge, bis der Scheinwerfer anfängt, sich in horizontalen Linien zu bewegen, und nicht mehr vor mir sucht. So wie er flackert, weiß ich, dass Kyle alles tut, um seine Reichweite so gut wie möglich auszunutzen. Aber es besteht kaum ein Unterschied zwischen dunklem Wasser und dunklem Himmel. Auf der nächsten großen Welle erkenne ich plötzlich das Orange einer Schwimmweste.

Ich warte im Tal zwischen zwei Wellen, bis ich auf die nächste Woge hochgetragen werde, wo mich der Wind mit voller Wucht erwischt, und ich ihn wieder sehe, einen regungslosen Mann in einer Schwimmweste, weit außerhalb der Reichweite des Scheinwerfers.

Ich gebe Gas und halte auf ihn zu. Sobald ich aus dem Scheinwerferlicht herausfahre, umhüllt mich die Nacht. Alles ist schwarz, es ist unmöglich, links von rechts, oben von unten zu unterscheiden. Ich drehe mich um, konzentriere mich auf das Scheinwerferlicht, das Kyle nicht von der Stelle wegbewegt hat, an der er mich zuletzt gesehen hat.

Eine Welle bricht über die Reling. Ich schöpfe abermals Wasser und stelle das Boot wieder so, dass keine zweite über die Seite bricht. Drei davon würden das Boot sicher versenken. Langsam gewöhnen sich meine Augen an die Dunkelheit.

Ich bahne mir meinen Weg in die Richtung, von der ich meine, dass sie mich zu dem Mann im Wasser führt, und nehme den Gang raus, um ihn nicht zu überfahren. Jedes Mal, wenn ich oben auf einer Welle bin, suche ich das Wasser ab. Ohne Fahrt ist die Wucht der Wellen noch stärker. Nah zur Reling gebeugt, um nicht über Bord zu gehen, suche ich weiter, aber ich habe ihn aus den Augen verloren.

Ich wende, konzentriere mich auf das Scheinwerferlicht, das nun recht weit entfernt ist. Ich kann nicht sagen, ob es noch an derselben Stelle ist wie vorher oder ob Kyle angefangen hat, nach mir zu suchen, und ob ich da bin, wo ich den Mann zuletzt gesehen habe. Eine weitere Welle schwappt über die Seite, und mir wird klar, dass ich umkehren muss, denn ohne das Scheinwerferlicht werde ich ihn nicht finden. Ich greife zum Ruder, lege den Gang ein und spüre dann das Kratzen am Bug mehr, als ich es höre.

Ich krabble auf die andere Seite des Bootes und lehne mich über die Reling. Der Mann ist nur ein paar Zentimeter von mir entfernt, doch die Strömung treibt ihn bereits an mir vorbei. Ich greife nach seinem Arm, erschrecke, als er die Augen für einen Moment öffnet, bevor er sie wieder schließt. »Alles wird gut«, sage ich immer und immer wieder, packe seinen Arm mit aller Kraft. »Alles wird gut.«

In seiner Schwimmweste ist er schwerfällig und sperrig. Ich zerre seine Arme über die Reling und ziehe an seiner Brust. Ich stemme meine Beine gegen die Seite, ziehe heftig, wobei es mir in den Rücken fährt. Ein Arm rutscht ab, und er gleitet mit dem Gesicht voraus zurück in die tosenden Wellen. Das Boot hat sich der Länge nach zu den Wellen gestellt und wackelt gefährlich. Ich trete nach dem Ruder, um uns in die richtige Richtung zu drehen, während ich erneut am Arm des Mannes ziehe. Ich hieve ihn abermals über die Reling und knie mich schwer atmend auf seinen Arm, um ihn festzuhalten.

Eine Welle bricht über seinem Rücken und füllt das Boot. Ich stemme mein Knie fest auf seinen Arm, damit er nicht wieder abrutscht, und ziehe an seinem Bein, bis es fast über die Reling ist. Eine weitere Welle bricht über uns, bringt mich aus dem Gleichgewicht, und der Mann rutscht zum zweiten Mal zurück ins Wasser. Das Wasser im Boot, kalt und aufgewühlt, reicht mir bis zu den Schienbeinen. Ich lasse den Mann, wo er ist, diesmal mit dem Gesicht über Wasser, und schöpfe mit der Putzmittelflasche und den Händen, so schnell ich kann. Der Regen hat meinen Pulli unter der Schwimmweste völlig getränkt. Ich spüre die schwere Wolle an mir, die ich mit jedem Atemzug anheben muss.

Der Mann verschwindet, als das Wasser zwischen uns

steigt. Als mir das Wasser im Boot nur noch bis an die Knöchel steht, werfe ich den Außenborder an und klettere die nächste Welle hinauf. Von oben entdecke ich den Mann wieder.

Ich steuere auf ihn zu, und als ich nah genug bin, hebe ich einen Arm über die Seite, stemme einen Fuß auf seine Hand, zerre ein Bein rüber und ziehe mit all meiner Kraft. Die Welle, die uns dieses Mal trifft, wirft ihn auf mich. Ich lande rücklings auf dem Boden des Bootes. Er landet auf mir, und das Boot schaukelt besorgniserregend. Ich krabble unter ihm hervor und schiebe seinen Körper zwischen zwei Bänke.

Als ich den Außenborder wieder anwerfe, rollt sein Kopf lose von einer Seite zur anderen. Eine weitere Welle trifft das Boot und klatscht ihm ins Gesicht. Ich warte, bis ich sehe, dass sich seine Brust hebt, und schöpfe dann wieder das Wasser aus dem Boot, während wir eine Welle rauf- und wieder runterfahren. Kyle sucht mit dem Scheinwerfer panisch die Wasseroberfläche nach mir ab. Doch als ich das Boot zurück in Richtung unserer Insel lenke, stirbt der Evinrude.

Das Geräusch vom Wind auf dem Wasser füllt mir den Kopf, Panik steigt in mir hoch. Ich ziehe an der Schnur, nichts passiert. Ich stemme mich dagegen und ziehe noch einmal. Noch eine Welle schwappt über die Seite. Der Evinrude springt an, spuckt aus und erstirbt. Ich ziehe ein drittes, viertes, fünftes Mal, während uns die Strömung den Kanal herunterzieht. Es ist so viel Wasser im Boot, dass der Mann inzwischen darin treibt. Ich muss anhalten, um Wasser abzuschöpfen.

Mit beiden Händen arbeite ich so schnell, dass meine

Muskeln im Hals und in den Schultern schmerzen, bis sie irgendwann taub werden. Ich kippe zehn, fünfzehn, zwanzig weitere Ladungen über Bord und wende mich dann zum Heck, um den Evinrude wieder anzuwerfen. Beim sechsten Zug springt er an. Im nächsten grünen Lichtschein sehe ich, dass wir näher am Festland als am Leuchtturm sind. Ich wende das Boot und steuere auf eine Lücke in den Felsen am Ufer zu.

Als uns eine weitere Welle trifft, muss ich das Ruder loslassen und wiederholt Wasser schöpfen. Das Boot ist vom Wasser so schwer geworden, dass die Reling nur Zentimeter über der wütenden Wasseroberfläche ist. Mein ganzer Körper zittert vor Kälte, und dann sehe ich sie vor mir, eine Lücke zwischen den Felsen. Ich halte den Blick fest darauf gerichtet, um zwischen dem grünen Aufflackern, wenn wir in die Dunkelheit der Nacht und des Meeres gehüllt sind, die richtige Richtung nicht aus den Augen zu verlieren.

Als wir mit dem Boot am Strand aufsetzen, schnappe ich mir das Anlegetau und springe über die Seite. Das Wasser ist so kalt, dass es auf der Haut sticht. Ich binde das Boot am nächstgelegenen Baum fest und gehe zurück zu dem Mann, hieve ihn über die Seite, die nur noch Zentimeter oberhalb der Wasseroberfläche liegt. Ich ziehe ihn das Ufer hoch. Oben stehen einige Bäume, und dort müssen wir hin, um vor dem Wind und dem Regen geschützt zu sein.

Ich ziehe und zerre, bis wir unter den niedrigsten, höhlenartigen Ästen eines Baums sind. Der Mann behält die Augen geschlossen. Ich lege meinen Kopf auf seine Brust, um sicherzugehen, dass sie sich immer noch hebt und senkt. Um uns herum heult der Wind, aber der Regen trommelt auf das dichte Laub der Bäume anstatt gegen unsere Körper. Kyle hat den Scheinwerfer immer noch auf die Stelle, an der er mich zuletzt gesehen hat, gerichtet.

Ich klettere unter dem Baum hervor, wate zurück ins Wasser und hole die Notfalltasche, die zum Glück immer noch im Boot festgeklebt ist. Ich entzünde eine Leuchtfackel, und Kyle reagiert, indem er den Scheinwerfer in meine Richtung schwenkt und ihn dreimal an- und ausmacht. Ich weiß nicht, ob er mein Signal deutet als: *Ich habe es an den Strand geschafft*. Oder als: *Ich sinke und verabschiede mich hiermit*.

Ich nehme die Notfalltasche mit unter die Bäume, hole trockene Socken, Hosen und eine dünne Wolldecke daraus. Nachdem ich mich umgezogen habe, sehe ich wieder nach dem Mann. Ich ziehe am Reißverschluss der Schwimmweste, um zu überprüfen, dass er darunter trocken ist. Als ich feststelle, dass es so ist, mache ich ihn wieder zu, wickle mich selbst in die Wolldecke, lasse eine Schicht zwischen mir und dem nassen Anzug des Mannes und lege mich nah an ihn heran, um uns beide aufzuwärmen.

Nach etwa einer halben Stunde entzünde ich von derselben Stelle am Strand die zweite Leuchtfackel und hoffe, dass Kyle erkennt, dass ich immer noch am selben Ort bin, was im Boot ja nicht der Fall wäre. Er lässt den Scheinwerfer als Antwort dreimal aufleuchten.

Ich krabble erneut unter die Bäume, lege mich neben den Mann und beobachte seine Brust, weil ich furchtbare Angst davor habe, dass er aufhört zu atmen. »Alles wird gut«, wiederhole ich. »Alles wird gut werden. Sie werden uns finden. Du wirst wieder.« Die Minuten vergehen, während ich auf die Küstenwache warte. Ich versuche auszurechnen, wie viel Zeit vergangen ist, wie lange es noch dauern wird. Das grüne Licht gleitet alle zehn Sekunden über uns hinweg. Kyle hält den Scheinwerfer weiter auf uns gerichtet, lässt es immer wieder dreimal aufleuchten, damit ich mich nicht so einsam fühle.

Ich lege meine Hand auf die Brust des Mannes, rede sanft auf ihn ein, halte den Blick auf das Scheinwerferlicht gerichtet. Während der Sturm weitertobt, sehe ich, wie Kyle über mir wacht, das kalte Meer zwischen uns.

Die Nacht wird dunkler, der Wind nimmt zu. Ich habe jegliches Zeitgefühl verloren. Die Muskeln in meinen Beinen versteifen sich, mein Verstand wird langsamer. Ich schlafe immer wieder kurz ein oder verliere das Bewusstsein für kurze Momente, bis ich vom ständigen Aufleuchten des Scheinwerfers vor dem nachtschwarzen Himmel zurückgeholt werde. Ich quäle mich unter den Bäumen hervor und höre das tiefe Dröhnen eines Motors. Am Horizont sehe ich die Lichter des Kutters der Küstenwache. Ich entzünde die dritte der vier Leuchtfackeln. Kyle lässt den Scheinwerfer im Gegenzug dreimal aufleuchten.

Wieder unter den Bäumen wickle ich die Decke fest um den Mann, kontrolliere seine Atmung und gehe zurück an den Strand, mache Hampelmänner, um meinen Kreislauf wieder in Gang zu bringen. Ich gehe die kurze Strecke am Ufer auf und ab, sehe einige Male nach dem Mann, während sich der Kutter seinen Weg durch den Kanal bahnt. Schließlich übertönen das laute Heulen des Außenbordmotors und die Stimmen auf dem Boot den Regen. Ich entzünde meine letzte Leuchtfackel, höre, wie sie ihre Richtung anpassen und dann am Strand sind, den Mann auf eine Trage laden, ihm Sauerstoff geben und mich in eine dicke, warme Decke wickeln.

Zwei von ihnen schöpfen das Wasser aus meinem Boot, während ein Dritter Anweisungen gibt. Eines der Boote der Küstenwache soll mein Boot zurück zum Leuchtturm schleppen, während das andere den Mann auf den Kutter bringt. Die Männer arbeiten schnell, kämpfen gegen das Wetter. Zuletzt sehe ich den Mann im Schwimmanzug, während sich zwei Sanitäter über ihn beugen und das Boot in der Dunkelheit verschwindet.

Einer der Männer bringt mich ins Boot der Küstenwache, es ist dreimal so groß wie meins und kommt mit den Wellen viel besser klar.

Kyle steht am Strand, als wir am Leuchtturm ankommen. Sofort nimmt er mich in den Arm. »Ich dachte, das war's«, flüstert er mir ins Ohr. Er lässt mich kurz los, um mein Gesicht zu betrachten, küsst mir die Wange und zieht mich wieder an sich heran.

Während die Männer von der Küstenwache unser Boot antauen und zurück zur Boje ziehen, machen Kyle und ich uns auf den Weg zum Leuchtturm. Oben drücke ich mich an ihn, und er hält mich ganz fest. Im ganzen Chaos dieser Nacht, an seine warme Brust gelehnt, weine ich zum ersten Mal seit dem Trip auf den Gletscher. Die Nacht hat mir alles abgerungen, sodass meine zutiefst versteckten Ängste und Gefühle endlich dem Wind und dem Regen ausgesetzt sind.

Langsam gehen wir weiter zum Leuchtturm. Der Holzofen heizt auf voller Stärke. Kyle setzt mich, immer noch in die Wolldecke gewickelt, in den Schaukelstuhl und hockt sich neben mich, schaut mich an.

»Es geht mir gut«, sage ich.

Er quetscht sich neben mich auf den Schaukelstuhl und legt die Arme um mich. Ich muss nicht mehr weinen, hier überkommt mich tiefe Ruhe.

»Warum warst du nicht am Funkgerät?«, fragt er.

»Ich hab's verloren.«

»Du weißt, dass das Boot nicht für dieses Wetter gemacht ist«, sagt er.

»Ich musste aber raus.«

Es klopft an der Tür, und einer der Männer der Küstenwache kommt herein. Er trägt keine Mütze, und Regen tropft ihm von den Haaren. Er ist ungefähr so alt wie wir. Als er sieht, dass wir beide im Schaukelstuhl sitzen, wirkt er peinlich berührt. Kyle schiebt mich zart zur Seite und steht auf.

»Der Captain hat das mit der Putzmittelflasche mitbekommen. Er will, dass ich euch eine Lenzpumpe dalasse. Ich leg's in den Schuppen, in Ordnung?« Er dreht sich wieder zum Gehen.

»Danke«, sagt Kyle. Als die Tür wieder zu ist, kocht er mir Tee und legt noch mehr Holz in den Ofen. Ich beobachte ihn von weit weg, in neue Ruhe gehüllt.

Als der Mann zurückkommt, grinst er breit. »Hab gesehen, du baust eine Baidarka. Was für ein cooles Boot, Mann.« Er wirkt aufgeregt. »Ein Typ aus Juneau baut gerade eins für mich, er sagt, an Weihnachten ist es fertig. Ich könnte so was nie selber bauen, wäre völlig schief am Ende. Das da draußen sieht allerdings super aus.«

Als Kyle nicht reagiert und nur nickt, schaltet er wieder zurück in seine Küstenwachenrolle. »Der Captain sagt, einer von euch oder ihr beide müsst mit auf die Wache kommen, um eine Aussage zu machen. Das ist so üblich, wenn ein Schiff sinkt.«

»Nach Neely?«, fragt Kyle.

»Juneau.«

»Ich hole unsere Sachen«, sagt Kyle und steht schon an der Treppe.

Ich drehe mich zu ihm um. »Fahr du. Ich bleib hier.« Was auch immer in mir gerade vorgeht, braucht Zeit und Raum. Ich will es nicht unterbrechen.

»Was? Komm schon. Du bleibst nicht allein hier draußen.«

»Doch. Ich bleibe alleine hier«, entgegne ich und zwinge mich, die Worte auszusprechen, um mir sicher zu sein.

Der Mann von der Küstenwache sagt von der Tür aus: »Die nächste Patrouille kommt in zwei Wochen vorbei. Dann können wir euch wieder rausfahren.« Er dreht sich um und schließt die Tür hinter sich.

Kyle sieht mich abermals an. »Du kannst nicht allein hierbleiben.«

»Kann ich schon.«

»Anna, da draußen hängt ein Spinner mit einer Knarre rum.«

»Er ist doch nicht wiedergekommen. Ich glaube sowieso nicht, dass er uns was Böses will.«

Kyle starrt mich an. »Du spinnst. Wir fahren gemeinsam nach Juneau.«

»Nein. Du fährst mit, du brauchst eine Pause, ich muss hierbleiben.«

»Warum musst du hierbleiben?«

Er sieht mich genervt an, die Sorge von vorhin verdrängt von Irritation. Die Stimmen der Männer von der

Küstenwache, die sich am Schiff versammeln, dringen vom Strand zu uns.

»Du brauchst die Pause«, sage ich. »Nimm sie dir.«

Er nimmt zwei Stufen auf einmal, wirft ein paar Sachen in eine Tasche, mit der er wieder auftaucht.

Ich stehe am felsigen Strand und beobachte, wie das Schiff in der Nacht verschwindet, und mein Magen zieht sich zusammen.

Als ich den Weg zurückgehe, fühle ich mich klein, will plötzlich an allen Seiten Wände um mich haben.

Ich stehe in der Küche und sehe mich um. Der Raum ist zu groß. Daher gehe ich die Treppen hoch in den ersten Stock und steige dann die Leiter hinauf in den Raum mit dem Leuchtfeuer. Der Lichtkegel macht seine langsamen, gleichmäßigen Bewegungen, und der Wind zerrt heftig an den Glasscheiben. Ich kauere mich in eine Ecke, wo die Holzplattform an zwei Fenster stößt.

Dank dem Leuchtfeuer und der aufsteigenden Wärme des Holzofens ist es warm im Raum. Das Glas an mir ist kalt. Irgendwo in mir gleichen sich die beiden Temperaturen aus. Ich habe Angst davor, alleine hier zu sein, aber ein Teil von mir weiß, dass es das ist, was ich brauche. Das Meer unter mir, dunkel und stürmisch, steigt an und verbindet sich mit dem Meer in mir.

16

Am nächsten Tag umrunde ich einmal die Insel, erkunde die Grenzen, den genauen Raum, auf dem ich mich ausbreiten kann, in der Zeit, die ich hier allein verbringe.

Am nördlichen Ende klettere ich auf die Felsen, die während der Ebbe freiliegen, dabei finde ich das erste Wrackteil. Es ist nicht groß. Nur ein paar Zentimeter Holz, schwarz und verkohlt. So gibt das Meer zurück, was es sich genommen hat. Eine Entschuldigung unter blassblauem Himmel. Ich lasse es zwischen den Felsen treiben.

Dann klettere ich zum Raum mit dem Leuchtfeuer hoch und setze mich vor den Knight Peak. Ich fühle mich nicht so entspannt und stark wie letzte Nacht. Deshalb schließe ich die Augen und versuche, mich darauf zu konzentrieren, dass ich die Kraft immer noch in mir habe, dass ich sie also wiederfinden kann. Ich starre auf die leere Seite vor mir und dann auf die obere Kante des Gletschers, sehe wieder, wie Eis an Fels reibt. Ich drehe den Stift in der Hand und ziehe dann die erste scharfe Linie.

Und damit kommt auf einmal alles wieder hoch. Ich zeichne eine zweite Linie, die äußere Kante des Gletschers. Ich bin wieder mitten im Gletscher, alles ist blau und weiß und kalt und unter mir schwarz. *Kannst du mich hören?* Das Eis lehnt meine Stimme ab, wirft sie zu mir zurück, ein hohles, beängstigendes Geräusch.

Ich schließe die Augen und rufe erneut ihren Namen. Keine Antwort. Weit unter mir kann ich einen Vorsprung sehen, ein Meter auf drei Meter über dem schwarzen Loch, zu der die Spalte wird.

Über mir verengt sich der Himmel zu einer schmalen grauen Linie. Die Luft ist schal, gefangen im Eis. Harte, scharfe Eissplitter brechen unter meinen Klettereisen ab, während ich die Füße an der Wand entlang führe und mich abseile.

Bevor ich mich auf den Vorsprung stelle, bleibe ich darüber hängen, suche nach Anzeichen, dass er Elizabeths Sturz abgefangen hat. Nach einem Sturz von dreißig Metern wäre sie hier aufgeschlagen, hätte wahrscheinlich innere Blutungen.

Ich sehe durch die Fenster des Leuchtturms hoch zum Gipfel, greife abermals zum Stift und versuche es noch einmal. Ich zeichne den am nächsten gelegenen Teil des Berges bis dahin, wo er auf den Gletscher stößt.

Der Vorsprung aus Eis war so rau wie Beton, unmöglich, eine Unebenheit von der anderen zu unterscheiden. Ich ließ mich weiter hinunter, bis ich auf dem Vorsprung stand, die nackten Wände der Gletscherspalte gefährlich nah. Ich rutschte zur Kante vor und zwang mich, nach unten zu sehen. Meine Gedanken fingen an zu rasen, meine Atmung ebenso. *Wie konnte das passieren?* Wäre ich in meinem Zelt gewesen, hätte ich sie abhalten können. *Ich hatte nicht gemeint, sofort, verdammt noch mal, ich hatte nicht gemeint, geh sofort*. Ich schloss die Augen, sah wieder ihren sicheren Gang, redete mir ein, sie könnte es geschafft haben, wenn es jemand zurück in die Stadt schaffen konnte, dann Elizabeth.

Ich öffnete die Augen, konzentrierte mich auf das Licht der Öffnung über mir. Ich klammerte mich mit beiden Händen ans Seil, plötzlich panisch bei der Vorstellung, ohne es hier drinnen zu sein wie sie, ohne jemanden, der ihre Hilferufe hört. Unter mir ging das Eis in sanfte Wände über, die einen drei Meter breiten Tunnel bildeten, der so dunkel war, dass ich nicht mehr als ein paar Zentimeter weit hineinsehen konnte.

»Elizabeth!«, rief ich in den Tunnel, mehr Angst als Frage. Ich kämpfte gegen den blinden Fluchtgedanken an, dagegen lieber oben zu sein anstatt hier unten. Ich starrte erneut in das klaffende Loch, um auszukundschaften, ob es breiter wurde, der Boden nah war, ob sie bewusstlos da unten lag.

Ich streckte mich auf den Bauch aus, griff mit einem Arm hinein. »Elizabeth!«

Aber da war nur Eis und kalte, schale Luft. Ich stand wieder auf, zog am Seil. Eine kurze Bestätigung, dass ich nicht allein war. Jason zog ebenfalls. Ich hielt die Luft an, versuchte, meine zitternden Hände unter Kontrolle zu bringen, und stieg rückwärts von dem Vorsprung herunter. Sofort schloss mich der Tunnel ein. Ich konzentrierte mich aufs Atmen, hatte zu viel Angst vor dem Klang meiner Stimme, um sie zu benutzen.

Ich sah Elizabeth vor mir, wie sie selbstsicher über den Gletscher lief, mit der schweren Ausrüstung so wie an jedem anderen Tag der letzten zwei Wochen. Sie wäre nicht ausgerutscht. Wieder höre ich mich, wie ich sie ermutige, in die Welt hinauszugehen.

Die kalte Luft wurde schärfer, als ich mich weiter und weiter in die Dunkelheit hinabließ. Das einzige Geräusch war mein Atmen. Der Tunnel machte einen leichten Bogen, sodass ich den Eingang nicht mehr sehen konnte. Es war zu dunkel, um die Hand vor den Augen zu erkennen. Ich schloss die Augen vor der aufsteigenden Panik, ließ mich noch einen Meter weiter herunter und dann noch einen und spürte die Wände noch näher kommen.

Ich zwang mich, ihren Namen zu rufen, doch das Eis verschluckte den Klang sofort. Keine Antwort, nur ein dumpfes Tosen, das ich langsam als den Klang von Wasser erkannte, das nicht weit unter mir wild und schnell rauschte. Ich stellte mir vor, wie ihr Körper, mein Körper, in diesen geheimen Fluss stürzte, tiefer unter das Eis getragen wurde, in einen Tunnel wie diesen, gefüllt mit Wasser ohne einen Ausweg. Ich konnte nicht mehr atmen, es gab nicht mehr genug Luft. Ich musste hier raus.

In einer raschen Bewegung zog ich Eispickel aus meinem Rucksack, schwang beide hart, bis sie auf Eis griffen, hieb die Zehen beider Klettereisen ins Eis und zog und rutschte ein, zwei Meter rauf. Ich zog den linken Pickel aus dem Eis, schwang ihn, sodass er ein paar Meter weiter oben hing, tat mit dem rechten Pickel dasselbe. Ein Meter, dann noch einer, meine Atmung immer noch zu schnell, die Luft zu dünn und zu dunkel, die Oberfläche zu weit weg.

Jason brauchte einen Augenblick, um zu merken, dass ich die Richtung gewechselt hatte. Er zog an seinem Ende des Seils, bis es wieder Spannung hatte. Ich bewegte mich weiter, Hand, Hand, dann Fuß, Fuß, blind in der Dunkelheit, immer noch um jeden Atemzug ringend. Meine Lungen wurden zusammengedrückt. Hand, Hand, Fuß, Fuß, das Geräusch vom Eis, das unter meinen Pickeln brach, füllte den Tunnel. Die Muskeln in meinen Armen brannten, als ich weiterkletterte, mich hochzog, bis ich schwer atmend auf dem Vorsprung lag, wo das dumpfe Tageslicht durch den Spalt weit oben fiel.

Ich legte das Gesicht aufs Eis, atmete, hielt immer noch die Eispickel fest umklammert. Als ich mich auf die Ellbogen stützte, sah ich die beiden kleinen Blutstropfen. Erst dachte ich, sie wären von mir, aus meiner Nase oder von einem Kratzer. Aber sie waren im Eis eingefroren. Früher dort aufgenommen worden und konserviert.

Alles war sofort weg. Meine Stimme, meine Fähigkeit, mich zu bewegen, die Zukunft. Ich blieb dort auf meinen Ellbogen und starrte die beiden Blutstropfen so lange an, bis Jason am Seil zog, als ob er sagen wollte: *Alles okay bei dir?*

Nein, gar nichts ist okay, es wird nie wieder okay sein.

Ich zwang mich aufzustehen, einen Pickel ins Eis zu schwingen und Elizabeth in der Tiefe des Gletschers zurückzulassen. Ich schwang den anderen und ließ mich mit ihr dort unten zurück.

Als ich oben angekommen war, waren die anderen Jugendlichen schon alle weg. Jason sah mich an, fragte ohne Worte.

»Blut«, sagte ich. »Da ist Blut. Und am Grund ist Wasser. Die Spalte führt ins Wasser.«

Wir sprachen nicht weiter, berührten uns nicht. Eine Weile stand er sprachlos hinter mir, bis er das Telefon hervorzog und durchgab, dass die Suche eingestellt werden konnte. Ich blieb, wo ich war, auf dem Eis an der Kante der Gletscherspalte. Wieder spürte ich, wie die kalte Dunkelheit des Tunnels mich umschloss, mich komplett durchfror.

Jason sammelte die Seile und die Ausrüstung ein. Er baute sein Zelt auf. Wir hatten nichts zu essen. »Komm schon«, sagte er. »Du musst dich aufwärmen. Der Hubschrauber kann uns nicht so bald abholen. Ein paar Leute suchen noch in der anderen Gletscherspalte nach ihr.«

Sie war aber nicht in der anderen Gletscherspalte. Die war nicht so tief, und man konnte den Grund abgehen.

Am Nachmittag stiegen zwei Männer des Rettungsteams an der gleichen Stelle in den Gletscher wie Jason und ich am Morgen. Sie überprüften die Spalte noch einmal, nur um sicherzugehen. Der Mann verschwand innerhalb von Sekunden aus der Sicht. Wir alle verfolgten seinen Abstieg anhand der rhythmischen Bewegungen des Seils auf dem Eis, während er tiefer und tiefer in den Gletscher stieg.

Endlich bewegte sich das Seil nicht mehr. Ich hielt die Luft an. Ich stellte mir vor, er hätte möglicherweise weniger Angst im Tunnel, könnte tiefer absteigen, vielleicht gab es einen weiteren Vorsprung, zu dem ich mich nicht getraut hatte. Ich stellte mir vor, wie er Elizabeth fand, wie ihre langen Haare über seine Schultern fielen.

Das Seil bewegte sich wieder.

Ich schloss die Augen.

Er kam allein aus der Spalte zurück.

»Ich bin bis zum Wasser gestiegen.« Er schüttelte den Kopf, ein kurze, knappe, abgehackte Bewegung.

Sie fingen an, die Seile aufzuwickeln, und gingen langsam zurück zum Hubschrauber. Jemand sammelte meine Ausrüstung ein. Ich war unfähig, von der Kante der Gletscherspalte zu weichen. Ich hörte Schritte neben mir, spürte, wie mir jemand einen Arm um die Schulter legte. »Ich bleibe hier«, sagte ich.

Der Mann vom Rettungsteam, der in die Spalte gestiegen war, kniete neben mir. »Das geht nicht. Du bist jetzt schon unterkühlt.«

»Sie kann nicht einfach weg sein.« Ich sah ihn an.

»Das ist sie aber.«

»Es ist meine Schuld.« Sein Gesichtsausdruck änderte sich nicht, aber dafür seine Augen. Er zog mich vorsichtig hoch und brachte mich zum wartenden Hubschrauber.

Elizabeths Eltern waren innerhalb von zwei Stunden in der Stadt angekommen. Zitternd saß ich ihnen im überfüllten Büro des Ausflugszentrums gegenüber. Brad saß neben mir, rutschte auf seinem Stuhl hin und her. Elizabeths Rucksack lehnte an einer Wand. Ihre Mutter war dünn, hatte dieselben Wangenknochen und langen Haare.

Elizabeths Vater trug ein Sakko. Er hatte wütend verlangt, dass der Hubschrauber weitersucht. Hatte nach einem anderen Rettungsteam und Seilen verlangt. Brad gab nach, rief in Juneau an und überzeugte sie, zurückzukommen.

»Es gibt noch einen Platz im Hubschrauber. Wollen Sie mitfliegen?«, fragte er Elizabeths Vater.

»Das können Sie aber annehmen. Natürlich fliege ich mit.« Er stand auf und schlug die Bürotür hinter sich zu. Brad folgte ihm und ließ mich mit Elizabeths Mutter allein im Raum.

Sie saß mit den Händen im Schoß, ohne einen Muskel zu bewegen, aufrecht da und starrte mich an, schien sich eine Ewigkeit den Schwung meiner Lippen, meiner Nase einzuprägen.

»Wie kann es sein«, sagte sie mit Bedacht gewählten

Worten, »dass man heiratet und ein Kind kriegt und alles Erdenkliche tut, um alles richtig zu machen, und dann hier landet?« Sie sah mir in die Augen. »Was soll ich denn jetzt machen?« In dem Moment, in dem ihr Gesicht irgendein Gefühl zuließ, brachte sie sich sofort wieder unter Kontrolle.

»Bevor sie gefahren ist, hat sie mich feige genannt. Und so ist es auch. Ihr Vater dachte, es sei die gerechte Strafe für ihre Aktion an unserem Jahrestag. Hier ist es kalt, sie hasst die Kälte. Ich habe zugestimmt, weil ich dachte, sie würde hier ihre eigene Stärke erkennen. Ich dachte, dass ihr dieser Ausflug helfen könnte, ein anderes Leben zu wählen, als ich es getan habe.« Die weiche Oberfläche ihres Gesichts zerfiel, und sie bedeckte es mit den Händen, als sie zu weinen anfing.

Ich wollte ihr sagen, dass es mir leidtat, dass es meine Schuld war. Ich wollte ihr jede Kleinigkeit erzählen, die Elizabeth in den Wochen, in denen ich sie gekannt hatte, gesagt hatte, von jeder Liebenswürdigkeit erzählen und dass das, was sie sich für ihre Tochter erhofft hatte, eingetreten war. Stattdessen saß ich wortlos da, verkroch mich in mir, bis fast alles von mir vergraben war.

Ich starre den Knight Peak vom Leuchtturm aus an. Er sieht aus wie an jenem Tag, unverändert, unabhängig von all dem, was sich geändert hatte.

Ich betrachte, was ich gezeichnet habe, zwei Seiten eines Gipfels, will mehr hinzufügen, aber sehe stattdessen Elizabeths Gesicht, höre die Stimme ihres Vaters, sehe Jasons Gesicht, als ich aus der Gletscherspalte klettere. Ich sehe Elizabeth, wie sie zielsicher über das Eis läuft, und ich halte es hier drinnen nicht länger aus. Ich habe das gleiche Gefühl, das ich im Tunnel hatte, das Wasser zieht mich zu sich. Ich musste hinaus.

Dieses eingesperrte, unerträgliche Gefühl verstärkte sich, als der zweite Hubschrauber mit denselben Nachrichten zurückkam, als die Polizei auftauchte, ein Polizist Elizabeths Mutter am Ellbogen nahm und sie wegführte und sich dann mir gegenüber setzte und mich vier Stunden lang hinter geschlossenen Türen befragte. Vier Stunden lang. *Was für einen Eindruck hatten Sie von Elizabeths Gemütszustand? Wo genau haben Sie sie entlanggeführt? Wussten Sie über die Gefahren auf dem Eis Bescheid? Haben Sie zu Exkursionen auf eigene Faust ermutigt? Hat Brad vorgeschlagen, dass Sie zu Exkursionen auf eigene Faust ermutigen?*

Zum Schluss gab er mir meinen Ausweis wieder und ließ mich gehen. Ich ging an Jason vorbei, der auf einem Sofa kauerte und auf seine Befragung wartete. Ich vermied Blickkontakt, verließ das Büro mit meinem Führerschein und meiner Kreditkarte und ging einfach weiter. Es kostete mich alle Konzentration, nicht die Straße entlang aus der Stadt zu rennen. Ich hatte Stiefel, eine Hose, einen Pulli und eine Jacke an. Meinen Rucksack und meine ganze Kletterausrüstung, meinen letzten Gehaltsscheck, alles ließ ich dort sowie jedes Wort, das ich an Jason hätte richten können oder was auch immer er zu mir hätte sagen können. Ich dachte, wenn ich nur in Bewegung bleibe, fällt alles hinter mir von mir ab. Ich könnte dem allem entgehen, könnte vielleicht von alldem nicht erschlagen werden.

Irgendwann nahm mich eine Frau in einem alten Subaru mit und fragte, ob ich fahren könnte, während sie schlief. Ich fuhr die ganze Nacht und bis zum Morgen Richtung

Süden, hielt nur an, um zu tanken. Sie schlief auch den ganzen nächsten Tag, und ich fuhr weiter, hielt einfach die Augen auf die Straße gerichtet.

Überall, wo ich hinschaue, tobt der Wind, wirft das Meer auf und lässt es wüten. Ich gehe eine Runde um die Insel und dann noch eine und noch eine. Sonst kann ich nirgendwo hin. Schließlich höre ich auf, setze mich auf die Felsen. Es scheint, als ob sich der Kanal in beide Richtungen unendlich erstreckt, die Berge an beiden Ufern unterbrechen jede Verbindung, die ich einmal zu anderen Menschen gehabt habe.

Ich ziehe die Knie an, versuche, die Unermesslichkeit der Dinge um mich herum und in mir zu verdrängen. Ich bin zu klein, um an einem so großen Ort klarzukommen. Hinter mir geht das Leuchtfeuer an. Ich denke an William Harris, wie verfolgt er sich gefühlt hatte, wie er das hier für sich gewählt hatte, wie es ihm laut Charles geholfen hatte. Aber was ist das hier? Er hatte sich entschlossen, allein hierherzukommen, ich hatte mich entschlossen, mit Kyle hierherzukommen. Das Licht gleitet über mich hinweg. Nein, das hatte ich nicht. Auch ich hatte mich entschlossen, allein hierherzukommen. Mit dieser Erkenntnis sitze ich im Dunkeln. So sitze ich da, bis das Licht wieder über mich hinweggleitet, und ich weiß, dass es stimmt.

Als es Nacht wird, laufe ich durch jeden Raum und lausche auf jedes Geräusch. Ich werfe mich die ganze Nacht im Bett hin und her, träume unruhig von Feuer am Strand, von jemandem, der mich von der anderen Seite des Kanals aus beobachtet. Ich stürze aus dem Bett und werde erst wach, als ich schon auf halbem Weg zum Fenster bin. Ich starre in die tiefschwarze Nacht, warte darauf, dass das grüne Licht über die Flussmündung gleitet und mich vom Gegenteil überzeugt. Die Albträume kommen zurück, jede Kleinigkeit aus dem Gletscher wird wiederbelebt. Nachmittags meide ich den Skizzenblock und sehe aufs Meer. Nachts gehe ich auf und ab. Tue alles, um die Dunkelheit zu vermeiden.

Während ich die Kontur der acht Wände im Schlafzimmer abgehe, ein langsamer Schritt nach dem anderen, und der Regen gegen die Fenster prasselt, denke ich an den Mann, den ich aus dem Wasser gezogen habe, wie sich seine Brust hob und senkte, und ich möchte wissen, ob es ihm gut geht. Ich sehe ihn so vor mir, wie ich ihn zuletzt gesehen habe, auf eine Trage gebunden, wie er ins Schiff der Küstenwache gehoben wurde, und stelle mir vor, wie er durch die Stadt läuft, Kaffee kauft, Suppe bestellt, und ich hoffe, all das stimmt.

Es ist jede Nacht dasselbe, ich schließe die Augen und bin wieder im Tunnel, rufe ihren Namen. Manchmal bin ich auch Elizabeth, allein dort unten ohne Seil, falle und falle, bis ich auf Wasser aufschlage. Ich wache auf und schnappe nach Luft.

Als der Regen nach einigen Tagen aufhört, gehe ich am Ufer der Insel entlang und denke an den Tag, als ich von der Ladefläche von Kyles Truck auf den Beifahrersitz geklettert bin, das sichere Gefühl, das ich neben ihm hatte. Ich stehe am Wasser, die Nacht um mich herum, und frage mich, wie ich es wieder zurückholen kann und ob das überhaupt möglich ist.

Ich fange damit an, stundenlang Richtung Süden zu starren, warte auf das Patrouillenschiff, das ihn nach Hause bringen soll. Ich schaue zum Horizont, stelle mir vor, wie er in Restaurants essen geht, in Bars geht. Ich rede mir ein, dass das eine Pause ist, die er braucht. Ich stelle mir vor, wie er danach nach Hause kommt und sich wieder in mein Leben einfädelt.

Die Tage vergehen und dann eine Woche. Die zackige Kante der Einsamkeit nagt an mir. Ich höre das deutliche Geräusch von zwei Außenbordmotoren, die parallel laufen, und bleibe wie versteinert am Tisch sitzen. Wenn er mich nicht sieht, fährt er vielleicht weiter. Vielleicht wirft er seine Angelausrüstung aus und hat gar kein Bedürfnis, in die Nähe der Insel zu kommen.

Ich stelle mir vor, wie er durch die Tür in die Küche kommt. Dann springe ich auf, habe entschieden, dass es am besten wäre, wenn er mich doch sieht, dass er sich dann genauso verhält wie bei seinen vorherigen Besuchen. Dass er nur starrt und weiterfährt. Er ist nur auf die Insel gekommen, als er dachte, wir wären nicht da.

Die Motoren sind jetzt viel näher, laut vor dem vergleichsweise ruhigen Tag. Als ich zum Türgriff lange, überwältigt mich irgendwie der Gedanke, er könnte wissen, dass ich alleine hier bin. Ich lasse den Türgriff los. Das Boot ist ganz nah. Ich renne ans Fenster und sehe ein Schiff im Kanal in Richtung Juneau fahren, das ich vorher noch nie gesehen habe. Ich lehne mich an die Wand, um meine Atmung zu beruhigen.

In einer der Nächte, nachdem ich mich stundenlang herumgewälzt habe, werfe ich mir einen Schlafsack über die Schultern und gehe hoch in den Raum mit dem Leuchtfeuer. Ich kuschle mich in eine Ecke und sehe in die dunkle Nacht vor mir. Ich kann nichts ausmachen, bis das

Licht vorbeigleitet. Dabei brennt es Bilder von Wasser und Felsen in meine Vorstellung, die bleiben, selbst wenn alles wieder dunkel ist. Leise zähle ich zehn Sekunden ab. Erinnere mich an die Dunkelheit des Tunnels und wie Jason gesagt hatte, *wenigstens ging es schnell*. Das war das letzte Mal, dass wir gesprochen haben, bevor ihre Eltern ankamen.

Bevor ich wieder ins Bett steige, fällt mir Kyles offene Tasche auf, die uns als Schrank dient. Seine Uhr liegt obenauf. Ich binde sie mir ans Handgelenk und rolle mich auf dem Bett ein.

Der Wind wirft den ganzen Tag und die ganze Nacht das Wasser auf und schleudert es ans Ufer. Mir fällt auf, wenn ich am Tisch sitze, sehe ich Richtung Süden, wenn ich in der Badewanne liege, sehe ich Richtung Süden.

Ich verkleide gerade die Wände des Gewächshauses mit Latten, damit sie im Wind nicht so heftig schnalzen, als ich das Schiff der Küstenwache bemerke, das direkt auf die Insel zuhält. Der weiße Bug ist noch klein am Horizont, bestimmt noch eine Meile entfernt, aber ich möchte vor Freude lachen.

Ich renne ins Haus, aber dort gibt es nichts zu tun. Unten am Strand laufe ich auf und ab und versuche, Zeit und Entfernung zu errechnen, schätze die Geschwindigkeit des Schiffes, bis es auf gleicher Höhe mit der Insel ist. Ich erwarte so sehr, dass es langsamer wird, bis ich es beinahe sehen kann. Suche nach Kyles Silhouette auf dem Deck, aber es ist zu weit entfernt. Ich bin auf die Bugwellen fixiert, den Bogen der Wellen, der abnehmen wird, wenn das Schiff langsamer wird.

Es fährt in voller Geschwindigkeit vorbei und grüßt mich, indem es zweimal lange hupt.

Ich setze mich auf die kleinen Felsen am Strand. Der Ozean scheint anzuschwellen, mich zu bedrängen. Ich würde gern verstehen, was gerade geschehen ist, aber mein Verstand bewegt sich nicht.

Der Regen prasselt auf meine Jacke, läuft in kleinen Rinnsalen meine Hose herunter. Ich weiß nicht, wie lange ich so da sitze. Als ich endlich aufstehe, wehren sich meine steif gefrorenen Muskeln.

Langsam überquere ich die Insel, ohne sicher zu sein, wohin ich genau gehe, bis ich im Schuppen stehe. Das Skelett des Kajaks liegt auf zwei Böcken. Ich lasse die Hand über eine glatte Spante gleiten und bemerke, dass Kyle mitten im Binden eines der Kreuze aufgehört hat. Der Nylonfaden hängt lose herunter. Ich ziehe ihn fest und über das eine Stück Holz und dann über das andere. Wieder ziehe ich am Faden, unfähig, ihn genauso fest zu ziehen wie den darunter. Das Nylon schneidet mir in die Haut. Ich sehe mich um, finde das Klebeband und wickle meine Finger ein.

Während ich arbeite, wird mein Kopf langsam frei. Ich rede mir ein, es gibt einen Grund, dass er nicht zurückgekommen ist. Irgendetwas ist passiert. Ich habe den Drang, die Küstenwache anzurufen, aber ich will meine Verzweiflung nicht über den Seefunk öffentlich verbreiten. Aber was könnte passiert sein? Das Kreuz aus Nylon und meine Finger verschwimmen unter meinen Tränen. Was hätte passiert sein können, außer dass der Keil, den ich zwischen uns getrieben habe, weil ich ihm nie die ganze Geschichte erzählt habe, zu groß geworden ist, um ihn zu überwinden? Ich habe mich ferngehalten und Kyle dadurch auch. Ich zerre heftig am Faden, und das Kajak wackelt auf den Böcken.

Mein Blick bleibt am Cockpit hängen, und mein Unglück schlägt in Wut um. Ich war so vereinnahmt, so eingehüllt in die Vergangenheit, dass kein Platz für Kyle geblieben ist, und daher war für mich kein Platz in der Zukunft, die er sich aufbaut. Ich haue fest auf die Mittelspante, die sich leicht unter dem Druck verbiegt und wieder zurückschnalzt, wobei das ganze Gebilde wackelt.

Ich nehme den Hammer, der auf der Werkbank liegt, und schwinge ihn mit beiden Händen. Es ertönt ein tiefes, dumpfes Krachen, als der Hammer durch das Holz bricht. Das Kajak hüpft auf den Böcken. Ich schwinge ihn erneut, weine laut und sehe das Netz, das ich mir gesponnen habe, nun deutlich. Ich schreie, eine tiefe Reinigung von all den Dingen, die ich nicht sagen konnte, so wie es Elizabeth an dem Tag auf dem Eis von mir gewollt hatte. Es füllt den Schuppen aus. Wieder schwinge ich den Hammer, und das Holz zersplittert wie Knochen.

17

Eine Stunde später sitze ich zwischen den zerbrochenen Einzelteilen des Kajaks. Es ist dunkel geworden, aber ich werfe den Generator nicht an, um Licht zu machen. Mir ist kalt, aber das fällt mir kaum auf. Ich bin so taub – wie damals auf dem Eis. Irgendwo tief in mir weiß ich, dass ich hineingehen sollte, dass ich ein Feuer machen und mich aufwärmen sollte, aber ich bleibe. Ich weiß nicht mehr, wann ich mich hingesetzt habe, aber irgendwann kauere ich halb unter der Werkbank neben einem kleinen Mülleimer. Ich zwinge mich, die Beine zu bewegen. Mir ist so kalt, dass ich mich dabei ungeschickt anstelle, und als ich aufstehe, werfe ich den Mülleimer um. Einige Papiertücher, ein alter Bleistift und ein zerknülltes, dickeres Stück Papier fallen heraus.

Das Papier ist so zusammengefaltet, dass es in eine Hand passt. Die Falze sind dick, schon seit Langem so eingeschlagen. Ich falte es auf und schaue auf eine halbe Postkarte mit einem Foto von Hibler Rock auf der Vorderseite. Die obere Hälfte des Leuchtturms fehlt, aber auf der unteren Hälfte sind die Insel und die Nebengebäude zu erkennen. Ich drehe die Postkarte um. Dort steht in feiner, ordentlicher Schrift: *Ich komme nach Hause. Ich bin da, sobald*

Es ist William Harris' Handschrift. Mir dreht sich der

Kopf bei dem Versuch zu begreifen. Hat er sie für Graham geschrieben und nicht abgeschickt? Die Adresse ist auf dem Teil, der fehlt, genauso wie die Briefmarke, wenn denn eine drauf war. Hat William Harris sie hier vor zwanzig Jahren zerknüllt und in den Mülleimer geworfen? Und dann wird mir auf einmal klar, dass das die Postkarte ist, die Kyles Vater ihm geschrieben hat. Ich durchstöbere den restlichen Müll und suche nach der anderen Hälfte der Karte, finde sie aber nicht. Ich suche auch auf dem Boden nach dem Rest der Postkarte, vielleicht ist sie mit all dem anderen Müll rausgefallen, doch vergebens.

Ich laufe auf und ab, mein Kreislauf kommt wieder in Fahrt. Mein Unterbewusstsein macht sich das zunutze und bringt mich dazu, reinzugehen und ein Feuer zu entzünden. Ich gehe weiter auf und ab, während ich darauf warte, dass es warm wird. *Was machen wir hier draußen?* Die Worte hallen in meinem Kopf wider. Kyle hat mich das vor nicht allzu langer Zeit gefragt, und jetzt muss ich ihm dieselbe Frage stellen.

Der Dezemberanfang kommt und geht, und ich fange an, das Wetter genau aufzuzeichnen. Ich beobachte die feinen Veränderungen im Wind, verpasse keinen Wetterbericht über den Seefunk. Ich packe eine Tasche, mache mir Notizen, suche nach Mustern im Wetter, die mir zuvor noch nicht aufgefallen sind, warte auf eine kurze Unterbrechung.

An drei Morgen war es ruhig gewesen, und so ist es auch am vierten. Ich warte, bis es hell wird, kontrolliere die wasserfeste Tasche noch einmal, werfe sie mir über die Schulter, überprüfe, ob der Holzofen aus ist, und haste zum Strand, bevor ich es mir anders überlege.

Mein ganzer Körper ist angespannt, als die Wasseroberfläche unter dem Boot weggedrückt wird und davongleitet. Ich gebe Gas und überquere den Kanal an der schmalsten Stelle, fühle mich angreifbar. Ich weiß, dass der Wind nur den Atem anhält und das Meer mir nichts versprechen kann. Ich fahre so nah ans gegenüberliegende Ufer, wie ich mich bei den unter der Wasseroberfläche versteckten Felsen traue, und wende dann Richtung Süden.

Zwei Stunden später bläst mir der Wind heftig in den Rücken. Das Boot wird stark hin und her geworfen. Ich schöpfe trotz der Lenzpumpe, um dem Wasser, das über die Seiten hereinschwappt, beizukommen. Ich habe mich zwischen die Bänke gekauert, um mein Gewicht so tief wie möglich zu halten; ich habe Herzrasen. Je weiter ich nach Süden fahre, desto felsiger und steiler wird die Küste, bietet keine Möglichkeiten mehr, um anzulegen. Die Angst schnürt mir den Magen und die Lunge ein.

Der Leuchtturm hinter mir ist verschwunden. Es gibt nichts mehr außer dem offenen Meer, dem Wind, den nackten Klippen und irgendwo weit weg Juneau.

Der Morgen bleibt nicht so ruhig wie die letzten. Das Muster, das ich glaubte zu sehen, löst sich jetzt, da ich hier draußen bin, auf. Ich zittere vor Kälte, weiß, dass ich irgendwo einen Strand finden und anlegen muss, dass der Wind nur stärker werden wird, dass er jetzt schon zu heftig ist. Mein Verstand verweigert sich diesem Gedanken. Stattdessen schwebt er irgendwo über mir, beobachtet, wartet ab.

Mittlerweile spüre ich meine Hand am Ruder nicht mehr. Ich versuche, mich anders zu positionieren, irgendwie mit der anderen Hand zu steuern, da sehe ich eine

Unterbrechung in den Felsen auf der anderen Seite des Kanals.

Ich schaue durch den Regen, will die hohen Wellen und das aufgebrachte Wasser zwischen mir und dem anderen Ufer nicht überqueren. Es ist nicht so schlimm wie in der Nacht, in der das Schiff gesunken ist, aber ich habe weder einen Scheinwerfer noch Kyle. Zum hundertsten Mal suche ich die Küste nach einer Stelle ab, an der die Wellen nicht auf Felsen schlagen. Ich schaue wieder über den Kanal. Durch den Regen und die tief hängenden Wolken sehe ich den Strand genau: niedrige Äste, eine Unterbrechung der weißen Gischt an Felsen.

Ich wende das Boot, gebe Gas und halte die Luft an. Der Bug schiebt sich eine Welle hoch und kracht auf die nächste. Gegen den Regen und den Wind gelehnt, halte ich die Augen auf den kleinen Strand in der Ferne gerichtet. Als ich mich zur anderen Seite durchgekämpft habe, zittere ich am ganzen Körper und das Wasser im Boot steht mir bis zu den Knien. Gischt und Regen sind mir in den Kragen gelaufen und haben meine Hosenbeine und Ärmel getränkt.

Der Strand ist sechs Meter breit, liegt zwischen zwei Felsen, die etwas größer als Autos sind und schwarz vom Regen. Kleine graue Steine knirschen unter meinen Füßen, als ich über den Bug springe. Ich strauchle die Uferböschung zum nächsten Baum hoch, der so dick ist, dass ich um ihn herumlaufen muss, um das Tau zu befestigen.

Ich versuche, die Gezeiten zu bemessen, ob Flut oder Ebbe kommt, wie kurz oder lang, wie viel Spiel ich dem Tau geben soll, damit das Boot morgen nicht trockenfällt. Ich lehne mich an die raue Baumrinde, um besser nachdenken zu können. Doch ich kapituliere und nehme einfach die Hälfte des Taus. Der Palstek, den ich binde, sieht nicht richtig aus, daher füge ich noch ein paar Doppelknoten dazu. Dann schleppe ich die wasserfeste Tasche das Ufer hoch zu einem kleinen Wäldchen.

Ich zittere immer noch, es kommt tief aus meinem Inneren, während ich das Zelt auf dem unebenen Boden zwischen zwei Wurzeln aufschlage. Zu müde, um hineinzuklettern, ziehe ich den Schlafsack nur über mich und schlafe ein.

Am Abend wache ich auf, weil ich um mich schlage, weil ich versuche, die Eiswände der Gletscherspalte mit den bloßen Fingern hochzuklettern und nur immer tiefer in die Schwärze abrutsche. Im Zelt sind kleine Pfützen. Die äußere Zeltplane liegt zusammengeknüllt bei meinen Füßen. Ich zwinge mich hinaus in den Regen, um sie wieder festzumachen, schnappe mir einen Müsliriegel und überwinde mich, ihn zu essen, ziehe trockene Klamotten an, auch ein paar Socken, wische die Pfützen auf und lege mich richtig in den Schlafsack. Dann liege ich ganz still da und warte darauf, dass mir warm wird.

Um das Zittern zu stoppen, ziehe ich den Schlafsack noch näher an mich ran. Ich drehe mich auf die Seite, passe mich an die Wurzeln an.

In der Dämmerung sehe ich, dass die Zeltwände schlapp neben mir herunterhängen. Irgendwann in der Nacht habe ich mich aus dem Schlafsack befreit. Ich erinnere mich vage daran, dass mir heiß war, jetzt friere ich jedoch. Ich lege mich nur noch einmal kurz in den Schlafsack, reibe mir die Arme und Beine, um mich schnell aufzuwärmen, bevor ich herausklettere, weil ich Angst habe, die Ruhe zu verschwenden, bevor der Wind wieder zunimmt.

Als ich versuche, zu schlucken, fühlt sich mein Hals an, als wäre er mit fein gesplittertem Glas belegt. Während ich aus dem Zelt und in den grauen Morgen trete, kämpfe ich gegen die Schwere in meinem Körper. Ich ziehe die Regenjacke an, baue das Zelt ab und stecke alles wieder in die Tasche.

»Bitte, bitte, bitte«, flüstere ich, während ich zum Wasser gehe. Falls Ebbe ist, muss ich auf die Flut warten, weil das Boot für mich zu schwer ist, um es alleine ins Wasser zu ziehen. Durch die Bäume kann ich nicht erkennen, wo das Wasser steht. Als ich bei dem großen Baum ankomme, an dem das Boot angetaut ist, lehne ich mich an den Stamm.

Die Wolken hängen heute höher, der Regen ist nur ein Nieseln. Das Sonnenlicht, das durchsickert, taucht alles in ein blasses Orange. Das Wasser ist glatt und ruhig, und das Boot liegt ungefähr sechs Meter davon entfernt auf kleinen grauen Steinen auf.

»Verdammt.« Ich rutsche am Stamm herunter, bis ich sitze. Ich hatte mich bei den Gezeiten verrechnet. So wie es aussieht, muss ich zwei bis drei Stunden warten, bis das Boot wieder treibt. Bis dahin wird der Wind erneut zugenommen haben. Ich sitze da, starre ins Nichts, und die Schwere zieht noch heftiger an mir. Schweiß bildet sich auf meiner Stirn. Ich möchte die Regenjacke ausziehen, darf aber den einzigen trockenen Wollpulli nicht nass werden lassen. Meine lange Unterwäsche wird klamm vom Schweiß. Es wäre zu anstrengend, sie auszuziehen. Stattdessen lege ich die Tasche neben den Baum und lehne mich dagegen. Ich höre, wie der Wind durch die Blätter des wilden Kohls bläst, der hier wächst, bis ich einschlafe.

Als ich wieder aufwache, zittere ich abermals. Meine

klappernden Zähne fühlen sich bei meinen Kopfschmerzen wie ein Schlagbohrer an, und in meinem Hals hat sich noch mehr Glas angesammelt. Ich suche in der Tasche nach den Klamotten, weil ich vergessen habe, dass ich sie schon letzte Nacht angezogen habe. Die Flut ist immer noch nicht beim Boot angelangt. Die Wasseroberfläche auf dem Kanal ist aufgewühlt, der Wind nimmt stetig zu. Mir wird klar, dass ich auf diesem Fleckchen Strand vom Wind eingeschlossen festsitzen könnte. Mit Herzrasen schaue ich nach, wie viel Essen ich noch habe, wie lange es reichen würde. Ich will nur schlafen, die Knie heranziehen, um die Wärme zu halten.

Ich wache auf, schrecke hoch vom Klang der Wellen, die gegen den Bug schlagen.

Bevor ich Wind oder Wasser überhaupt genau abgeschätzt habe, bin ich draußen auf dem Kanal. Ich weiß, dass ich zurück ans Ufer fahren, anlegen und auf den Morgen warten sollte, aber ich kann mich nicht dazu überwinden. Ich schaue den diesigen Kanal in Richtung Juneau hinunter, schätze, dass ich etwa auf halbem Weg bin. Die Schmerzen im Kopf und im Hals haben sich auf meinen ganzen Körper ausgeweitet. Ich will nach Hause. Ich wende das Boot nach Norden und halte gegen den Wind.

Die nächsten drei Stunden sind verschwommen, ich kauere tief im Boot, um nicht über Bord zu gehen, schöpfe Wasser raus, das wieder reinschwappt, kämpfe gegen das aufkommende Unwetter und habe fieberhafte heiße und kalte Schübe.

Ich kann mich nicht daran erinnern, wann der Leuchtturm am Horizont aufgetaucht ist oder wie ich das Boot festgemacht habe oder wie ich reingegangen bin.

18

Ich wache in aufgewühlten Decken auf, die Beine in Klamotten und Laken gewickelt. Dumpfes Licht fällt durchs Fenster, und ich spüre einen Druck auf der Brust, aufsteigende Hitze. Ich rolle mich auf den Decken zusammen, mein Körper bekämpft die morgendliche Kälte.

Das nächste Mal wache ich auf, weil ich verbrenne. Meine Brust fühlt sich heiß an, meine Kopfhaut prickelt vor Hitze. Ich stolpere zum Fenster, zerre und ziehe am Griff, bis es aufgeht. Ich atme die kalte, feuchte Luft tief ein, jeder Regentropfen fühlt sich wie ein Nadelstich auf meinen glühenden Armen an.

Unten suche ich nach dem Erste-Hilfe-Kasten und nach Wasser. Ich kippe die restlichen Ibuprofen aus der Dose in den Deckel, schiebe die beiden Tabletten mit den Fingern hin und her und nehme dann eine davon. Weil mir die andere auf den Boden fällt, knie ich mich hin, suche den Boden ab, bis ich sie finde, und lege sie sorgfältig zurück in die Dose.

Schweiß steht mir auf der Stirn, ich muss nach draußen, um Luft zu kriegen. Schwindelig umrunde ich einmal die Insel. Meine Arme und Beine sind voller Sand, mein Kopf treibt im gebrochenen Licht, jede Farbe noch schärfer, ohne jeden Schatten.

Am Nachmittag schlafe ich wieder ein und wache im

Dunkeln auf nassen Laken und mit dumpfen Schmerzen in beiden Gehörgängen auf. Ich schlafe, ohne zu träumen, bin in einem Schwebezustand, im Schlaf von mir abgespaltet. Mein Körper nimmt sich, was er braucht. Ich gehe vorsichtig die Treppen hinunter, nehme die letzte Ibuprofen und rolle mich auf dem Küchenboden zusammen.

Am nächsten Tag fange ich an, die Stunden zu zählen. Das Brummen in meinem Ohr beginnt langsam, ein Boot nähert sich aus der Ferne. Ich ziehe meinen Mantel an und gehe hinaus, um den Horizont im Süden abzusuchen. Ich rechne mit Kyle, bis mir klar wird, dass das Geräusch aus meinem Inneren kommt.

Ich schüttle den Kopf und spüre das Rauschen, der Ozean in mir gerät auf einmal in Bewegung.

Mit dem steigenden Druck in meinen Ohren nimmt auch der Schmerz zu. Ich versuche, den Kopf so still wie möglich zu halten, bewege die Augen nicht und atme nicht zu tief ein.

Das Geräusch von etwas, das abgerissen wird, weckt mich auf. Ein langer Streifen Klettverschluss im rechten Ohr, den jemand langsam abzieht. Ich lege die Hände auf die Ohren. Noch nie habe ich so etwas Lautes gehört. Es ist zu schlimm, um zu atmen, um mich zu bewegen oder zu weinen.

Auf meinem Kissen ist Blut, verklebt meine Haare. Mir ist kalt, ich bin steif gefroren. Auf der rechten Seite herrscht dichte Stille, durch die ich nur gedämpft Geräusche wahrnehme, aber der Druck ist deutlich geringer.

Ich stehe auf, und der Raum kippt um. Angst steigt in mir auf, als ich daliege, mich mit den Händen am Boden festhalte. Mir dreht sich der Magen um, als sich der Raum langsam wieder gerade stellt. Ich will mich nicht bewegen, will nicht, dass es wieder losgeht. Ich bleibe so liegen, die Muskeln in meinem Nacken werden steinhart.

Als sich mein Gleichgewichtssinn zu etwas wie Seekrankheit stabilisiert hat, krieche ich zurück ins Bett, erst eine Hand vor, dann ein Knie, eine Hand vor, dann wieder ein Knie. Ich kauere mich unter die Decke, liege so still wie möglich, treibe auf einem unsichtbaren Ozean, während der Druck wieder ansteigt.

Am nächsten Tag beginnt das ziehende Geräusch in meinem linken Ohr. Es ist so laut, dass ich auf den Boden falle und vor Schmerz aufschreie. Ich lehne die Stirn mit ausgestreckten Händen ans kalte Holz. Als es vorbei ist, atme ich schwer, bin erschöpft.

Ich wache bei fürchterlicher Stille auf. Langsam stehe ich auf. Der Raum fühlt sich instabil an, als ob er sich drehen könnte. Ich hangle mich vorsichtig an der Wand entlang die Treppen hinunter, habe Angst, Kontakt mit dem festen Boden zu verlieren.

Ich muss etwas essen, und hier drinnen muss es wärmer werden.

Ich hole mir Brot und geräucherten Lachs. Die Holzofentür macht ein weit entferntes Geräusch. Ich bewege mich wie in Zeitlupe. Aber ich schaffe es, ein kleines Feuer anzuzünden und ein wenig zu essen, bevor ich mich wieder hinlegen muss.

Das nächste Mal wache ich auf, weil ich schnell und tief stürze, das Eis schneidet mir in die Ellbogen und den Rücken und die Beine, während ich schneller und schneller falle. Mit beiden Armen versuche ich, den Sturz abzubremsen, das Wasser kommt rasch auf mich zu, ich kann es in der Dunkelheit irgendwo unter mir hören. Als ich aufwache, ist es stockdunkel im Raum, und ich falle immer noch, habe die Knie angezogen, in der Erwartung, ins Wasser zu stürzen und von ihm in die Tiefe des Gletschers getragen zu werden. Ich schreie, weiß nicht, ob ich träume oder wach bin, bis das Leuchtfeuer grün im Fenster aufleuchtet und ich völlig außer Atem bin. Ich fasse meine Beine an, das Bett, das Kissen, sage mir, dass ich mich nicht bewege, auch wenn es sich so anfühlt.

Als ich mich auf die Seite drehe, überkommt mich ein überwältigender Schwindelanfall. Panisch greife ich zum Bettpfosten. Ich weiß nicht, wo der Boden ist, wo ich bin, wo Kyle ist. Ich lege den Arm über den Kopf, ziehe die Beine nah an mich heran. Den Rest der Nacht starre ich auf eine Ecke im Fenster, atme langsam ein und aus, bin wie versteinert.

Irgendwann im Laufe der nächsten Tage fange ich wieder an, etwas zu essen. Ich mache ein großes Feuer im Holzofen, wofür ich eine ganze Stunde brauche. In den Schlafsack gewickelt, setze ich mich nah davor und kann mich nicht mehr erinnern, warum Kyle nicht hier ist. Mein Gedächtnis reicht nicht weiter zurück als die gerade erlebten Dinge, und ich kann nur an das denken, was direkt vor mir liegt.

Ich schlafe die ganze Nacht und fast den ganzen Tag. Aber ganz gleich, ob ich wach bin oder schlafe, ich falle und mir ist kalt, die beiden Zustände blenden ineinander. Stundenlang sitze ich im Schaukelstuhl und schaue auf das tobende Meer. Es baut sich auf wie eine Ankündigung.

Die Stille hat mich fest im Griff. Ich spüre meine Finger

auf Beton, den Druck der Lungen gegen die Rippen, meinen Herzschlag gegen alles andere.

Ich denke an William Harris' Neuanfang, daran, wie viel ich selbst dem Eis geopfert habe. Ich versuche, mir vorzustellen, warum Kyle nicht wiedergekommen ist, ob er beim nächsten Mal, wenn es vorbeikommt, auf dem Patrouillenboot sein wird. Der Regen fällt hartnäckig und stetig an diesen grauen Tagen. Ich verbringe jeden Nachmittag stundenlang in einer Ecke im Raum mit dem Leuchtfeuer, mit dem Körper am Glas und dem Meer unter mir. Andauernd muss ich an William Harris denken. Ich stelle mir vor, wie er in der gleichen Ecke kauert, und frage mich, was als Nächstes kommt.

Langsam fange ich an, Geräusche wieder zu spüren. Wenn ich Holz auf den Stapel werfe, fühle ich es in den Beinen, meine Stimme in der Brust.

Die Tage vergehen in einem Nebel aus dem Aufwand, mich zum Essen zu zwingen, das Feuer am Laufen zu halten und erzwungenem Schlaf. Irgendwann mache ich wieder kleine Spaziergänge. Ich stehe am Ufer und sehe den Wellen beim Brechen zu.

Der Wind ist das Erste, was ich wieder deutlich hören kann.

Ich denke, es ist das Blut, das durch die Adern rauscht. Für das erste richtige Bad nach meinem Versuch, nach Juneau zu kommen, fülle ich den Eimer. Ich lausche mit der Hand über dem Hahn der Zisterne – der Schlauch, der das Wasser in die Küche gebracht hat, ist letzte Nacht zugefroren.

Der Nordwind, der durch die Täler fährt, hört plötzlich

auf, setzt dann wieder ein. Es macht mich so glücklich, es gehört zu haben, dass ich lachen muss.

Langsam wird alles stabiler, aber ich traue der Sache nicht. Jeden Tag beginne ich voller Angst, mit einem kurzen Neuordnen von Boden und Decke, wenn ich die Augen aufmache, als ob sich der Raum die ganze Nacht gedreht hätte und sich jetzt nur widerwillig einpendeln würde.

Das Zweite, das ich höre, ist ein Klopfen an der Tür. Ich sitze am Küchentisch.

»Wer?«, rufe ich, die restlichen Worte rotieren in meinem Kopf, schaffen es aber nicht bis zum Mund. Ich stehe auf, greife an die Stuhllehne, bin unsicher, was ich machen soll. Meine Stimme hört sich weit weg an.

Von der anderen Seite der Tür kommt ein gedämpftes Geräusch. Eine Stimme? Oder ist etwas umgefallen? Ich starre auf den Türgriff. Angst stellt mir die Nackenhaare auf. Er ist zurückgekommen. Er ist bewaffnet. Ich bin allein.

Es klopft noch einmal. Die Tür hat kein Schloss.

Ich ziehe mich langsam auf die Treppe zurück und klettere die Leiter zum Raum mit dem Leuchtfeuer hoch. Ein großes Boot, das ich noch nie gesehen habe, hat neben meinem angelegt. Er hat sich ein neues gekauft, rede ich mir ein. Das Herz schlägt mir bis in den Hals. Ich lehne mich gegen das Fenster, kann aber nicht sehen, wer vor der Tür steht.

Das Dritte, was ich höre, sind Schritte.

Ich stehe mit dem Rücken zum Fenster, starre auf die Luke, die vom Schlafzimmer hochführt.

Eine tiefe Stimme ruft irgendwo etwas. Meinen Namen? Ich gehe ein Stück auf die Seite, um besser an der Leiter vorbeizusehen. Ich nehme mehr gedämpfte Worte wahr, bemühe mich, sie zu verstehen. Sein Gesicht taucht oben auf der Leiter auf, er redet immer noch. Seine Gesichtszüge verschieben sich für einen Moment, lösen sich auf, wie es die Räume in der letzten Zeit auch getan haben, ordnen sich neu und pendeln sich ein. Er kommt mir gleichzeitig bekannt und fremd vor. Ich sehe, dass er meinen Namen sagt. Er fragt, ob es mir gut geht.

Ja, nicke ich, fange wieder an zu atmen. Es ist der Mann, den ich aus dem Wasser gezogen habe. Ich gehe auf ihn zu, während Erleichterung die Angst verdrängt. Ich freue mich so sehr, dass es ihm gut geht.

»Doug Shane«, höre ich aus der Ferne und nicke wieder. Er sieht mich fragend und irritiert an.

»Ich hatte Fieber.« Ich weiß nicht, wie laut ich spreche. Er hat sich nicht von der Leiter wegbewegt. »Meine Ohren – ich kann immer noch nicht gut hören.«

Er sieht mich noch einen Augenblick irritiert an und sagt dann noch mehr, was ich nicht verstehe, und dreht sich um. »Juneau« verstehe ich und »fahren«. Er steigt die Leiter und dann die Treppe herunter. Ich folge ihm langsam. Als ich am Küchentisch stehen bleibe, dreht er sich abrupt zu mir um. Er sieht besorgt aus. »Du musst zu einem Arzt«, sagt er laut und langsam.

»Ich bin froh, dass es dir gut geht.« Meine Stimme besteht zu einer Hälfte aus Worten und zur anderen aus einem Rauschen in meinem Kopf.

»Ich bin gekommen, um mich zu bedanken.« Seine Augen sehen müde aus wie auch der Rest von ihm. Er hat hängende Schultern, tiefe Falten auf der Stirn und um die Augen. »Ich kann mir nicht erklären, warum du für mich rausgefahren bist…«

»Ich konnte nicht anders.«

Er betrachtet mich einen Moment. »Du hast Blut am Ohr. Ich bring dich in die Stadt, und du kannst zu einem Arzt gehen.«

Ich reibe an meinem Ohr, wende mich leicht ab.

»Bist du allein hier?«, fragt er mich.

Ich tue so, als ob ich ihn nicht höre, damit ich nicht antworten muss. Dann werfe ich wahllos Sachen in eine Tasche und gehe mit ihm zum Strand.

In seinem großen Boot mit den zwei Außenbordmotoren ist die Fahrt zwar kabbelig, aber kein bisschen gefährlich. Drei Stunden später brüllt Juneau uns so laut an, dass sogar ich es hören kann. Landende Flugzeuge fliegen dicht über der Stadt, Autos rauschen auf der Schnellstraße vorbei, und der Regen prasselt auf den Gehsteig. Doug legt am Hafen im Zentrum an, und wir laufen zur Ambulanz.

So viel prasselt auf einmal auf mich ein; mein Kopf pocht. Ich spüre den Lärm durch die Beine und an meiner Brust. Ich schaue mir jeden, an dem wir vorbeikommen, genau an, suche nach Kyles vertrauter Figur, wie er sich gegen den Regen lehnt, eine Schulter etwas weiter nach vorne geneigt als die andere.

19

Der Arzt kritzelt irgendetwas auf einen Rezeptblock. Er sieht alt und genervt aus. »Sie hätten die Küstenwache rufen sollen. Es ist deren Aufgabe, Sie bei einem medizinischen Notfall abzuholen.« In dem kleinen weißen Raum ist es viel zu hell.

»Am Anfang war es ja kein Notfall. Und als ich wieder klar denken konnte, ging es mir schon wieder besser.«

Ohne zu mir hochzusehen, reißt er das Rezept vom Block und gibt es mir mit den Worten: »Sie hätten das eigentlich vor zwei Wochen nehmen sollen, als es angefangen hat. Es ist gegen die Entzündung. Ihre Ohren sind aber bisher ganz gut von selbst geheilt. In einer Woche, zehn Tagen sollte es wieder in Ordnung sein.«

Ich folge Doug kalte Metallstufen hinauf zu einer weißen Tür über einem Getränkeladen. Nachdem er zwei Stunden mit mir beim Arzt gewartet hat und ich dort so verdammt viel Geld ausgegeben habe, stimme ich zu, als er darauf besteht, mir sein Sofa anzubieten, damit ich nicht für ein Hotelzimmer zahlen muss.

Überall liegen Anziehsachen herum. Als wir eintreten, sammelt er sie schnell auf. Die Küche ist voller Pizzakartons, riesiger Schrauben und Beilagscheiben, zerknülltem Papier, ungeöffneter Post. Die Wohnung ist klein, aber gemütlich. Ich kann den Wind nicht hören. Es gibt einen Teppich und ein Sofa.

»Ist nichts Besonderes«, sagt er und wirft eine Ladung Klamotten ins Schlafzimmer, dem einzigen anderen Raum, der, abgesehen von Küche und Bad, vom Wohnzimmer abgeht. »Wir sind beide die meiste Zeit draußen beim Fischen. So schlimm sieht es nur aus, wenn Sarah unterwegs ist und ich allein zu Hause bin.«

»Mir gefällt's.«

»Mal sehen, wie das Wetter morgen wird. Kann sein, dass es ein paar Tage dauert, bis ich dich wieder zum Leuchtturm fahren kann.«

Ich setze mich erschöpft aufs Sofa und frage mich, ob ich das wirklich möchte. »Ich bin mir sicher, die Küstenwache kann mich bei ihrer nächsten Patrouillenfahrt mitnehmen. Du musst mich nicht rausbringen.«

Er dreht sich mit einem schmutzigen Arbeitshemd und einigen Socken in der Hand zu mir um. »Das ist doch das Mindeste.« Er sieht mir in die Augen. »Im Ernst.«

»Ich bin einfach nur erleichtert, dass es dir gut geht, ich habe ja nicht gehört …«

»Was meinst du? Ich dachte, Kyle …«

Ich bin so erschöpft, dass ich mich nicht mehr dagegen wehren kann. »Er ist nicht wiedergekommen.«

Der gleiche besorgte Gesichtsausdruck, den er vorhin schon gehabt hat, taucht wieder auf. »Du warst seit dem Feuer allein da draußen?«

»Ja.«

»Lieutenant Lawrence, der Kapitän vom Kutter, meinte, Kyle hätte ihm erzählt, dass ein Freund ihn rausbringt.«

»Hat er gesagt, wer?«

Doug setzt sich auf die Sofalehne mir gegenüber. »Ich weiß nicht. Ich habe nie selbst mit Kyle gesprochen. Er hat beim Lieutenant nachgefragt, wie es mir geht, als ich im Krankenhaus war. Er ist aber nie vorbeigekommen.«

Ich schließe für einen Moment die Augen. »Wahrscheinlich ist er einfach mit irgendwem zum Fischen von Königslachsen gefahren, und die setzen ihn ab.« *Oder er ist auf halbem Weg nach Mexiko,* denke ich mir. »Er hat früher von Juneau aus gefischt«, füge ich hinzu und sehe Doug an. »Was hattest du?«

Er sieht mich fragend an.

»Damals, in der Nacht«, präzisiere ich.

»Rauchvergiftung. Nach ein paar Tagen war alles wieder in Ordnung.«

»Was ist passiert?«

Er atmet tief durch, wobei seine Augen noch tiefer einfallen. »Normalerweise verzichten wir auf Königslachse, das Wetter ist im Winter einfach zu schlimm, aber diesmal hatte Andrew keine andere Wahl. Er hat zu viel Geld verloren. Wir waren gerade mit einer vollen Ladung auf dem Rückweg nach Juneau, da hat der Motor Feuer gefangen. Ich weiß immer noch nicht genau, was der Auslöser war. Der ganze Maschinenraum war voll mit schwarzem Rauch. Ich konnte kaum was sehen. Es sah aus, als käme das Feuer aus der hinteren Ecke des Maschinenraums. Ich kann mich noch daran erinnern, dass ich den Feuerlöscher draufgehalten habe, aber dann bin ich wohl bewusstlos geworden. Kyle hat gesagt, er hätte gesehen, dass Andrew mich über Bord geworfen hat. Er muss mich aus dem Maschinenraum gezogen haben und dann wieder reingegangen sein, um es selbst zu versuchen.«

»War sonst keiner auf dem Boot?«

Doug schüttelt den Kopf und sagt dann: »Andrew und ich waren seit dem Kindergarten befreundet.«

»Tut mir leid.«

Er steht auf, dreht sich um, ist sichtlich aufgewühlt. »Nein, ist schon in Ordnung.« Er wirft die Klamotten, an denen er sich festgehalten hatte, ins Schlafzimmer. »Du hast ja ein Recht darauf zu wissen, wie wir alle da draußen gelandet sind. Es ist nur komisch, derjenige zu sein, der überlebt hat.«

Er macht den Fernseher an und sammelt weiter Sachen auf, wirft sie entweder ins Schlafzimmer oder in den Müll. Weil ich nicht weiß, was ich sagen soll, starre ich in den Fernseher. Die Bilder bewegen sich zu schnell, sodass ich die Augen schließen muss.

Als ich aufwache, ist es schon dunkel. Doug ist nicht mehr da. Auf einem ordentlichen Stapel am anderen Ende vom Sofa liegen ein Kissen und eine Decke. Ich stehe auf und strecke meinen verspannten Rücken, mache den Fernseher aus und nehme noch eine von den Tabletten, die mir der Arzt verschrieben hat.

In der Stille kann ich tief in meinen Ohren ein leises Rauschen hören. Es hört sich an, als hätte ich den Wind aufgenommen, als würde er jetzt in mir wehen. Ich lege mich unter die Decke. Die Straßenbeleuchtung scheint durchs Fenster und auf den Teppich. Jedes Mal, wenn die automatische Schiebetür des Getränkeladens aufgeht, kann ich es durch den Boden spüren.

Erst am nächsten Morgen wache ich auf, und Dougs Zimmertür ist zu. Ich fühle mich klarer, und das Geräusch in meinen Ohren hat nachgelassen. Die Stadt liegt unter dickem Nebel. Ich suche nach meinem Rucksack, putze mir die Zähne an der Spüle in der Küche, schließe dann leise die Türe hinter mir und schleiche die Treppe hinunter.

In dem Café um die Ecke bestelle ich mir Kaffee und einen Bagel. Ohne Mantel fühle ich mich zu ausgeliefert, daher lasse ich ihn an. Während ich esse, beobachte ich die Leute im Café und bin überwältigt von den vielen Stimmen auf einmal, den Geräuschen aus der Küche, dem Klappern der Stühle. So ein Bagel ist eine wunderbare Köstlichkeit zusammen mit einem heißen Kaffee, für den ich nicht erst ein Feuer anzünden musste.

Nach dem Frühstück gehe ich zum Steg der Küstenwache. Als ich sehe, dass der Kutter im Hafen liegt, mache ich mich auf den Weg zum Büro.

Hinter dem Schalter steht ein junger Mann mit kurzen Haaren und blauer Uniform. Er sieht aus, als wäre er gerade erst mit der Schule fertig. »Kann ich Ihnen helfen?«, fragt er, als ich endlich eintrete. Das Büro ist deutlich größer als das in Neely und besser beleuchtet, aber es fühlt sich trotzdem unangenehm nach Regierungsgebäude an.

»Ist Lieutenant Lawrence da?«, erkundige ich mich.

»Wen soll ich melden?«

»Anna Richards.« Als er mich immer noch fragend ansieht, füge ich hinzu: »Von Hibler Rock.«

»Sie haben doch Doug Shane rausgeholt?«

»Ja.«

»Hab gehört, Sie waren in einem kleinen Sportboot unterwegs.«

Ich nicke und frage mich, ob er weiß, wo Kyle ist.

»Beeindruckend, war ganz schön schlechtes Wetter in der Nacht«, meint er, bevor er den Gang entlang verschwindet.

Ich wippe kaum merklich von den Zehenspitzen auf die Fersen und wieder zurück.

Als er wieder auftaucht, ist er in Begleitung eines etwas älteren Mannes. Sportlich sieht er aus, und seine Haare werden gerade erst grau. Er streckt mir die Hand entgegen. »Anna, freut mich, Sie endlich kennenzulernen. Tom Lawrence.«

Wir gehen in sein Büro, er setzt sich hinter seinen Schreibtisch und bietet mir einen Stuhl davor an. »Was kann ich für Sie tun?«

»Ich wollte fragen, ob Sie wissen, mit wem Kyle wieder raus zum Leuchtturm fahren wollte?« Ich sitze ungemütlich vorne auf der Stuhlkante, lege meine vergeigte Beziehung offen.

»Er ist mit der *Susan Marie* raus zu Königslachsen gefahren. Sie wollten ihn auf dem Rückweg nach Juneau am Leuchtturm absetzen, aber das hätte schon vor Wochen sein müssen. Er ist nicht wiedergekommen?«

»Ist schon in Ordnung. Er hat bestimmt einfach noch ein paar Fahrten mitgemacht.«

Besorgt sieht er mich an. »Wie sind Sie in die Stadt gekommen? Sie sind doch nicht in Ihrem Boot hergekommen, oder?«

»Doug Shane ist vorbeigekommen, um sich zu bedanken. Er hat mich mitgenommen.«

»Das ist alles? Er hat sich bedankt? Hat er Ihnen nicht einmal einen dicken Barsch mitgebracht oder einen neuen Außenbordmotor oder so?« Er muss grinsen, und man sieht seine Lachfalten. »Ich kenne Sarah, seit sie ein kleines Mädchen und ihrem Vater am Hafen hinterhergelaufen ist«, erzählt er. »Doug wäre den halben Kanal rausgetragen worden, bis wir bei ihm gewesen wären, wenn Sie ihn nicht aus dem Wasser gezogen hätten. Es wäre furchtbar gewesen, hätte ich Sarah sagen müssen, dass ihr Ehemann nicht wieder nach Hause kommt.«

»Ist Andrew gefunden worden?«, frage ich ihn.

»Er ist wahrscheinlich zusammen mit dem Schiff gesunken. Kyle hat ihn genau beobachtet, nachdem Doug über Bord gegangen ist, bis hin zur Explosion. Er sagt, er hat Andrew nicht wieder aus der Steuerkabine kommen sehen.« Er sieht mich erneut besorgt an. »Ich kann ein paar Leute anrufen und herausfinden, ob Kyle noch mit der *Susan Marie* unterwegs ist.«

Weil ich sowieso schon das Gefühl habe, meine schmutzige Wäsche in der Öffentlichkeit zu waschen, sage ich: »Ist schon in Ordnung. Ich sehe einfach mal unten bei den Docks nach. Kann ich Sie noch etwas fragen?«

»Aber natürlich.«

»Kannten Sie William Harris?«

Er lächelt. »Nein, ich bin zu der Zeit, als er im Leuchtturm war, in Kalifornien zur Schule gegangen. Ich kenne aber das Bild, das er gemalt hat oben im Rathaus. Er hatte Talent. Ich glaube, man hat es auf dem Küchentisch gefunden, nachdem er verschwunden ist.«

»Wohin ist er gegangen?«

»Man hat wohl lange nichts von ihm gehört, deshalb ist das Patrouillenboot bei ihm vorbeigefahren, um nach ihm zu sehen. Er und sein Boot waren weg. Es wurde nicht nach ihm gesucht. Damals meinte man, wenn jemand verschwinden will, dann sollte man ihn nicht aufhalten. Haben Sie seine Logbucheinträge gefunden?«

»Wir haben einige seiner Sachen gefunden.«

Es klopft zweimal, dann geht die Tür auf. Der Mann vom Schalter sagt: »Sir, die Instandhaltung wartet auf Ihre Unterschrift.«

»Ich bin gleich da.«

»Ich sollte gehen«, sage ich.

Er steht auf, kommt um den Tisch herum und gibt mir noch einmal die Hand. »Ich möchte mich im Namen der Küstenwache bei Ihnen bedanken. Sie hatten keinerlei Verpflichtung, einzugreifen. Ich bin mir sogar sicher, man hat Ihnen bei Vertragsunterzeichnung gesagt, dass Sie von eigenmächtigen Rettungsmaßnahmen Abstand nehmen sollen, aber ich bin froh, dass Sie es getan haben.«

Ich laufe durch die Straßen von Juneau, ohne die Häuser und Autos zu beachten, versuche, zu begreifen, was passiert ist. Vielleicht hat er auf einem anderen Schiff noch für ein paar Fahrten angeheuert, falls die *Susan Marie* für die Saison fertig war. Unser Gehalt ist nicht hoch, etwas Geld extra wäre gut. Vielleicht ist er aber auch nach Mexiko gegangen oder an einen anderen aufregenden Ort.

Auf dem Weg zum Hafen starre ich die Leute, die Häuser, die Läden und Kneipen an. Irgendetwas in mir fängt zu vibrieren an, mein Körper reagiert auf das Chaos in seinem Umfeld.

Unten am Hafen gehe ich jeden Steg entlang auf der Suche nach der *Susan Marie*. Weil ich sie nicht finde, halte ich Ausschau nach jemandem, den ich fragen kann. Drei alte mürrische Männer gehen an mir vorbei. Ich steuere auf einen jüngeren Mann zu, der über den Bug eines Holzschiffs gebeugt ist. Er arbeitet mit dem Rücken zu mir, also warte ich. Als er sich umdreht, um zurück in die Steuerkabine zu gehen, und mich entdeckt, erschrickt er.

»Entschuldige«, sage ich.

Seine Arbeitshose ist dreckverkrustet, und sein Wollpulli hängt, vom Regen getränkt, schwer an ihm herunter. Er wischt sich mit dem Arm das Gesicht ab und sieht mich an. Ich komme etwas näher und frage: »Weißt du, wo die *Susan Marie* anlegt?«

Er blickt ans andere Ende vom Dock. »Sieht aus, als ob sie unterwegs ist.«

»Kennst du vielleicht einen Kyle McAllin?«

»Kommt mir bekannt vor. Ich glaube, er war vor ein paar Jahren mal mit der *Tara J* unterwegs. Warum?«

»Ich will nur wissen, ob er noch mit der *Susan Marie* unterwegs ist oder mit einem anderen Schiff.«

»Hat er Schulden bei dir? Unterhalt oder so? Oder bist du einfach nur sauer auf ihn?« Ich starre ihn irritiert an, bis er anfängt zu grinsen. »Ich bin ziemlich sicher, dass er noch mit ihnen unterwegs ist. Ich hab gesehen, dass seit ein paar Wochen jemand Neues mitfährt.«

»Weißt du, wann sie wiederkommen?«

»Fangfahrten für Königslachse dauern meistens nicht länger als vier bis fünf Tage, oft auch kürzer, wenn das Wetter richtig scheiße ist. Ich weiß aber nicht, wann sie losgefahren sind.«

»Danke.«

»Na klar. Hast du Lust, heute Abend was trinken zu gehen?«

»Nein danke«, erwidere ich und drehe mich um.

»Komm schon!«, ruft er mir nach.

Ich steige den steilen Berg hoch, bis ich von oben auf die Stadt sehen kann. Es regnet immer noch, jetzt etwas mehr von der Seite. Ich gehe weiter bergauf, bis die verschlungenen Straßen der Stadt in moosigen Kohl, Fichtenwälder und Schierlingstannen übergehen. Ich gehe einfach weiter, weil es keine Hindernisse gibt, keine Grenzen in Sicht.

Ich folge dem Weg durch dunkles, rotes Sumpfland und alte Schierlingstannen, deren Äste hoch über mir hängen. Mir haben die Bäume gefehlt. Mir fehlt Kyle. Stundenlang gehe ich spazieren, versuche, mich unter dem Blätterdach zu entspannen. In einer wilden Landschaft, die an den Rändern fest geschlossen ist.

Aber ich schaffe es nicht. Den ganzen Tag über gehen Leute an mir vorbei, die so laut reden, dass mir ihre Stimmen noch ewig im Kopf nachhallen.

Doug lächelt, als er mir die Tür zu seiner Wohnung aufmacht. »Da bist du ja.« Er lässt mich eintreten. »Geht es dir besser?«

Ich knie mich hin, um meine Stiefel auszuziehen. »Das Antibiotikum scheint zu wirken.« Ich stehe auf und drehe mich in der kleinen Diele zu ihm um.

Eine Frau mit langen Beinen und breiten Schultern kommt aus der Küche.

»Das ist Sarah«, sagt Doug und zeigt in ihre Richtung. »Sie ist heute wiedergekommen.«

Sie stellt sich zu uns, und er macht ihr Platz. Die Geste ist so weich und intuitiv wie altes, benutztes Holz. Daran merke ich, wie fremd Kyle und ich uns in den letzten Monaten geworden sind. »Ich freue mich sehr, dich kennenzulernen«, sagt sie. »Ich … ähm … ich weiß wirklich nicht, was ich sagen soll. Es wäre wirklich … ich meine, ich will gar nicht daran denken, wie es gewesen wäre.« Ihre Unterlippe zittert.

Ich nicke in die Stille, die folgt, sehe Doug an. Sie legt ihm einen Arm um die Schultern und hat Tränen in den Augen. »Ich hatte Hilfe«, erwidere ich, weil ich nicht weiß, was ich sonst tun soll. »Ohne Kyle am Scheinwerfer hätte ich ihn nie gefunden.«

Sarah wischt sich über die Augen. »Das hab ich gehört. Wir haben ihn leider nicht kennengelernt.« Doug zieht sie noch etwas näher zu sich ran.

Sarah geht in die Küche und er ihr hinterher. »Das Abendessen ist gleich fertig. Du bleibst doch?«, fragt Doug.

Der Tisch ist für drei gedeckt. Mich erschüttert die Normalität, die unter die Gabeln gefalteten Servietten, Dougs Hand auf Sarahs, kochen, ohne Feuer zu machen, ohne Holz zu hacken, ohne in den Wald zu fahren, ohne auf besseres Wetter zu warten.

»Mir geht es leider nicht so gut.«

Sarah dreht sich zu mir um. »Kann ich irgendwas für dich tun?«

»Ich glaube, ich lege mich einfach hin.«

»Natürlich«, sagt Doug. »In unserem Zimmer ist es ruhiger als auf dem Sofa. Sarah und ich schlafen heute Nacht auf dem Boot von ihrem Vater.«

Ich folge ihm ins Schlafzimmer, das schön aufgeräumt ist, so wie auch der Rest der Wohnung jetzt. Er muss den ganzen Tag damit verbracht haben, zu putzen und aufzuräumen. Das Bett mit der Daunendecke und zusätzlichen Kissen sieht luxuriös aus.

Als er hinausgeht, lege ich mich vollständig bekleidet darauf, ich bin nicht müde, nur völlig erschlagen.

Am nächsten Morgen wache ich vom Straßenlärm auf, den Autos, den Leuten auf dem Gehsteig unter dem Fenster. Ich habe die ganze Nacht in der Gletscherspalte gesteckt. Als ich einen Schlüssel in der Tür und gedämpfte Stimmen im Wohnzimmer höre, ziehe ich ein sauberes Hemd und meine Zahnbürste aus meiner Tasche. Vor dem Fenster wabert ein Meer aus niedrigen, milchigen Wolken.

»Hey«, begrüßt mich Sarah, als ich ins Wohnzimmer komme. Sie sitzen am Tisch mit einer Tüte Bagels vor sich.

Doug lächelt breit. »Kaffee ist fertig. Der Nebel ist heute zu dick, um rauszufahren. Soll auch eine Weile so bleiben.«

Ich setze mich zu ihnen. Er sieht immer noch nicht erholt aus.

»Scheint so, als müsstest du dich an der Weltmetropole Juneau noch ein bisschen länger erfreuen«, fügt er hinzu.

»Um ehrlich zu sein, tut mir eine kleine Pause ganz gut«, entgegne ich, weil es stimmt, aber vor allem weil ich nicht sagen will, dass ich Zeit brauche, um Kyle zu finden, um Antworten zu finden, um zu kitten, was zwischen uns zerbrochen ist.

»Geht es dir etwas besser?«, erkundigt sich Sarah. Sie zeigt auf die Bagels. »Bedien dich.«

»Ich höre heute schon viel besser.« Ich nehme mir einen Bagel und streiche Frischkäse darauf. »Danke fürs Frühstück.«

»Aber natürlich. Wir schlafen gern auf dem Boot, solange du hierbleiben möchtest.« Sie hat Sommersprossen auf den Wangen und der Nase, und ihre Augen scheinen zu lachen, selbst wenn es das restliche Gesicht nicht tut.

»Danke«, wiederhole ich.

Ich bin an das viele Reden nicht mehr gewöhnt und lausche dem Verkehr. Aus dem Augenwinkel beobachte ich Dougs Brust, die sich hebt und senkt.

Mit ihrer ungezwungenen Art fragt Sarah: »Wie ist es so, da draußen im Leuchtturm zu leben? Ich könnte mir das gar nicht vorstellen.«

»Es ist windig.«

Sie muss lachen. »Wie ist die Zisterne? Schmeckt das Wasser nach Plastik? Das Ding steht da, seit ich denken kann.«

»Man kann sich an erstaunlich viel gewöhnen.«

»Wie auf Schaumbäder verzichten?«

»Wir haben in Neely auf dem Sperrmüll eine Badewanne gefunden.«

»Ihr habt eine Wanne von Neely den Kanal entlanggeschleppt?« Sie lacht laut. »Im Ernst, gefällt es dir da?«

»Ja.«

Doug füllt die Stille, die folgt. »Anna, du solltest wissen, dass Andrew ein guter Kapitän war. Er war nicht irgend so ein Penner. Wenn ich nicht mit Sarah und ihrem Vater unterwegs war, war ich mit ihm fischen. Ich habe ihm absolut vertraut.« Doug lehnt sich mit den Ellbogen vor auf den Tisch, seine Gebrochenheit ist jetzt ganz deutlich zu sehen. Sarah legt ihm liebevoll zwei Finger in die Beuge des Ellbogens.

20

Ich laufe den Steg entlang, auf den der Typ gestern gezeigt hat, um herauszufinden, ob die *Susan Marie* schon zurückgekommen ist. Der letzte Platz am Steg ist der einzige unbelegte. Danach laufe ich stundenlang durch die nebligen Straßen.

Später gehe ich zurück an den Steg und setze mich auf eine Bank mit Blick über die Docks. Ich beobachte Männer in identischen Regenjacken und frage mich, ob ich Kyles Gang erkennen würde, den Abstand zwischen seinen Schritten.

Stattdessen erkenne ich Sarah auf einem lackierten Schiff aus Stahl. Es ist eines der größten.

Sie winkt, als ich zu ihr trete. »Komm an Bord. Mein Vater würde sich freuen, dich kennenzulernen.«

Ich klettere über die Reling und folge ihr in die Steuerkabine. Ein Mann in einem sauberen Arbeitshemd sitzt am Tisch vor einem ordentlich sortierten Stapel von geöffneter und ungeöffneter Post. »Dad, das ist Anna«, sagt Sarah, während sie die Tür hinter uns schließt und damit den Regen und die Kälte aussperrt.

Er sieht auf. Mit seinem faltigen Gesicht und dem gestutzten weißen Bart sieht er aus wie der Seebär, der er ist. Seine Augen sind grün so wie Sarahs und strahlen mit derselben Freundlichkeit. »Es ist komisch«, stellt er fest,

»wenn man jemanden umarmen möchte, den man gar nicht kennt.«

Sarah muss lachen.

»Wir können das auslassen«, erwidere ich achselzuckend.

Er lächelt. »Eine Frage habe ich. Wie hast du ihn ins Boot gebracht? Er ist über eins achtzig, du bist deutlich kleiner.«

»Glück.«

»Aber was für eins! Ich würde dir einen ausgeben, aber du siehst noch nicht alt genug aus. Ach, ich würde dir eine ganze Kneipe kaufen dafür, dass du meine Sarah vor einem solchen Unglück bewahrt hast.«

Ich sehe mich in der Steuerkabine um. »Ich war noch nie auf einem so schönen Schiff.«

»Ich zeig dir den Rest«, sagt Sarah.

Die Mannschaftsquartiere, der Maschinenraum und das Deck sind genauso makellos sauber wie die Steuerkabine. Alles verströmt Ordnung und gute Organisation.

Wir gehen einmal um das Deck herum und halten an einem Rettungsboot, vor dem Sarah Schraubenzieher und anderes Werkzeug ausgebreitet hat. »Ich tausche die Schnallen aus«, erklärt sie. »Doug ist im Wasser gelandet statt im Rettungsboot, weil die Schnallen verrostet waren. Mein Vater meint, Andrew konnte es nicht losmachen, daher musste er Doug ins Wasser werfen.«

Ich nicke. Wir beide wissen, dass man im Rettungsboot tagelang überleben kann, aber im Wasser handelt es sich nur um Stunden.

»Kann ich dir helfen?«, frage ich.

»Na klar.«

Während Sarah nach einem weiteren Schraubenzieher sucht, sehe ich den Kanal hinunter in Richtung des Leuchtturms. Vielleicht ist Kyle ja schon da, wurde dort abgesetzt und wundert sich, wo ich bin.

Während Sarah und ich arbeiten, stellt sie mir eine Frage nach der anderen. So findet sie heraus, dass Kyle nicht wieder zum Leuchtturm zurückgekommen ist, dass ich nicht wirklich weiß, wo er ist, wie wir angefangen haben und wo wir geendet sind.

»Wenn Doug und ich uns gestritten haben, fangen wir mit Kleinigkeiten an. Und arbeiten uns zu den großen Sachen vor.«

»Die großen Sachen scheinen irgendwie zu groß.«

»Mein Vater sagt, auch die größten Wellen bestehen nur aus Wasser.«

Nachdem wir die Schnallen ausgetauscht haben, bekomme ich das Gefühl, dass ich im Weg bin, und lasse Sarah ihre Arbeit alleine fertig machen. Ich verbringe den Nachmittag damit, ziellos durch die Gegend zu wandern, froh ohne die Einschränkungen der Insel, versuche, die Kleinigkeiten von den großen Sachen zu trennen, und frage mich, ob es zu spät ist oder ob wir noch eine Chance haben, irgendwo von vorne anzufangen. Ich denke an die Postkarte und bin wie benommen davon, dass Kyle vor mir genauso viel verheimlicht hat wie ich vor ihm.

Als die Boote bei Dämmerung wieder in den Hafen einfahren, sitze ich erneut auf der Bank im kalten Regen. Die ersten drei Boote nehmen Kurs zum anderen Ende der Docks. Das vierte fährt auf den Platz der *Susan Marie*. Ich beobachte die Deckarbeiter, wie sie das Boot anbinden und die Ausrüstung an Deck verstauen. Alle haben die gleichen Regensachen und Gummistiefel an, aber ich erkenne Kyle trotzdem sofort.

Ich beherrsche mich, nicht zu ihm hinzurennen, sondern bleibe sitzen, bis er seine Arbeit erledigt und das Deck geputzt hat. Ich wundere mich darüber, ihn mit den anderen lachen zu hören, zu sehen, dass er seine Agilität wiedergefunden hat. Mir wird klar, dass das, was sich hätte ändern müssen, schon eingetreten ist.

Mit zwei anderen Deckarbeitern geht er hoch zur Straße. Als sie oben ankommen, stehe ich auf. Er entdeckt mich sofort.

»Anna.« Er hört sich erleichtert an, dann hält er unsicher inne.

»Was machst du da?«, frage ich ihn. Seine Augen sind düster, schwer zu lesen.

Er sieht weg. »Ich fische ... ein bisschen ... Ich ... ich hatte vor, zurückzukommen.«

»Du hattest es *vor*?«

»Es tut mir leid. Ich habe es einfach nicht geschafft. Jedes Mal, wenn mich jemand gefragt hat, ob ich noch eine Fangfahrt mitmache, habe ich Ja gesagt.«

In mir sammelt sich die Wut wie der Wind im Kanal. »Du wolltest mich einfach ohne ein Wort allein da draußen lassen? Für wie lange?«

Er zieht die Kapuze ab, Wasser läuft an seinem Kinn entlang, das harte Züge angenommen hat. »Ich hätte Bescheid geben sollen, du hast recht. Aber du brauchst mich da draußen nicht. Unsere Beziehung hat nie darauf basiert, dass wir einander brauchen, Anna. Abgesehen von der Arbeit am Leuchtturm hast du dich immer zurückgezogen.«

Seine Worte hüllen mich ein wie die Gletscherspalte in meinen Träumen, bevor ich anfange, mich freizukämpfen. »Nein. Das stimmt nicht.«

»Doch«, sagt er. Und ich weiß, dass er recht hat. Die Wut in mir versiegt. Ich fühle mich verloren, als ob ich nach Hause gekommen wäre und festgestellt hätte, dass jeder Raum ausgeräumt wurde und kahl ist.

»Kyle, warum sind wir in den Leuchtturm gezogen?«

Er fährt sich mit der Hand über die Stirn und sieht weg. Der Regen ist unter meine Kapuze gedrungen und läuft mir jetzt nass und kalt den Hals hinunter.

»Antworte mir. Warum sind wir in den Leuchtturm gezogen? Ich habe eine Postkarte gefunden.« Auf einmal zögert er, und mir wird klar, dass wir uns überhaupt nicht kennen, uns nie wirklich kannten.

Der Wind bläst den Regen vom Meer zwischen uns, dort, wo wir wortlos stehen.

»Ich muss dir sagen, warum ich in den Leuchtturm gezogen bin.« Die Worte stapeln sich in mir, ich spüre, wie sie sich oben wie an einer Rutsche ansammeln und Kyle unten steht und auf sie wartet. Ohne darüber nachzudenken, lasse ich sie los, vertraue darauf, dass er sie auffangen wird. Mir bleibt nichts anderes mehr übrig, das ist der einzige Weg, um eine andere Richtung einzuschlagen. »Ich habe vor drei Jahren einen Gletscherausflug über das Eisfeld von Juneau geleitet.«

Ich zwinge mich, die Worte auszusprechen, erst langsam und dann immer schneller, jedes einzelne, bis keines mehr da ist und Kyle mich an sich zieht, sich an meinen Hals lehnt und ich mich von ihm umarmen lasse. »O Anna«, sagt er, als er meine Last erkennt und sie zu seiner packt.

Wir stehen im Regen am Ufer, umarmen uns, zwei schwache Glieder verbunden, um Kraft zu finden.

Ich zittere vor Kälte und vom Erzählen. Kyle behält den Arm um mich gelegt, bringt mich in ein Café auf der anderen Straßenseite. Wir sitzen mit heißem Kaffee in einer warmen Ecke, die Stühle nah beieinander. Er nimmt meine Hand. »Ich finde nicht, dass du dafür verantwortlich bist, Anna. Hört sich an, als wäre sie aus eigenem Antrieb gegangen.«

»Das hat die Polizei auch so gesehen, aber so fühlt es sich eben nicht an.«

»Und wie hilft dir der Leuchtturm dabei?«

»Zum ersten Mal bin ich irgendwo länger geblieben, habe mich auf etwas festgelegt. Ich laufe nicht mehr davor weg. Ich brauche die Zeit und den Raum, um darüber nachzudenken, irgendwie darüber hinwegzukommen.«

»Damit bist du noch nicht so weit, oder?«

»Der Mietvertrag läuft in drei Monaten aus.«

Kyles Augen verdunkeln sich.

»Ich muss es zu Ende bringen.« Ich greife nach seiner anderen Hand. »Seit ich an dem Tag aus dem Ausflugszentrum gegangen bin, bin ich immer nur weggelaufen. Das muss aufhören.«

Kyle lässt meine Hände los, stützt die Ellbogen auf die Knie. »Willst du, dass ich mit dir zurückgehe?«

»Willst du das?«

»Nein, aber ich mach es.«

»Kyle, ist William Harris dein Vater?«

Er sieht mich an, nickt einmal und sieht dann weg, als er zu erzählen beginnt. »Seit ich fünf bin, wollte ich nach

Hibler Rock gehen. Es war der einzige Ort, von dem ich wusste, dass er einmal dort war. Ich wollte, dass der Grund, weshalb er nicht wiedergekommen ist, etwas Heldenhaftes ist. Dass er gestorben ist, weil er jemanden gerettet hat oder so. Meine Mutter hat es gehasst, wenn ich so etwas gesagt habe. Sie hat immer gesagt, dass er einfach nur abgehauen ist und sonst nichts. Als ich hierhergegangen bin, war sie so sauer, dass sie fast durchgedreht ist. Sie hat nicht verstanden, warum ich ihn finden wollte. Ich habe tatsächlich gedacht, ich würde eine Rechtfertigung finden. Stattdessen habe ich herausgefunden, dass er eine andere Familie hatte. Ich habe herausgefunden, dass er einfach ein Arschloch ist und deshalb nie zurückgekommen ist.« Man kann ihm die Wut jetzt ansehen. Seine Gesichtszüge sind wieder hart geworden.

Mir kommen erneut die Tränen hoch, heiß und brennend. »Charles hat gesagt, der Krieg hat ihn fertiggemacht. Vielleicht konnte er nicht klar denken, vielleicht gibt es doch einen Grund…«

»Charles aus der Bar?«, hakt Kyle nach.

»Ja, die beiden waren zusammen in Vietnam. Wusstest du das nicht?«

Kyle schüttelt den Kopf.

»William hat einen Mann erschossen, der Charles' Kehle durchschneiden wollte.«

Kyle sieht mich aufmerksam an. Ich wische mir die Tränen vom Gesicht. »Ich will nur sagen, vielleicht war er nicht *nur* ein Arschloch. Vielleicht hat er Scheiße gebaut, war aber grundsätzlich kein schlechter Mensch.«

Kyle schüttelt den Kopf. »Er hatte eine andere Familie, Anna. Er hat mich ersetzt, mich allein gelassen.« Er atmet tief durch, richtet sich auf. »Können wir über was anderes reden?«

Ich nicke und sehe ihn an, finde alles wieder, was ich an ihm geliebt habe. »Ist unsere Beziehung vorbei?«

»Nein«, antwortet er. »Und für dich?«

»Nein.«

»Gehst du zurück zum Leuchtturm?«, fragt er mich.

»Ich muss drüber nachdenken. Es war anstrengend alleine.«

»Ich hätte dir irgendwie Bescheid geben sollen, dass ich in der Stadt bleibe. Es tut mir leid. Irgendwie hat mich das alles zu sehr fertiggemacht. Und du hast den Eindruck gemacht, als ob du wirklich allein da draußen bleiben wolltest.«

»Wollte ich auch.«

»Du musst nicht unbezwingbar sein, Anna.« Er legt mir eine Hand aufs Knie. »Das muss furchtbar anstrengend sein.«

Die Kellnerin schaltet die Außenbeleuchtung aus und fängt an, das Geld in der Kasse zu zählen. »Lass uns gehen«, sage ich. »Doug und Sarah warten mit dem Abendessen auf mich. Kommst du mit?«

Als wir den Berg hochgehen, greife ich nach Kyles Hand, und er lässt sie nicht mehr los.

Doug freut sich, als er die Tür aufmacht und uns beide sieht. »Kyle?«, fragt er.

»Schön, dich endlich kennenzulernen«, sagt Kyle. »Ich habe im Krankenhaus vorbeigeschaut, aber da war so viel Familie, da wollte ich nicht stören.«

Doug schüttelt Kyles Hand etwas länger als üblich, aber wir konzentrieren uns nicht länger darauf, woher wir uns alle kennen, sondern werden schnell in die Ungezwungenheit zwischen Sarah und Doug hineingezogen, wie Worte, Bewegungen und Blicke zwischen den beiden harmonisieren, an nichts Spitzem hängen bleiben.

»Für wen hast du in Juneau gefischt?«, will Sarah wissen, während sie die Weingläser auffüllt.

»Dave Swenson.«

»Oh.« Sarah verzieht das Gesicht. »Macht er immer noch die Nummer mit dem Eimer?«

»Was für ein Eimer?«, meint Kyle. »Ich trau mich gar nicht nachzufragen.«

»Es heißt, er sitzt beim Frühstück mit der Mannschaft auf einem großen Eimer, damit er *während* dem Essen kacken kann, um keine Zeit zu verlieren, wenn die Fische kommen.«

»Das überrascht mich nicht.« Kyle muss lachen.

»Das ist ja widerlich«, sage ich.

»Worüber redet ihr?«, fragt Doug und macht damit deutlich, dass er ganz woanders war.

Sarah lächelt ihn an. »Dave Swenson. Sein Sohn heißt Patrick. Du weißt schon, der Goldwäscher.«

Doug erinnert sich und nickt.

Kyle und Sarah reden noch weiter über die anderen Fischer. Sarah kennt alle Kapitäne, bei denen Kyle schon gefischt hat. Doug isst wortlos, beobachtet Sarah und hat immer eine Hand auf ihrem Knie oder ihrer Schulter.

Nach dem Essen bleiben wir noch sitzen und unterhalten uns weiter, lachen über die Geschichten, die Sarah von anderen Fischern erzählt. Sie ist Einzelkind und in den Fischfanggebieten groß geworden. Die Wohnung, in der sie mit Doug lebt, ist ihr erster Wohnsitz an Land.

»Und wie lange habt ihr noch vor, im Leuchtturm zu wohnen? Oder ist das was Längerfristiges?«, will Sarah wissen.

Kyle sieht zu mir. »Wir wissen es noch nicht.«

»Ich würde es keine Woche da draußen aushalten.« Sarah blickt Doug an. »Dir würde ich zwei Wochen geben.«

»Macht den Eindruck, als könnte es da draußen friedlich sein.«

»Ist es auch«, stimmt Kyle ihm zu. »Aber bis zu dem Punkt, an dem es einen unruhig macht.«

Ich muss an den Blick aus dem Raum mit dem Leuchtfeuer denken, die tiefe Einsamkeit alleine da draußen. Mir fällt der Strand ein und der Bereich zwischen dem Nebelhorn und dem Schuppen und mein Gemüse im Gewächshaus, das bestimmt in der Zeit, seit ich in der Stadt bin, erfroren ist. Dann fällt mir der Schreibtisch ein, der in Richtung Knight Peak ausgerichtet ist, und der Skizzenblock darauf, der auf einer immer noch fast leeren Seite aufgeschlagen ist.

Kyle und ich nehmen uns für die Nacht ein Hotelzimmer. Anfangs gehen wir vorsichtig miteinander um. Wir sind andere geworden, begegnen uns in einem Raum, in dem wir uns noch nie bewegt hatten.

Spät in der Nacht liege ich neben Kyle und schaue dem Regen dabei zu, wie er das künstliche Licht der Straßenlaterne vor dem Fenster reinträgt. In Gedanken gehe ich die Stationen durch, die uns hierhergebracht haben. »Kyle!« Wir erschrecken beide.

Es reißt ihn aus dem Schlaf. »Was? Was ist los?«

Ich sitze im Bett. »Wo ist die Nachricht vom Heilbuttfischer? Hast du sie noch?«

»Nein, wieso?«

»Wie sah die Handschrift aus? War sie klein und ordentlich wie die von William Harris?«

Kyle hat sich jetzt ebenfalls aufgesetzt. »Wie kommst du darauf?«

»Charles hat gesagt, er hat angefangen, Baidarkas zu bauen, als er im Leuchtturm gewohnt hat, und dass er sie verkauft hat. Du hast gemeint, es sei eine verlorene Kunst, dass nicht mehr viele sie bauen, aber der Typ von der Küstenwache hat gesagt, dass er sich eine in Juneau bauen lässt. Der Heilbuttfischer ist immer aus der Richtung von Juneau gekommen. Wie sah die Handschrift aus?«

»O mein Gott.« Kyle springt aus dem Bett und zieht sich Hosen an, als wollte er rausgehen. »Hier gibt es einen Typen, der sie baut, ich habe ein paar Leute damit rumpaddeln sehen, als ich früher hier gelebt habe. Deshalb wollte ich auch eine bauen, als ich das Buch gefunden habe. Ich wollte schon immer eine, seit ich zum ersten Mal eine gesehen habe. Warte … die Handschrift war fein und ordentlich.«

»Das ist er. Warum wäre er sonst vorbeigekommen und hätte uns so angestarrt?«

»Aber woher sollte er wissen, dass wir da draußen sind?«

»Komm schon. Es ist Winter in Juneau. Niemand hat etwas anderes zu tun, als zu tratschen. Die haben den Job bestimmt hier genauso wie in Neely ausgeschrieben. Ich bin mir sicher, dass er mitbekommen hat, dass jemand rausgezogen ist. Bestimmt war er neugierig, weil nach ihm niemand mehr dort gewesen ist. Er hat vielleicht nachgefragt, deinen Namen gehört … Moment mal, wieso habt ihr eigentlich nicht den gleichen Nachnamen?«

Kyle läuft im Zimmer auf und ab. »Ich heiße wie meine Mutter. Als ich drei war, haben wir ihren Mädchennamen angenommen. Da hatte sie ihn aufgegeben und einen Strich unter die Sache gezogen.« Kyle setzt sich auf die Bettkante und lässt den Kopf in die Hände sinken. »Das ist doch verrückt. Ich hasse ihn, ich will ihn gar nicht mehr kennenlernen.« Er sieht mich an. »Lass uns abhauen. Lass uns für den Rest vom Winter nach Mexiko gehen. Ich glaube, ich habe genug von Alaska.«

»Wie kannst du das sagen? Vielleicht ist er es ja gar nicht, vielleicht aber schon. Und wenn er es ist, warum ihn dann nicht selbst erklären lassen? Er hat viel Scheiße gebaut, aber vielleicht lohnt es sich, ihm zu verzeihen. Vielleicht hat er sich mittlerweile so sehr selbst bestraft, dass ihr es jetzt beide neu versuchen könnt.« Meine Stimme bricht ab, und ich fange zu weinen an, als ich an William Harris' Liste denke, an die ordentlich eingeritzten Ziffern, an Elizabeth auf dem Eis, an diesen einen Fehler, den ich doch hätte kommen sehen müssen. Kyle nimmt mich in den Arm. So nah an ihm flüstere ich: »Vielleicht kannst du ihm noch eine letzte Chance geben und sehen, was er daraus macht.«

21

Am nächsten Tag stehen wir früh auf. Kyle hat drei Tage frei vor der nächsten Fangfahrt, die er bereits zugesagt hat. Beim Frühstück ist er unruhig, steht auf, holt sich mehr Milch, steht wieder auf und holt sich die Zeitung, liest eine Schlagzeile und legt sie wieder hin, kommt zurück an unseren Tisch und sagt schließlich: »So, was machen wir jetzt? Fragen wir einfach nach ihm?«

Ich greife nach seiner Hand. »Lass uns mit Sarah anfangen. Sie kennt doch hier jeden.«

Unten bei den Docks laufen wir zum Boot von Sarahs Vater. Sie flickt gerade ein Netz, ein großer schwarzer Haufen, der vor ihr auf dem Deck liegt. »Hey«, sagt sie lächelnd, als wir auf sie zukommen. »Was treibt ihr zwei? Und warum gebt ihr Geld für ein Hotel aus, wenn ihr bei uns wohnen könnt? Doug und ich sind gern auf dem Boot. Ich mag es sogar lieber als an Land.«

»Danke für das Angebot«, sage ich.

»Kennst du jemanden namens William Harris?«, fragt Kyle.

Sie schüttelt den Kopf. »Nein. Hat er irgendwann einmal hier gefischt? Wenn ja, kenne ich ihn bestimmt.«

»Ich weiß nicht. Kann sein, dass er hier wohnt. Er baut vielleicht Baidarkas.«

Wieder schüttelt sie den Kopf. »Ted baut Baidarkas. Er

hat vor ein paar Jahren welche für mich und meinen Vater gebaut. Sein Geschäft läuft ganz gut. Es gibt nur noch eine Handvoll Leute im Südwesten, die sie bauen. Er hat einen Laden drüben in der Fourth Street. Wer ist denn William Harris?«

Als Kyle zögert, sage ich: »Er hat in den Siebzigerjahren im Leuchtturm gewohnt.«

»Der Typ, der verschwunden ist?«

»Genau«, erwidere ich und merke, wie Kyle neben mir in sich zusammenfällt.

Wieder auf der Straße sage ich: »Lass uns trotzdem hingehen.«

Kyle sagt nichts, kommt aber mit, als ich in die Fourth Street abbiege. Auf beiden Straßenseiten stehen große Industriegebäude. Wir gehen an einem Laden für Propangasflaschen vorbei und kommen dann zu einem mit einem kleinen Schild, auf dem *Juneau Baidarkas* steht. Das Gebäude sieht wie ein Schuppen aus und ist aus Wellblech. Es hat keine Fenster, aber eine Tür auf der rechten Seite, zu der ein Kiesweg führt.

Kyle und ich stehen auf der nassen Straße vor dem Gebäude, wir gehen beide nicht weiter. Kyle ist zittrig und rot angelaufen. Er macht mich nervös. »Vielleicht sollten wir ein anderes Mal wiederkommen«, schlage ich vor.

Kyles Gesichtszüge verhärten sich, sein Mund ist eine schmale Linie. »Nein. Ich möchte wissen, was das Arschloch zu sagen hat.«

»Vielleicht ist er es gar nicht…«, entgegne ich, aber Kyle ist schon auf dem Weg und macht die Tür auf, ohne anzuklopfen. Ich folge ihm.

Die Decke ist hoch und hat eine Reihe von Oberlichtern. Die Werkstatt ist warm und luftig und erstaunlich hell. Ein Mann arbeitet über einer halb fertigen Baidarka, die auf zwei selbst gebauten Böcken liegt. Als wir eintreten, dreht er sich um.

Er ist dünn und wettergegerbt, hat kurzes, dickes Haar mit ein paar grauen Strähnen. Ich sehe es sofort. Der lange Rücken, die Form der Unterarme, die Augenfarbe, seine Haltung. Er hat sich nicht bewegt oder von Kyle weggesehen. Der eine sieht aus wie der andere, nur mit zwanzig Jahren Altersunterschied.

»Kyle«, sagt er, und auch seine Stimme klingt gleich.

Kyle braucht keine Sekunde durch den Raum. Er holt aus und trifft William mit der Faust mitten ins Gesicht. William geht zu Boden und bleibt dort liegen, ihm läuft Blut aus der Nase und durch die Finger, die er sich ans Gesicht hält. Kyle steht kurz über ihm, bevor er sich wegdreht. Ein Mann, der mir bis dahin nicht aufgefallen ist, kommt aus dem hinteren Teil der Werkstatt zu William gerannt. Kyle stürmt an mir vorbei raus aus der Tür.

Draußen ist es windstill, über allem liegt der Nebel dick und schwer. Kyle geht schnell und ist schon die halbe Straße heruntergelaufen. Ich laufe ihm hinterher, rufe aber nicht nach ihm und versuche auch nicht, ihn einzuholen. Er geht immer geradeaus, ohne aufzusehen. An der Hauptstraße, die parallel zum Kanal verläuft, biegt er Richtung Süden ab. Er läuft so schnell, dass ich ihm hinterherrennen muss. Für eine Weile mache ich das auch, merke dann jedoch, wie sinnlos es ist, in voller Regenmontur und Gummistiefeln jemandem nachzulaufen, der nicht eingeholt werde möchte.

Langsam gehe ich durch den stetigen Regen zurück zum Hotel und frage mich, wie man nach Verzeihung bitten kann, wenn man sie nicht verdient hat.

An diesem Abend schlafe ich allein im Hotel ein. Kyle kommt erst spät zurück. Ich höre, wie er die Tür leise schließt. Er legt sich nicht hin, sondern setzt sich auf die Bettkante. Ich berühre ihn vorsichtig mit dem Fuß, den er in die Hand nimmt. Als ich am Morgen aufwache, sitzt er immer noch da.

»Ich gehe noch mal hin«, murmelt er.

Ich warte, ob er noch mehr sagt. Als nicht mehr kommt, frage ich ihn, ob ich mitkommen soll.

»Ja.«

Wortlos kehren wir zurück zur Fourth Street. Ich greife nach Kyles Hand, und er hält sie fest. Er hält kurz inne, bevor er die Tür aufmacht. William steht über dasselbe Kajak wie gestern gebeugt. Er dreht sich zu Kyle um. Er hat ein Pflaster auf der Nase, und seine Augen sind blutunterlaufen. Der Mann, der gestern ebenfalls da war, kämpft an der Werkbank mit einem langen Nylonfaden. Er hat eine Schere und ein Maßband vor sich. Er ist etwa so alt wie William, aber seine Gesichtszüge und seine plumpen Bewegungen verraten, dass er irgendein Problem hat. William zeigt in seine Richtung. »Das ist Graham.«

Kyle sieht den Mann an, der ihn breit angrinst, bis er Kyle erkennt. »Hau ab«, sagt er zu Kyle, der ihn immer noch anstarrt.

»Alles in Ordnung«, versichert William ihm.

»Ich will, dass er geht«, wiederholt Graham noch aufgebrachter.

»Es ist alles in Ordnung«, sagt William noch einmal. »Das ist Kyle. Mein Sohn«, fügt er vorsichtig hinzu. »Aber er ist jetzt erwachsen. Kannst du dir das vorstellen?«

»Das ist Kyle?«, fragt Graham und sieht verwundert aus. »Er hat in siebenunddreißig Tagen Geburtstag. Du hast gesagt, dass wir ihn nie wiedersehen werden.«

»Ja«, sagt William. »Du hast recht. Das dachte ich auch.«

Als er sich zu uns umdreht, erklärt er: »Graham und ich waren gemeinsam in Vietnam. Er hat eine Kugel in den Kopf gekriegt.«

Kyle sieht erneut zu Graham. »Ich dachte …«, beginnt er und ändert dann seine Strategie. »Es tut mir leid wegen gestern.«

William schüttelt den Kopf. »Ich habe noch ganz anderes verdient.«

Die beiden Männer stehen sich gegenüber. »Ich muss wissen, warum du nie zurückgekommen bist«, sagt Kyle schließlich. »Dann lass ich dich in Ruhe.«

William macht einen Schritt auf ihn zu. »Ich hatte Angst. Vor mir selbst und vor dir und was ich alles falsch machen könnte. Und so habe ich das Allerschlimmste getan. Früher habe ich gedacht, ich mache es, um dich vor den vielen Enttäuschungen, die du sonst erlebt hättest, zu schützen, aber mittlerweile weiß ich, es lag nur an meiner Feigheit.«

Kyle denkt darüber nach. »Warum hast du mein Gewehr geklaut?«

»Ich habe dir mein Gewehr weggenommen, ja. Du hättest sonst jemanden damit verletzt.«

Kyle sieht ihn irritiert an. »Ein bisschen spät für Erziehungsmaßnahmen.«

»Ich weiß, was der Leuchtturm mit einem anstellen kann. Ich wollte, dass du gehst, bevor es dich in etwas reinzieht, aus dem du nicht mehr rauskommst. Wusstest du, wer ich war, oder hast du einfach nur auf jemanden geschossen, der dir zu nah an der Insel gefischt hat?«

»Man fängt keinen Heilbutt in so tiefen Gewässern.«

William lächelt zaghaft. »Ich dachte, du bist frisch aus dem Süden gekommen und weißt das vielleicht nicht.«

»Ich fische hier, seitdem ich zweiundzwanzig bin.«

»Das ist seit sechs Jahren«, wirft Graham ein.

»So lange bist du schon hier?«, fragt William.

»Ja. Woher wusstest du überhaupt, dass ich da draußen bin?«, erkundigt sich Kyle.

»Im Frühling hat die Küstenwache in Juneau Zettel ausgehängt, dass sie jemanden suchen, der in den Leuchtturm zieht. Ich habe gehört, wie einer deinen Namen gesagt hat, als irgendjemand gefragt hat, wer verrückt genug sei, um da rauszuziehen. Ich konnte es nicht glauben. Ich musste wissen, ob es wirklich du bist oder ob es nur ein seltsamer Zufall war. Dann wusste ich, dass du es bist, obwohl ich dich vorher noch nie und da nur von Weitem gesehen habe. Ich wollte jedes Mal mit dir reden, habe es aber nicht geschafft.«

Kyle sieht weg.

Williams Blick verfinstert sich. »Ich weiß, es hat keine Bedeutung mehr, aber es tut mir leid.«

Kyle nickt und diesmal, nachdem er offensichtlich genug gehört hat, verlässt er langsam die Werkstatt.

Er schläft den restlichen Vormittag bis weit in den Nachmittag. Als er aufwacht, isst er das Sandwich, das ich ihm schon vor Stunden gekauft habe. »Weißt du, was die

Nummer neunundzwanzig bedeutet? Hat Charles was gesagt?«

»Das ist die Zahl der Menschen, die er umgebracht hat.«

Kyle atmet tief durch. Er isst weiter, wir sitzen beide im Schneidersitz auf dem Bett. Als er fertig ist, gehen wir spazieren und stehen plötzlich wieder in der Fourth Street. »Wie eine Motte zum Licht.« Kyle sieht mich von der Seite an.

Am Stand des Tageslichts erkenne ich, dass der Arbeitstag bald vorbei sein wird. Und zum dritten Mal in vierundzwanzig Stunden öffnet Kyle die Tür.

William sieht auf. Er ist alleine. William wartet darauf, dass Kyle etwas sagt, und als nichts kommt, sagt er: »Ich könnte Hilfe mit den Spanten hier gebrauchen.« Er zeigt auf die Einzelteile des Kajaks, die vor ihm auf den Böcken liegen. Ich sehe Kyle zögern, bevor er zu ihm geht, den Hobel von William nimmt und fragt: »Wie breit sollen sie sein?«

William zeigt es ihm, und Kyle beginnt an einem Ende des Holzes, positioniert sich und fährt den Hobel gleichmäßig über die Länge der Spante, so wie ich es ihn draußen beim Leuchtturm schon einige Male an seinem eigenen Kajak habe machen sehen. Leise setze ich mich auf den Stuhl, auf dem vorher noch Graham saß, um, was auch immer zwischen den beiden vorgeht, nicht zu stören.

William holt sich einen weiteren Hobel, stellt noch zwei Böcke auf und fängt an, an einer anderen Spante zu arbeiten. Für eine Weile arbeiten die beiden wortlos Seite an Seite, bis Kyle fragt, wo Graham ist.

Ohne aufzusehen, sagt William: »Hannah, seine Frau,

hat ihn abgeholt. Er arbeitet nur vormittags bei mir, das war schon immer so.«

Sie arbeiten weiter, beide fallen in den langsamen, ausholenden Rhythmus, den das Hobeln verlangt. Nach einiger Zeit fragt Kyle: »Was war mit dem Vogel?«

William hält inne, sieht auf. »Du weißt doch, wie es ist, wenn der Wind aufzieht und einem die Haut juckt, weil man nirgendwo hinkann?«

»Ja«, bestätigt Kyle.

»Der erste Winter da draußen war wirklich hart. Ich habe das ganze Pfeifen und Rattern nicht ertragen. Das war alles, was ich hören konnte. Ich wollte nicht einer von den Verrückten werden, die mit sich selbst reden, deshalb habe ich einfach wochenlang gar nicht gesprochen, bis eines Tages dieser Vogel auf der Insel gelandet ist. Ich glaube, er ist eher dort hingeweht worden, er konnte nicht mehr fliegen. Ich habe ihn mit Hotdogs gefüttert. Er hat mich abgelenkt, und ich konnte mit ihm reden. Ich habe ihm ein Nest in einer Ecke oben im Schlafzimmer gebaut, und wenn es Zeit war, schlafen zu gehen, ist er die Stufen mit mir hochgehüpft. Sein kaputter Flügel ist nie wieder ganz geheilt. War wohl entzündet oder so. Er ist mir für fast ein Jahr überallhin nachgelaufen, bis er gestorben ist. Ich habe noch nie so sehr geweint. Hört sich jetzt ganz schön verrückt an.«

»O nein. Das kann ich verstehen.« Kyle zeigt zum ersten Mal so etwas wie ein Lächeln, bevor er weiterhobelt.

Sie arbeiten über eine weitere Stunde, ohne ein Wort zu verlieren. Als es Nacht wird und Kyle mit der Spante, an der er gearbeitet hat, fertig ist, sagt er: »Also bis dann.«

William sieht uns nach, bewegt sich aber nicht. »Bis dann«, ruft er uns nach.

Der Nebel hat Juneau fest eingeschlossen und lichtet sich auch den ganzen nächsten Tag nicht.

»Da waren noch ganz schön viele Spanten übrig«, meint Kyle beim Kaffee. »Ich habe mir gedacht, ich gehe heute wieder hin und helfe noch ein bisschen.«

»Okay, dann sehen wir uns später.«

Ich verbringe den ganzen Tag im Wald, gehe stundenlang spazieren und konzentriere mich mit dem dichten Blätterdach über mir auf den Rhythmus meiner Schritte. Das rauschende Schwindelgefühl ist weg. Ich bin jetzt ruhiger denn je.

Am späten Nachmittag gehe ich durch die Stadt zu Williams Werkstatt. Als ich eintrete, sehen beide auf. William verbindet gerade zwei Spanten mit Faden in engen Kreuzen. Kyle sitzt mit zwei großen Nylontüchern auf dem Schoß auf dem Boden und näht sie zusammen.

»Ich dachte, ich komme vorbei und stelle mich richtig vor«, erkläre ich.

William kommt zu mir und hält mir die Hand entgegen.

»Anna Richards.«

Seine Hand fühlt sich rau an. »William Harris, aber so nennt mich seit Jahren niemand mehr. Ich heiße jetzt Ted. Ich habe hier neu angefangen, als ich nach dem Leuchtturm nach Juneau gegangen bin.« Er sieht von mir zu Kyle. »Außer euch beiden weiß hier keiner, wer ich bin. Wenn ich es mir recht überlege, weiß niemand so viel über mich wie ihr. Und ihr habt mir nie gesagt, wie ihr mich überhaupt gefunden habt.«

»Du hast Spuren hinterlassen«, erwidere ich. »Wir sind ihnen nur gefolgt.«

»Kann sein.«

»Die Postkarte«, sagt Kyle, »war der erste Hinweis.« Seine Augen sind unzugänglich und hart.

William fällt in sich zusammen.

»Ich habe sie aufgehoben«, spricht Kyle weiter.

»Ich konnte dir nicht gegenübertreten«, entgegnet William auf einmal ohne jede Kraft.

»Ich war fünf«, sagt Kyle noch ohne Wut, aber die Wahrheit ist hart wie eine Backsteinmauer. »Du hast geschrieben, dass du zurückkommst«, fügt er hinzu.

William lässt eine Hand über die glatte Oberfläche des Kajaks gleiten. »Das habe ich geschrieben.«

»Ich habe auf dich gewartet.«

William dreht sich zu Kyle um. »Wie lange willst du so weitermachen?« Ich sehe, wie er mit der Hand fester um das neue Kajak greift.

»Was denn? Sauer sein? Wahrscheinlich für immer.« Kyle hat sich nicht bewegt, nicht einmal geblinzelt.

»Dann komm nicht wieder her.« Williams Worte sind genauso hart wie Kyles. »Das verkrafte ich schon.«

»Man kann nicht einfach seine Familie im Stich lassen und dann Absolution erwarten.«

»Ich will keine Absolution, Kyle. Ich habe deine ganze Kindheit damit verbracht, alles dafür zu tun, jemand zu werden, zu dem du aufschauen kannst. Und dann? Dann ist mir die Zeit davongelaufen. Hast du dir schon mal überlegt, dass dein Leben vielleicht besser war, weil ich nicht zurückgekommen bin?«

»Ich hätte immer zu dir aufgeschaut.«

»Das ist ja das verdammte Problem.«

Beide starren sich an. Williams Gesicht ist rot, und Kyle

hält den Atem an. Ich habe Angst, mich zu bewegen, die noch verbleibende Verbindung zu zerstören.

»Hör zu.« William steht nur wenige Zentimeter von Kyle entfernt. »Ich habe zwei Kriege überlebt, einen für dieses Land und einen gegen mich selbst, und ich würde alles wieder genauso machen, nur um an dem Tag anzukommen, an dem du durch diese Tür getreten bist und mir eine reingehauen hast. Ich werde alles hinnehmen, was du mir gibst, es kann nur sein, dass ich genau daran kaputtgehe. Ich habe dich immer geliebt, auch wenn ich nichts von dir wusste.«

Sie starren sich weiterhin an, bis Kyle wegsieht. Er hebt das Nylontuch auf, das über das Kajak gespannt werden soll, das jedes Stück Holz berühren wird, alles unter Spannung verbinden und zusammen mit dem Holz das Meer bewältigen soll. »Sind die Stiche zu weit auseinander?«, fragt er William nur eine Spur weniger wütend als zuvor.

William überprüft sie. »Sie müssen ein bisschen enger sein.«

Kyle nickt und setzt sich wieder an die Arbeit. William sieht ihm bei den nächsten Stichen zu und bindet dann erneut die Spanten fest. Beide bewegen sich so langsam, als ob sie unter Wasser wären.

Es fällt mir schwer, alles, was ich über William Harris weiß, mit diesem dünnen Mann, der zärtlich eine Biegung in ein zwei Meter langes Stück Holz hobelt, in Verbindung zu bringen. Er scheint konzentriert zu arbeiten, bis ich merke, wie oft er zu Kyle blickt. *So nicht*, sagt er, *besser so; ich mache das anders; einfacher geht es so, ich zeige es dir*. Und Kyle lässt es sich zeigen.

Ich schleiche mich hinaus in den Nebel und den Regen, um das Rathaus zu suchen. Auf der Straße frage ich eine Frau, und sie deutet den Berg hinauf, weg vom Hafen. Ich steige den Berg hoch und gehe in Richtung der Fahnenmaste. Ein Schild steht vor der Tür, der Rasen davor ist fein säuberlich gemäht. Durch schwere Doppeltüren betrete ich das vermutlich älteste Gebäude der Stadt und stehe in einem langen Flur mit einer Kuppel. Sanftes Licht fällt durch die vielen Fenster. Hinter geschlossenen Türen klingeln Telefone und am Ende des Flurs unterhalten sich leise zwei Leute.

Auf den beiden nächstgelegenen Türen steht *Kraftfahrzeugstelle*. Und zwischen den Türen im Flur hängen gerahmte Bilder. Das erste zeigt russische Pelzhändler, sie waren unter den ersten weißen Siedlern hier oben. Das zweite zeigt ein Potlatch der Tlinget, ein traditionelles Fest der Ureinwohner.

Eine Frau geht an mir vorbei, und ihre Schritte hallen laut auf dem Parkettboden wider. Langsam gehe ich von einem Bild, das das Leben in Alaska heute und damals zeigt, zum anderen. Auf der Hälfte finde ich es. Die vier Gipfel in der linken Ecke, der Blick vom Schreibtisch aus im Raum mit dem Leuchtfeuer; Williams Signatur. Sonst weist nichts darauf hin, dass er es gemalt hat.

Die Zeichnung zeigt die Seitenansicht eines Braunbären, der den Fluss überquert. Der Bär wirkt so echt, dass man meint, er würde atmen. Er füllt das Bild, um ihn herum das Wasser, und man könnte meinen, die Blätter der dichten Büsche am Ufer wehen im Wind. Der Bär hat den Beobachter gesehen und hält, eine Tatze über dem schnell dahinströmenden Wasser, mitten im Schritt inne. Die

Büsche haben sich gerade wieder an der Stelle geschlossen, an der er aus dem Wald gekommen ist.

Der Bär sieht den Betrachter, der ihn entdeckt hat, direkt an. Er zeigt keine Wut oder Angst, nur einen klaren, anhaltenden Blick des Erkennens. Nämlich dass die Dinge sich einfach geändert haben. Es nun ist, wie es ist. Bereit für das, was kommt.

22

Am nächsten Morgen hat sich der Nebel bis zu den Bergen gelichtet, und es fällt leichter Regen. Kyle geht als Erstes zu den Docks, um dem Kapitän der *Susan Marie* für die nächste Fangfahrt abzusagen.

Dann geht er wieder zu William in die Werkstatt, und ich gehe bergauf, bis ich am Anfang des Wanderwegs auf den Mendenhall-Gletscher, rauf aufs Eisfeld von Juneau, stehe. Der Wanderweg fängt wie jeder andere an, unter einem Blätterdach, unter dem ich mich sicher und geschützt fühle. Ich gehe weiter und versuche, nicht darüber nachzudenken. Je kälter die Luft wird, desto enger schnürt sich mein Magen.

Der Weg endet am Eis. Die Enge der Albträume holt mich ein, während ich langsam über die breite Kante aus losem Geröll steige, bis ich zum ersten Mal seit dem Tag, an dem Elizabeth gestorben ist, wieder auf Eis stehe.

Ohne Klettereisen bin ich gezwungen, vorsichtige Schritte zu machen. Ich habe Herzrasen, als ich den gefrorenen Fluss betrachte. Die Spitze des Eises hat fast die gleiche Farbe wie der Himmel, ein mattes Grau. Ich denke daran, wie William Harris Kyle ansieht, wie er es irgendwie schafft, mit all den Entscheidungen, den guten wie den schlechten, zu leben. Ich denke an seine Liste, die Sachen, die er im Leuchtturm zurückgelassen hat.

Die kalte Luft vom Gletscher schwappt wie in Wellen über mich. Fast kann ich Klettereisen hören. Ich schließe die Augen, die Temperatur des Eises zieht mir durch meine Gummistiefel in die Knochen. Ich denke an Elizabeth, wie dieser Tag auf dem Eis zu meinem Innersten geworden ist. In meiner Vorstellung kann ich sie neben mir gehen sehen. Ich kann ihren sicheren, selbstbewussten Gang vor mir sehen. Ich halte an, zwinge sie in meinem Kopf weiterzugehen und lasse die Entfernung zwischen uns größer werden.

Später am Nachmittag gehe ich in das Café, in dem Sarah im Winter zusätzlich arbeitet. Ich starre die Wand an, trinke kleine Schlucke meines Tees. Als gerade nichts los ist, gesellt sich Sarah zu mir. Ihre Haare sind lose zusammengebunden, und sie ist hier genauso ungezwungen wie zu Hause oder auf dem Boot. An ihr wirkt einfach überhaupt nichts unnatürlich.

»Bevor ich in die Arbeit gegangen bin, habe ich Lasagne vorbereitet. Doug schiebt sie gegen fünf in den Ofen. Wollt ihr zum Abendessen kommen?«

»Gerne.«

»Alles in Ordnung?« Sie setzt sich mir gegenüber auf einen Stuhl.

Ich schaue in ihr freundliches Gesicht. Mein Vorsatz, private Dinge zurückzuhalten, scheint endgültig gebrochen. »Sieht aus, als hätten Kyle und ich unterschiedliche Pläne für die Zukunft.«

Sie atmet laut durch. »Wir stecken gerade in der gleichen Situation. Heißt das, du willst im Leuchtturm bleiben und er nicht?«

»Ja, genau.«

»Wie lange läuft der Mietvertrag noch?«

»Noch drei Monate. Ich weiß nicht, ob ich mutig genug bin, um so lange allein da draußen zu sein. Wieso steckt ihr denn in der Situation?«

Es ist ihr sichtlich unangenehm. »Seitdem wir zusammen sind, sparen Doug und ich auf ein eigenes Boot. Wir haben uns immer gewünscht, gemeinsam zu fischen. Ich glaube, seit Andrews Tod will er das nicht mehr, aber es ist immer noch genau das, was ich machen möchte.«

»Was will Doug denn sonst tun?«

Sie zuckt mit den Achseln. »In der Stadt arbeiten. Wahrscheinlich in der Werft.«

»Du kannst ja Deckarbeiter einstellen. Aus dir wird bestimmt ein guter Kapitän, auch ohne Doug. Und er freut sich bestimmt immer, wenn du zurück in die Stadt kommst.«

Sie lächelt. »Und ich bin mir sicher, Kyle freut sich genauso, wenn du zurück in die Stadt kommst.«

Im Laufe der nächsten paar Tage sinken die Temperaturen. Die blattlosen Äste der Blaubeerbüsche auf den Wanderwegen sind in zartes Eis gehüllt, und das Moos unter den Füßen knirscht hart.

Kyle und ich trinken jeden Morgen zusammen Kaffee, dann geht er in die Werkstatt. Irgendwie ist klar, dass er das Kajak zusammen mit William fertig bauen wird. Wir reden nicht darüber, was danach kommt. Wir bewegen uns immer noch auf unebenem Gelände, haben Angst, zu stolpern. Nachts schlafen wir so eng aneinandergeschmiegt wie möglich.

An einem Morgen gehe ich zum Wasser. Ich setze mich auf eine Bank und schaue zu, wie der Wind den Regen den Kanal heruntertreibt. Langsam verwandelt er sich in Schnee und sammelt sich in den Falten meiner Regenjacke. Darunter habe ich mehrere Schichten Wolle an. Die niedrigen Wolken packen das Tal ein, und der Kanal wird langsam weiß.

»Anna?«

Ich drehe mich um und sehe Doug. »Hey.«

»Was machst du da?«, fragt er mich.

»Ich beobachte das Unwetter.«

»Während du mittendrin sitzt?« Er lässt sich neben mir nieder.

»Wie läuft die Arbeit?«, erkundige ich mich. Über den Winter arbeitet er zusätzlich in der Werft, verstärkt Boote mit Glasfaser.

»Ganz gut, ich mache nur kurz eine Pause. Ich wollte mir einen Kaffee holen.« Er macht es sich auf der Bank gemütlich und starrt auf den Kanal. »Der Schnee ist eine nette Abwechslung, oder?«

»Finde ich auch.«

Für eine Weile reden wir kein Wort. »Weißt du«, sagt er dann plötzlich, »gestern habe ich Sarah erzählt, dass das Einzige, woran ich mich noch genau erinnern kann, deine Stimme ist. Ich wusste nicht, wo ich bin oder was passiert ist, aber ich habe die ganze Zeit irgendwo im Hintergrund deine Stimme gehört, und das hat mir das Gefühl gegeben, dass alles in Ordnung werden wird.«

Ich erwidere nichts.

»Ich kann es immer noch nicht glauben, dass du mich da rausgezogen hast«, fügt er hinzu.

»Ich konnte nicht anders.«

Er sieht mich an. »Aber warum?«

Und dann passiert es wieder. Die Vergangenheit kommt hoch. Die ganze Anstrengung, sie zu verstecken, ist vorbei. Ich erzähle ihm alles vom betonharten Eis an dem Morgen, in jeder Nacht. Es gibt keine Schlösser mehr, nur noch rauschendes Wasser.

Als ich fertig bin, sehe ich ihn an. Kein Funke von einem Vorwurf regt sich in ihm, nur Entgegenkommen. Ich bin an einem Ort, an dem ich all diese Dinge erzählen kann, ohne einzubrechen.

»Ich habe immer geglaubt, es ist meine Schuld«, sage ich noch.

»Hört sich an, als hätte sie ihren eigenen Kopf gehabt. Du hättest sie wahrscheinlich gar nicht davon abhalten können.«

»Aber ich habe sie ermutigt.«

Er sieht mich an. »Sollen wir nicht genau das machen für die Leute, die uns am Herzen liegen?«

Am nächsten Tag gehe ich mit Kyle in die Werkstatt. William und Graham arbeiten bereits. Sie haben das Tuch über das Kajak gespannt. Am Bug und am Heck ist es schon vernäht, vorne hängt es noch herunter. Als wir hereinkommen, blickt William auf. »Deine Stiche sehen gut aus.«

Kyles Gesichtsausdruck ändert sich nicht, aber ich spüre, dass er sich freut.

»Wie geht es dir, Anna?«, fragt William.

»Gut, danke. Hallo, Graham«, füge ich hinzu.

»Hi.« Er wendet sich an Kyle. »Noch neunundzwanzig Tage bis zu deinem Geburtstag.«

»Ganz genau.« Kyle lässt eine Hand über die glatte Oberfläche des Kajaks gleiten.

William erklärt: »Als Nächstes musst du die Mitte vernähen. Fang da an, wo das Cockpit sein soll, und zieh den Faden nach jedem Stich Richtung Bug fest, damit es keine Falten wirft.« Er macht es ihm vor, und Kyle sieht zu. Williams Hände sind bei jeder Bewegung schnell und sicher. Er fährt mit der gebogenen Nadel durch zwei Lagen Nylon und spannt es so fest ums Boot.

»Wie fest soll ich es spannen?«, erkundigt sich Kyle.

William schüttelt den Kopf. »Gefühlssache. Das findest du schon heraus. Zieh es einfach schön an. So wie bei dem ersten Stich.«

Kyle holt sich einen Hocker an das Kajak und fängt an, Williams Stich wieder und wieder nachzuahmen.

Ich setze mich auf einen Stuhl an der Werkbank, wo ich nicht im Weg bin.

William sieht mich an. »Ich könnte Hilfe mit dem Cockpit gebrauchen.«

Er zieht ein Stück Holz aus einer langen, dünnen Wanne, in der es in heißem Wasser gelegen hat. Dann zeigt er mir, wie ich es beuge, in die richtige Form bringe und was ich tun muss, damit es so bleibt. Später erklärt er mir, wo ich die Löcher reinbohren muss, damit Kyle es am Ende einnähen kann. Wir arbeiten im diffusen Tageslicht, das durch die Oberlichter dringt. Graham kümmert sich darum, dass immer genug Holzreste im Ofen sind, um den Raum schön warm zu halten.

Kyle ist in seine Arbeit vertieft, er näht einen Stich nach dem anderen. Die Haut spannt sich immer fester um das Gerüst, und die glatten Kanten des Bootes werden darunter sichtbar. Als William zu ihm geht, um zu überprüfen, wie er vorankommt, sagt Kyle: »Es wäre kompliziert geworden, das hier aus dem Buch zu lernen.«

William nickt. »Hast du dir alles mit dem Buch aus dem Leuchtturm beigebracht?«

»Ja. Ein gutes Projekt für den Winter.«

»Die meisten Kajaks, die nach einer Anleitung aus einem Buch gebaut werden, schwimmen nachher nicht. Du hättest das Erste sehen müssen, das ich gebaut habe. Deins sah ziemlich gut aus. Als ich es im Schuppen gesehen habe, konnte ich es erst nicht glauben.«

Während ich die Stelle abmesse und markiere, an der ich das nächste Loch ins Cockpit bohre, fallen mir die Holzsplitter, die zerbrochenen Spanten, die Reste von Kyles Kajak ein, die in Einzelteilen auf dem Boden im Schuppen verteilt liegen.

Später am Nachmittag sitzen William und ich auf Klappstühlen vor dem Ofen. Er sieht sich meine Arbeit an, sucht nach Unregelmäßigkeiten im Holz, an denen es später brechen könnte, und was bedeuten würde, das wir von vorne anfangen müssten. »Hat es dir geholfen?«, frage ich ihn. »Draußen im Leuchtturm zu wohnen?«

Er legt das ovale Holz in den Schoß. »Danach war ich jedenfalls ein anderer Mensch.« Er nimmt das Holz wieder in die Hand, hält inne und legt es abermals ab. »Habt ihr die Liste mit … den Namen gefunden?«

»Ja«, sage ich und sehe, wie sehr ihn das mitnimmt.

»Hat Kyle sie gesehen?«, fragt er dann langsam.

»Er weiß, dass es die Anzahl der Menschen ist, die du getötet hast.«

William nickt langsam und nimmt das Holz erneut in die Hand. Als er sich bewegt, sehe ich, dass seine Hände leicht zittern.

Kyle näht den ganzen Tag weiter, und da Graham schon gegangen ist, hacke ich Holz und halte den Ofen in Gang. William gibt mir kleine Aufgaben, aber hauptsächlich beobachte ich die beiden bei der Arbeit. Als Kyle eine Pause macht, sehe ich mir zusammen mit William das Ergebnis an. Alle Stiche sind gleich lang, keiner größer oder kleiner als der erste, den William gemacht hat.

»Was kommt nach dem Vernähen?«, will ich wissen.

»Nicht mehr viel«, antwortet William. »Ich schneide die überschüssige Haut ab, dann näht Kyle noch einmal drüber, um sie festzumachen. Anschließend setzen wir das Cockpit ein, nähen es fest, und dann ist sie fertig.«

Kyle blickt kurz auf, dann sehen beide wieder weg. Kyle arbeitet jetzt deutlich langsamer, und William fängt nicht damit an, die überschüssige Haut abzuschneiden. Wir stehen nur herum, schauen Kyle beim Nähen zu.

»Vielleicht könntet ihr zwei als Nächstes ein Kajak für Kyle bauen«, sage ich, ohne einen der beiden anzuschauen.

Kyle unterbricht sein Nähen.

»Ich muss dir was sagen …«

Kyles Gesichtsausdruck reagiert auf meinen Tonfall.

»Ich habe es kaputt gemacht.«

Kyle starrt mich an.

»Mit einem Hammer.«

Er kann es nicht fassen.

»Ich war wütend«, erkläre ich.

»Mit einem Hammer?«, wiederholt er.

»Als das Patrouillenboot vorbeigekommen ist und nur

zweimal gehupt hat und du nicht drauf warst … Ich war so wütend, da hab ich … ich weiß auch nicht.«

»Wie viel davon hast du mit dem Hammer kaputt gemacht?«

»Na ja, fast alles.« Ich fühle mich furchtbar.

»Eins ist sicher«, sagt William mit einem leichten Grinsen zu Kyle. »Solange du mit ihr zusammen bist, wird das Leben nicht langweilig.«

Kyle schüttelt den Kopf und starrt William an, dabei muss auch er langsam grinsen.

William reibt sich die Schwielen der einen Hand an denen der anderen und grinst nach wie vor. »Wir können nach dem hier eins für dich bauen. Wenn du magst.« Und dann fügt er weniger selbstbewusst hinzu: »Das würde mich freuen.«

In dieser Nacht sage ich Kyle, dass ich alleine zurück zum Leuchtturm will. Wir liegen nebeneinander im weichen Bett in unserem Hotelzimmer. Draußen vor der Zimmertür sind laute Stimmen, aber drinnen ist es schön warm und gemütlich. Er streichelt mir den Arm. »Ich komme mit«, sagt er.

»Dir geht es doch da draußen nicht gut. Außerdem muss ich das alleine machen.«

»Und was machen wir dann?«, fragt er.

»Dann will ich wieder hierherkommen, zu dir. Vielleicht fahren wir nach Mexiko oder bleiben eine Weile in Juneau. Was meinst du?«

»Ich denke, ich brauche mehr Zeit.« Er dreht sich um und zieht mich näher an sich. »Möchtest du wirklich allein da draußen bleiben?«

Kyle liegt hinter mir, hat den Arm um mich gelegt, unsere Hände sind ineinander verschränkt, und ich starre auf die Raufasertapete neben dem Bett.

»Ich muss zu Ende bringen, was ich angefangen habe«, sage ich leise.

»Okay«, flüstert er mir ins Ohr. »Dann treffen wir uns an dem Tag, an dem der Mietvertrag ausläuft, wieder hier.«

»Es tut mir leid, dass ich dein Kajak kaputt gemacht habe.«

»Ist schon in Ordnung. Wahrscheinlich wäre es nicht geschwommen.«

Aus der Hotelküche dringen laute Stimmen und Gelächter.

»Vielleicht gehe ich für drei Monate nach Mexiko«, flüstert Kyle.

»Du wirst mich doch nicht im Leuchtturm frieren lassen, während du am Strand liegst?«

»Vielleicht schon.« Ich kann das Lächeln in Kyles Stimme hören.

Ich drehe mich um, damit ich sein Gesicht sehen kann. »Willst du nicht hierbleiben? Ein bisschen mehr Zeit mit William verbringen?«

Er blickt gequält drein. »Ich weiß nicht. Es wäre so viel leichter, einfach morgen auf die Fähre zu steigen und das hier alles sein zu lassen. Die eine Hälfte der Zeit hasse ich ihn, und die andere Hälfte kann ich es einfach nicht glauben, dass wir im selben Raum sind. Was du gesagt hast, es lässt mich nicht los, dass er vielleicht kein ganz und gar schlechter Mensch ist. Anders wäre es allerdings einfacher.«

Am Tag, an dem Kyle und William damit anfangen, das Holz, aus dem Kyles Baidarka werden soll, in lange, dünne Streifen zu sägen, gehe ich ins Büro der Küstenwache.

Ich warte im Eingang auf Lieutenant Lawrence. Als er zu mir kommt, schüttelt er mir die Hand. »Schön, Sie wiederzusehen, Anna. Kommen Sie mit.«

Wir setzen uns in sein Büro und unterhalten uns kurz über den Schnee und über die Kinder, die jetzt, da der Tümpel am Stadtrand zugefroren ist, dort Schlittschuh laufen.

Irgendwann sage ich: »Ich habe mich entschlossen, zurück zum Leuchtturm zu gehen. Kyle bleibt hier in der Stadt.«

Der Lieutenant sieht mich an. Blinzelt. Sagt nichts. Ich sehe, dass er mich mit dem Kanal misst, mit dem, was das Wetter in den nächsten drei Monaten zu bieten haben wird.

»Sind Sie sich sicher?«, fragt er endlich. »Sie haben es hier mit der Regierung zu tun. Alles, was Sie tun müssen, um aus der einen Unterschrift herauszukommen, ist woanders unterschreiben.«

»Ja, ich bin mir sicher.«

Er nickt. »Okay«, sagt er langsam. »Wenn das so ist, ordne ich das Patrouillenboot an, auf ihren Fahrten am Leuchtturm vorbeizuschauen und zu sehen, ob bei Ihnen alles in Ordnung ist. Sie können auch jederzeit mit ihnen zurück nach Juneau fahren. Und falls Sie Ihre Meinung ändern, zögern Sie nicht ...«

»Ich schaffe das schon. Ich freue mich dann darauf, im März, wenn der Mietvertrag ausläuft, wieder in die Stadt zurückzukehren.«

»Die nächste Patrouillenfahrt ist in zwei Wochen, falls Sie mit ihnen rausfahren wollen.«

»Doug und Sarah haben angeboten, mich zum Leuchtturm zu fahren, sobald das Wetter besser ist.«

»Na gut.« Er dreht sich um, öffnet eine Schublade hinter sich und stöbert darin herum. »Dann nehmen Sie das hier mit.« Er gibt mir ein Satellitentelefon.

»Ich brauche kein …«

»Ich weiß, Sie brauchen es nicht, aber Sie sind allein da draußen, und ich will, dass Sie mich erreichen können, falls etwas ist. Keiner hat Lust, seine Sorgen über Kanal mit der ganzen Flotte zu teilen. Falls Sie irgendetwas brauchen, rufen Sie mich direkt an.«

23

Es dauert fast eine Woche, bis das Wetter gut genug ist, um mich zum Leuchtturm zu bringen. Kyle begleitet uns an den Hafen, hält mich dabei fest im Arm. Doug und Sarah verstauen die ganzen Kisten mit meinen Vorräten auf dem Boot, versuchen, das Gewicht für die Fahrt auszugleichen. Ich atme den Geruch von Kyles zarter Haut ein. »Ich sollte mit dir kommen«, sagt er noch einmal.

»Du musst dir über deine Beziehung mit deinem Vater klar werden.«

Er nickt geistesabwesend.

»Und ich muss meine Beziehung zu mir selbst austüfteln«, füge ich hinzu.

»Fahr aber nicht mit dem Boot raus, okay?« Beunruhigt sieht er mich an. »Das Öl für das Licht steht in der Ecke im Schuppen, wo das Gerüst stand. Wenn du alle zehn Tage ölst, sollte es noch für drei Monate reichen.«

»Okay.«

Sarah und Doug haben inzwischen alle Kisten untergebracht. Kyle zieht mich noch einmal nah an sich heran und flüstert mir ins Ohr: »Danke für dein Verständnis, dafür, dass ich hierbleiben muss.«

Ich nicke, atme seinen Geruch noch einmal tief ein und steige dann über die Reling, um nicht vor allen weinen zu müssen.

Auf dem Boot liegt eine feine Eisschicht, und als wir den Hafen verlassen, ist der Himmel blassblau. Kyle steht mit den Händen in den Hosentaschen am Steg und sieht uns dabei zu, wie wir um die Boote herum auf den Kanal rausfahren. Als er außer Sicht ist, kämpfe ich gegen die Tränen, ziehe mir die Kapuze tiefer ins Gesicht und wackle in meinen Gummistiefeln mit den Zehen, um sie warm zu halten. Als auch der Hafen nicht mehr in Sicht ist, gehe ich zu den beiden in die Steuerkabine.

»Alles klar?«, fragt Sarah.

Ich nicke, traue meiner Stimme nicht. In meiner Vorstellung sehe ich Kyle immer noch am Hafen stehen und uns nachschauen. Ich will Doug sagen, dass er umdrehen soll, aber ich will genauso weiter nach Norden in Richtung Leuchtturm fahren. Es ist nicht so, dass ich nicht mit Kyle zusammen sein möchte, aber ich muss erst mit mir selbst klarkommen, bevor ich mit Kyle zusammen sein kann. Doug hat die Hand lose am Steuer, und Sarah sitzt auf dem Stuhl neben ihm. Ich lasse mich auf die Bank hinter ihnen fallen.

Als das Boot die volle Geschwindigkeit erreicht, wird das Auf und Ab zu einem sanften Wiegen über den Wellen. Der Lärm der beiden Außenbordmotoren durchdringt die Steuerkabine, und dadurch muss keiner etwas sagen. Stattdessen beobachten wir, wie die steile Küste des Kanals an uns vorbeizieht. Ein paar Adler haben am Ufer irgendetwas zu fressen gefunden, und wir kommen an einer Gruppe Killerwale vorbei, für die Doug etwas die Geschwindigkeit drosselt. Schließlich taucht der Leuchtturm am Horizont auf. Als er vor uns immer näher aus dem Wasser ragt, regt sich auch etwas in mir.

»Dein Boot schwimmt ja noch. Das ist gut«, stellt Doug fest, als wir um die Insel fahren.

Am Strand angekommen, springe ich über die Reling. Wir reichen uns die Kisten weiter, räumen die Vorräte vom Boot an den Strand. Als wir fertig sind, sagt Doug: »Sarah und ich machen das Boot am Anleger fest und kommen dann rein.«

»Okay.« Ich nehme die nächstgelegene Kiste und gehe den Weg zum Leuchtturm hoch.

Währenddessen kommt dasselbe Gefühl, das ich schon beim ersten Mal hier hatte, wieder in mir hoch. Ein kleiner Funken wachsende Hoffnung.

Ich gehe durch die Haustür in die Küche und stelle die Kiste ab. Kurz setze ich mich in den Schaukelstuhl, nehme den Raum in mich auf. Alles kommt mir bekannt und freundlich vor. Die ganze Energie, die ich hier hineingesteckt habe, um es bewohnbar zu machen, kehrt zu mir zurück.

Ich gehe die Treppen hoch und klettere durch die Falltür. Das Meer ist ruhig, der Wind nimmt gerade erst über der Wasseroberfläche zu.

Ich fange da an, wo ich immer anfange, folge mit dem Blick den Tälern und Gipfeln.

Unten sehe ich Doug und Sarah am westlichen Ende der Insel stehen. Sie sehen über das Wasser, dahin, wo das Boot gesunken ist. Sie lehnen sich aneinander, Sarah greift nach seiner Hand.

Als ich aus der Tür trete, sind sie immer noch Hand in Hand auf dem Weg hoch hierher. Als sie vor mir stehen, fragt Sarah: »Zeigst du uns alles? Ich war tatsächlich noch nie hier.«

Wir tragen die Kisten, die Doug und Sarah mit hochgebracht haben, nach drinnen und fangen mit der Küche an. Doug bewundert die handgemachten Schränke, und Sarah schaut in den Küchenofen. »Kochst du ernsthaft auf dem Ding?«

»Es hat nur etwa dreißig Versuche gebraucht, um herauszufinden, wie man damit Brot backt. Funktioniert am besten in der Wärmeschublade, falls das tatsächlich so was ist.«

»Das ist ja großartig.« Ich kann ihr die Begeisterung ansehen. Sie betrachtet auch den Schlauch, den ich von der Zisterne in die Küche geleitet habe, und bemerkt beeindruckt, dass es hier keinen Schimmel gibt. Ich bin stolz, dass ihr auffällt, wie ordentlich das Feuerholz neben dem Holzofen und dem Küchenofen gestapelt ist. »Es ist so schön und sauber hier, es wirkt wie ein echtes Zuhause. Ich dachte, es würde sich eher wie ein Regierungsgebäude anfühlen, wie das Büro der Küstenwache oder so.«

»So war es auch am Anfang.«

»Können wir das Leuchtfeuer sehen?«, fragt Doug.

Wir steigen die Treppe und die Leiter hoch, bis wir auf der Holzplattform stehen.

»Wow!«, ruft Sarah und dreht sich im Kreis, um durch jedes einzelne Fenster zu sehen.

»Von hier oben sieht alles ganz anders aus, nicht wahr?«, meint Doug, während er zum nächsten Fenster geht und Richtung Juneau starrt. »Fast freundlicher.«

Doug stellt mir ein paar Fragen zum Leuchtfeuer. Während wir uns unterhalten, legt Sarah die Hände auf die Griffe der Scheinwerfer und zieht ihn so weit zurück, wie Kyle es getan hat in der Nacht, in der Doug und ich unten am Strand lagen. Sie bleibt eine Weile so stehen und kommt dann zurück zum Fenster.

»Hey, Doug«, sagt sie. »Der Wind nimmt zu. Wir sollten bald fahren.«

Er sieht sie an, stimmt ihr zu.

Auf dem Weg zurück sagt Sarah: »In der ganzen Zeit, die ich mit dem Boot hier vorbeigefahren bin, ist mir das Gewächshaus nie aufgefallen.«

»Das haben wir gebaut. Wir hatten den ganzen November über frische Tomaten.«

»Habt ihr es geheizt?«

»Mit Kohle.«

»Super! Ich hab gehört, Leute bauen es nah ans Haus, um die Wärme zu nutzen. Aber von Kohle in einem Holzofen?«

»Einem undichten Holzofen.«

Sie lacht. »Hauptsache, es funktioniert, oder?«

Ich begleite die beiden an den Strand. Bevor sie ins Boot steigen, dreht sich Sarah zu mir um und fragt: »Nachdem Doug beschlossen hat, nicht mehr zu fischen, suchen mein Vater und ich für den Frühling eine Hilfe auf Deck.« Hinter ihr sehe ich Doug zustimmend nicken. Ihr Gesichtsausdruck ist bestimmt und traurig zugleich.

»Ich habe aber keine Ahnung vom Fischen«, sage ich ihr.

»Das lernst du schon. Außerdem bist du die Einzige, auf die mein Vater und ich uns einigen konnten.«

»Die beiden sind keine schlechten Chefs«, sagt Doug, und ich versuche, mir vorzustellen, beruflich zu fischen. Immer nur für vier bis fünf Tage am Stück auf dem Meer zu sein, das ich hier in der Zeit im Leuchtturm so gut kennengelernt habe, und dazwischen Zeit in der Stadt zu verbringen. Es wäre ein ausgeglicheneres Dasein. Ich stelle mir vor, wie Kyle auf einem anderen Boot fischt oder in Williams Werkstatt arbeitet, und wir uns gemeinsam eine Wohnung suchen, zusammen ein Sofa kaufen.

»Bist du dabei?«, fragt Sarah.

»Ja. Ich probier's aus.«

»Großartig!« Sie umarmt mich zum Abschied. Dann schleppt Doug das Schlauchboot ins Wasser, und die beiden steigen ein. Als er die Ruder in die Hand nimmt, ruft er mir zu: »Wir sehen uns im Frühling, Anna.«

»Bis dann!«, erwidere ich.

Ich mache ein großes Feuer im Holzofen, um die feuchte Kälte zu vertreiben, während draußen der Regen auf den Kanal prasselt. Ich packe die Lebensmittel aus, bereite Teig vor und setze Tee auf. Zum Abendessen gibt es einen Burrito mit Bohnen und Reis, und ich verbringe den Rest des Tages vor dem Feuer und lasse alles auf mich wirken.

Abends, als ich ins Bett steige, fallen mir die getrockneten Blutstropfen auf meinem Kopfkissen auf. Sofort muss ich an die Blutstropfen denken, die für immer im Eis eingefroren sein werden. Ich setze mich hin und starre ins Nichts. Ich erkenne, dass das Leben bestimmten Mustern folgt, außer man durchbricht sie. William hätte sich weiterhin versteckt, wenn Kyle sich ihm nicht in den Weg gestellt und eine Erklärung gefordert hätte. Ich werde immer weiter fallen, bis ich mich bremse und auffange.

In der Nacht kommen die Albträume wieder. Elizabeth und ich gehen nebeneinander über das Eis. Ich sehe, wie sie an der Kante der Gletscherspalte ausrutscht. Sehe, wie sie versucht, sich festzuhalten, nicht herunterzufallen, und dann sehe ich, wie sie stürzt. Ich versuche, ihr hinterherzuspringen, aber das Eis schließt sich über ihr. Man sieht nichts mehr von der Gletscherspalte, nur noch Eis, das so glatt ist, dass ich mich darin spiegeln kann. Ich wache frierend auf, rufe Elizabeths Namen. Das Leuchtfeuer ist aus, der Tag hat begonnen.

Für eine Weile bleibe ich zitternd unter der Decke liegen und frage mich, ob mich diese völlige Einsamkeit nicht vielleicht doch eher in der Vergangenheit einschließt oder ob ich auf diesem zähen Weg tatsächlich zurück auf festeren Boden gelangen kann.

Ich stehe auf, mache Feuer im Küchenofen, eine Kanne starken Kaffee, knete den Brotteig und bringe ihn in Form. Dann verteile ich das Feuer, sodass es die richtige Temperatur hat. Aus dem Schuppen hole ich das Öl für die Leuchte und das Werkzeug, das ich dafür brauche. Ich trage alles hoch und versuche, mich daran zu erinnern, was Kyle immer gemacht hat. Als ich fertig bin, knurrt mir der Magen. Mittags ist das Brot fertig. Ich beschmiere es mit Marmelade und mache mir einen Salat mit all dem frischen Gemüse, das ich aus der Stadt mitgebracht habe.

Nach dem Mittagessen kontrolliere ich den Schaden im Gewächshaus. Eine Paprika könnte es überlebt haben. Ich werfe alle erfrorenen Pflanzen ins Meer und kippe die restliche Erde in die Mitte. Dann mache ich das Gewächshaus zu, frage mich, ob es wohl jemals wieder benutzt werden wird, und nehme die Paprika mit rein.

Der Rest des Tages vergeht bei Hausarbeiten, so wie fast die ganze erste Woche. Jeden Morgen hört der Regen kurz auf, also streiche ich den Leuchtturm weiter. Kyle und ich hatten zwei Seiten fertig gestrichen, und ich habe das Gerüst an der dritten aufgebaut und streiche sie noch in der ersten Woche ganz. Ich binde mich mit einem Seil fest, das ich im Schuppen gefunden habe und das noch nicht zu alt aussieht. Das Satellitentelefon trage ich immer bei mir, damit ich Hilfe rufen kann, falls ich über dem Abgrund hänge oder schon unten liege.

Jede Nacht wiederholen sich die Albträume, nur dass Elizabeth irgendwann in der zweiten Woche zu etwas Schaurigem wird. Sie ist im Gletscher eingefroren, ihre Haare sind nass und strähnig, ihre Lippen blau, ihr Gesicht blutüberströmt, und ihre Augen sind offen und sehen mich an. Ich wache um mich tretend und schreiend auf. Der Traum lässt mich nicht los, bis ich schwer atmend mitten im Zimmer stehe.

Ich laufe hoch in den Raum mit dem Leuchtfeuer. Als ich mich in eine Ecke kauere und die Beine anziehe, ist es noch dunkel, und das Licht gleitet um mich herum. Hier am höchsten Punkt, wo sich die Wärme vom Holzofen sammelt, ist es noch warm. Mit zitternden Händen lehne ich den Kopf ans Glas und warte auf das Tageslicht.

Stunden später, als der Tag die dicke Wolkenschicht aufhellt, stehe ich langsam auf und setze mich an den Schreibtisch vor den Knight Peak. Ich kann nichts essen, fühle mich leer und aufgebraucht. Knight Peak ist vom vielen Regen unscharf, aber ich kann die steile Kante im Norden und die sanfte Neigung des Gletschers erkennen. Ich hole Williams Liste aus der Schublade und lege sie mit der leeren Seite nach oben auf den Schreibtisch.

Ich ziehe die erste Linie und die nächste und die nächste, versuche, nicht nachzudenken, versuche, es so zu sehen als das, was es ist: ein Berg, ein Fluss aus Eis, Trauer, Schuldgefühle, eine furchtbare Geschichte, ein Teil von mir, aber eben nicht alles.

In den nächsten zwei Wochen verbringe ich jeden Vormittag im Raum mit dem Leuchtfeuer. Ich zeichne jedes Detail. Jeder Tag ist nur vom Gipfel, dem glatten Bogen des Gletschers, der rauen Oberfläche des Berges bestimmt. Ich zeichne die umliegenden Berge, die Täler, die ins Wasser fließen, die Bäume, die die Landschaft verbinden, der Regen, der abwechselnd alles versteckt oder alles offenlegt.

Es ist anstrengend, mich nicht davon abzuwenden. Manchmal schlafe ich sogar am Nachmittag im Schaukelstuhl vor dem Ofen ein, während ich darauf warte, dass der Brotteig aufgeht oder der Regen lange genug aufhört, damit ich streichen kann. Aber mit jedem Stück Gletscher, das ich aufs Papier bringe, hält er mich nachts weniger gefangen.

Am Nachmittag, an dem ich fertig werde, kommen schwere Wolken auf. Ich sitze im Dämmerlicht und betrachte meine Zeichnung, was ich zu Williams Liste beigetragen habe. Was ich hierlassen werde, wenn ich gehe.

Ich stelle mir vor, wie William und Kyle in der Stadt zusammen arbeiten, wie sie ein zerbrechliches Teil des Kajaks an das nächste binden. Ich denke an uns drei, die wir hier an dieser kalten, grauen Küste von so viel Wasser umgeben sind und dass uns von hier aus alles offensteht. Ich weiß, dass das, was passiert ist, nie in Ordnung sein wird, aber das heißt nicht, dass sich nicht jeder von uns den Wellen anpassen kann, mit dem Wind gehen kann – statt dagegen.

Ich falte das Blatt wieder zusammen und lege es zurück in die Schublade. Dann hole ich die Telefonnummer aus meiner Hosentasche. Die letzten beiden Ziffern sind verblichen, werden irgendwann nicht mehr zu lesen sein. Ich denke zurück an den Tag, an dem ich sie rausgesucht habe. Wie ich sie in der Einladung zur Trauerfeier, auf die ich nicht eingeladen war, in einer alten Zeitung gefunden habe. Wie ich den Hörer in der Hand und die Nummer gewählt habe und dann auf einmal doch nichts mehr sagen konnte.

Das Satellitentelefon liegt neben dem Funkgerät. Ich schalte es an, warte auf die Verbindung. Das letzte Mal, dass ich eines benutzt habe, war an dem Morgen auf dem Eis, als ich Brad angerufen habe, um ihm zu sagen, dass Elizabeth verschwunden ist. Ich sehe hoch zum Knight Peak, im Dämmerlicht kann man nur noch die Konturen erkennen.

Ich tippe langsam jede Ziffer ein, zögere vor der letzten. Ich schließe die Augen und drücke auf die Taste. Ich höre das erste Klingeln, meine Muskeln verhärten sich. Beim zweiten Klingeln geht hinter mir das Leuchtfeuer an. Dann das dritte Klingeln.

»Hallo?« Seine Stimme klingt abgehackt, geschäftlich, obwohl ich bei ihm zu Hause angerufen habe.

»Könnte ich bitte mit Mrs. Lowenstein sprechen?« Meine Stimme klingt gepresst. Ich versuche, meine Atmung unter Kontrolle zu bringen.

»Darf ich fragen, wer da ist?«

Ich überlege, ob ich lügen soll.

»Anna.« Er rechnet nicht mit mir. Viele heißen Anna. Er legt das Telefon ab und ruft seine Frau.

Ich kann ihre Absätze auf dem Boden hören, dann nimmt sie ab. »Ja?«

»Hier ist Anna Richards.«

Stille.

»Anna?«, sagt sie endlich; ihre Stimme bricht an meinem Namen.

»Ja.« Ich schließe die Augen. »Bitte legen Sie nicht auf. Ich möchte Ihnen erzählen, was ich von Elizabeth weiß. Und ich möchte Ihnen sagen, dass es mir leidtut. Ich war für sie verantwortlich, und ich habe nicht verhindert, was passiert ist.« Das Leuchtfeuer schwingt hinter mir vorbei und strahlt den Knight Peak an, sodass sich der Gipfel kurz vom dunklen Nachthimmel abhebt.

»Sie ist in der Nacht zu Ihnen ins Zelt gegangen. Sie waren aber nicht da«, sagt sie. Kein Weg führt an dieser Tatsache vorbei.

Ich konzentriere mich aufs Atmen. »Ich weiß, ich hätte da sein müssen. Ich hätte es kommen sehen müssen.«

Ich kämpfe gegen das Zittern in meiner Stimme an und erzähle ihr, wie sehr Elizabeth mich berührt hat, wie viel sie mir bedeutet, wie ich immer noch von ihr lerne, verstehe, was sie gemeint hat mit: *Lass es raus.* Verstehe, wie dringend ich schreien, mich drehen und aufs Eis fallen musste und wie sie es alles vor mir gesehen hatte. Wie schnell sie bereit war, zu verzeihen, und wie sehr ich das auch wollte, daran arbeitete.

Elizabeths Mutter fängt leise zu weinen an.

Während es, begleitet vom Rhythmus des Lichtstrahls, um mich herum immer dunkler wird, erzähle ich ihr, wie lieb Elizabeth zu Stephanie war, wie stark und selbstbewusst sie draußen auf dem Eis war, wie sie den Takt vorgegeben hat und die anderen ihr gefolgt sind. Ich erzähle ihr alles, höre nicht auf, bevor alles gesagt ist. Als ich fertig bin, folgt eine lange Pause, dann sage ich noch: »Ich will die Vergangenheit nicht wieder heraufbeschwören, ich musste Ihnen das nur erzählen und habe mich bisher nicht getraut.«

»Das klingt nicht nach der Elizabeth, wie ich sie kannte«, erwidert sie unter Tränen. Ich sage nichts, auch mir laufen Tränen die Wangen hinunter. »Ich hätte sie so gerne gesehen da draußen«, flüstert sie und dann: »Danke. Vielen Dank dafür.« Dann legt sie auf.

Ich habe den Hörer noch am Ohr, lausche in die leere Stille. Irgendwann lege ich das Telefon hin, sehe in die Nacht raus. Weit unter mir sehe ich die Lichter von einem Boot, das auf dem Weg zurück nach Juneau ist. Das Licht beleuchtet die Ufer der Insel, jeden einzelnen gefährlichen Felsen und die Küste dahinter. Ich stehe auf und sehe dem Boot dabei zu, wie es seinen Kurs mithilfe des Leuchtfeuers neu ausrichtet.

Danksagung

Als ich angefangen habe, dieses Buch zu schreiben, lebte ich in einer kleinen Hütte in Alaska ohne Strom. Wir hatten zwar einen Generator, aber der war extrem laut und verbrauchte sehr, sehr viel Benzin. Tara Alcock und der Rest der Belegschaft der Petersburg Public Library hatten Mitleid mit mir und stellten mir einen Raum zur Verfügung, den ich sogar vor den Öffnungszeiten betreten durfte und in dem ich den größten Teil geschrieben habe.

Max Regan, ein hervorragender Lehrer und Lektor, hat mich, seit ich vor vierzehn Jahren das erste Mal einen Kurs für kreatives Schreiben besucht habe, stets ermutigt und gefördert.

Unendlich dankbar bin ich Claudia Savage, meine Erstleserin, die mich stets daran gehindert hat, mich zu verirren.

Dank auch an Robert und Elizabeth bei Ig Publishing für all ihre Mühe. Einen ganz besonderen Dank an meine Agentin Susan Ramer, die mich zu einer besseren Autorin gemacht hat.

Dieses Buch wäre ohne meinen Mann Mike Demmings immer noch nicht fertig, da er jederzeit bereit war, sich um unsere Zwillinge zu kümmern, und mir damit den Freiraum verschaffte, das Buch zu beenden.